Una sorpresa en Escocia

JULIE SHACKMAN

Cualquier forma de reproducción, distribución, comunicación pública o transformación de esta obra solo puede ser realizada con la autorización de sus titulares, salvo excepción prevista por la ley. Diríjase a CEDRO si necesita reproducir algún fragmento de esta obra.
www.conlicencia.com - Tels.: 91 702 19 70 / 93 272 04 47

Editado por HarperCollins Ibérica, S. A.
Avenida de Burgos, 8B - Planta 18
28036 Madrid

Una sorpresa en Escocia
Título original: A Scottish Highland Surprise
© 2022 Julie Shackman
© 2024, para esta edición HarperCollins Ibérica, S. A.
Publicado por One More Chapter, una división de HarperCollins Publishers Ltd, UK
© De la traducción del inglés, HarperCollins Ibérica, S. A.

Todos los derechos están reservados, incluidos los de reproducción total o parcial en cualquier formato o soporte.
Esta edición ha sido publicada con autorización de HarperCollins Publishers Limited, UK.
Esta es una obra de ficción. Nombres, caracteres, lugares y situaciones son producto de la imaginación del autor o son utilizados ficticiamente, y cualquier parecido con personas, vivas o muertas, establecimientos comerciales, hechos o situaciones son pura coincidencia.

Diseño de cubierta: CalderónSTUDIO®

ISBN: 978-84-10021-45-7
Depósito legal: M-33316-2023

*Una historia sobre arrepentirse de lo que no se ha hecho,
y no de lo que se tiene...*

1

—¡¿Qué demonios es esto?! ¡Este no es el tono que pedí!
Su rostro de bronceado color caoba se acercó al mío.
Miré la cinta color olivo que la novia llevaba en la mano.
—Señorita Carberry..., uhm..., quiero decir..., señora Carberry-Joyce —me corregí, mientras los invitados a la boda tropezaban a nuestro alrededor, derramando champán y rebuznando ruidosamente—. Ese es el tono que pidió para los regalos.
Sus claros ojos felinos se entrecerraron.
—Por supuesto que no es el que pedí. —Su velo espumoso le sobresalía de la cabeza como una erupción volcánica—. Quería verde periquito.
—Cariño —la tranquilizó su recién marido desde atrás—. ¿No puede esperar esto un poco? Bunty y Seb tienen que salir temprano. Tienen un vuelo nocturno a Gstaad.
Ella soltó la pálida mano del novio.
—¿No ves que estoy ocupada ahora? —replicó.
Deslicé mi carpeta de debajo del brazo y hojeé unas cuantas páginas en las que se enumeraban, con todo lujo de fatigosos detalles, las exigencias de Misha Carberry-Joyce.
Todo estaba allí en letra Arial, desde la suelta de una docena de canarios rosas en el hotel hasta los corazones esculpidos y entrelazados que había encargado hacer con dos bloques de hielo.
Cuando la recepción estaba en pleno apogeo, con los invitados balanceándose, las lámparas de araña resplandecientes y siluetas formando sombras en la pista de baile, no pude evitar darme cuenta de que la elaborada escultura de hielo empe-

zaba a rendirse debido al calor y a las luces. Me recordó a una figura de cera derritiéndose en una película de terror.

Intenté no mirar mientras se encogía lentamente y se acercaba cada vez más a la tarta nupcial de ganache de limón y chocolate de dos metros de altura. Así era como me sentía ahora, como esa escultura que se derretía.

Desvié mi atención de la escultura que se deshacía para buscar en mi carpeta la muestra de cinta que la señora Carberry-Joyce había traído hacía unos meses. Bueno, cuando digo «carpeta», más bien parecía el tomo de las páginas amarillas. Daba la sensación de que había dedicado dos años de mi vida a organizar aquella maldita boda.

Dejé a un lado mi creciente enfado. «Aguanta, Sophie. Solo unas horas más, y este infierno habrá acabado».

Había guardado el trozo de la cinta solicitada en una bolsita de plástico por seguridad. La saqué y se la entregué.

—¿Puede confirmarme si esta es la muestra de cinta que me entregó para que yo me asegurara de que iba en los regalos, señora? —dije.

Intenté disimular mi enfado. Había puesto todo mi empeño en esta boda, trabajando hasta tarde y pidiendo favores a mis contactos. Pero ¿se me había agradecido algo? Para nada.

Detrás de nosotros, el cuarteto clásico había desaparecido, y lo sustituía un DJ blandengue que se llamaba Astor.

Cuando sonaron los acordes de Pharrell Williams, los ojos de la confrontada novia percibieron el trozo de cinta. Se movió sobre sus tacones de aguja y tragó saliva.

—Debes de haberla confundido con la de otra persona. Me voy a quejar...

Su voz acusadora se apagó cuando le dio la vuelta a la cinta de satén brillante. En el reverso venía escrito «Oliva para mis regalos», con su caligrafía de araña.

Dos destellos de color le florecieron en las mejillas.

En vano esperé una disculpa, pues ella se limitó a revolverse dentro de aquellas capas de merengue blanco que llevaba y esforzarse por hablar.

—¿Todo bien, señorita Harkness?

Se me encogió el estómago. «Genial. Justo lo que me faltaba».

Heston Cole, el gerente del lujoso Castillo Marrian y jefe mío, se materializó a mi lado sin hacer el menor ruido. ¿Cómo lo hacía? Podía entenderlo cuando atravesaba alguna de las alfombras de felpa del hotel, pero el suelo del Gran Salón era de madera de cerezo pulida.

—Todo bien, gracias —triné, deseando que se alejara.

Ignorándome, Heston dirigió su sonrisa zalamera a la novia quejosa.

—Espero que todo sea de su agrado, señora —dijo.

La sonrisa de ella era tensa. La vi dudar. Me echó una mirada.

—Sí, gracias. Todo es... satisfactorio —respondió.

¿«Satisfactorio»? ¿Estaba de broma?

La escultura de hielo, los pájaros rosas, por no hablar del imitador de Ed Sheeran que les había cantado una balada mientras caminaban hacia el altar y la limusina de oro rosado con incrustaciones de joyas que se había reservado para más tarde esa noche para llevarlos a la luna de miel..., y todo eso era solo el inicio.

Sentí la sangre burbujeando en las venas. Meses organizando esta maldita boda habían llevado mis niveles de estrés al límite y ello implicaba que muy a menudo me iba a casa con migraña. La celebración de hoy había hecho que las docenas de bodas que había organizado antes en el Castillo Marrian parecieran fiestas de cumpleaños infantiles de dos horas de duración.

Sintiendo mi furia hirviente, Heston volvió sus afiladas facciones hacia mí para mirarme.

—¿Por qué no se retira, señorita Harkness? —me sugirió—. Puedo encargarme yo mismo de atender las necesidades de la señora el resto de la velada.

Se me cerraron los puños. Apenas me atrevía a mirar a Misha Carberry-Joyce.

Una mueca de sonrisa cruzó sus labios.

Fingí una sonrisa y salí de la *melée* nupcial por el pasillo decorado con cuadros y retratos hasta llegar a las puertas del jardín, que daban al recinto del hotel. Estaban abiertas de par en par y mostraban la tarde de ese sábado de abril en todo su esplendor primaveral. Al otro lado del césped, una pareja de invitados se abrazaba torpemente.

Tiré la carpeta a un lado del camino de grava y me quedé de pie con mi traje azul marino arrugado y los tacones de punta. Respiré hondo varias veces, deleitándome con el olor a menta del jardín y con el tintineo de la fuente de la sirena, que sonaba como las campanas de Navidad.

Después de trabajar en el Departamento de Relaciones Públicas del Ayuntamiento, me sentí muy emocionada cuando conseguí este trabajo. Fue un alivio dejar atrás la redacción de comunicados de prensa sobre el gasto de las autoridades locales y las preguntas sobre un concejal corrupto que hacía malabarismos con su mujer, su amante y unos gastos de cuento de hadas.

Sin embargo, poco a poco, el deslumbramiento que sentí cuando llegué a este hotel de lujo en expansión, con sus torretas, que parecían yogur helado, y su césped verde ácido, por no hablar de su clientela de alto nivel, empezó a desvanecerse.

Enseguida me vi desbordada por el torrente de ridículas peticiones de las parejas; en particular, de las novias adineradas.

Mi creciente fama de hacer las cosas bien se había extendido entre las futuras novias de la *jet set* y me encontré con que mi querido jefe, Heston, delegaba cada vez más en mí y estaba cada vez menos presente para ayudarme. Antes de darme cuenta de lo que pasaba, me sentí agotada e infravalorada, sin conciliación entre mi vida laboral y la personal.

Tengo que admitir que mi cuenta bancaria estaba bastante saneada, gracias al generoso aumento de sueldo que recibí cuando empecé a trabajar en el Castillo Marrian, pero ¿qué alegría había en eso, cuando volvía a casa cada noche arrastrando de mí y me parecía a la hermana de Freddie Kruger?

No me extrañaba que Callum, mi exnovio, se hubiera cansado de mis absurdos horarios, aunque el hecho de que encontrara consuelo en los brazos de su jefa de mediana edad del banco tampoco había ayudado.

Después del desastre con Callum, yo dudaba que volviera a confiar en mi intuición con otro hombre.

Parpadeé y me rodeé con los brazos, obligándome a volver al presente. Notaba que mi pelo rubio claro se salía del moño con la brisa primaveral, pero no me importaba. Lo único que quería era sumergirme en una bañera perfumada con lavanda y llamar a la abuela para echarme unas buenas risas.

Mi cerebro frenó en seco. Por supuesto, eso ya no era posible. Un nudo de emoción se me formó en el pecho. Recordé que mi abuela había fallecido hacía apenas dos semanas y ese recuerdo fue como si un objeto contundente me golpeara. Los hombros se me hundieron bajo la chaqueta. Cuando estaba ocupada, podía compartimentar, en cambio ahora estaba allí, en el hotel, cansada y enfadada...

Se me acumularon lágrimas en los ojos, aunque hice lo que pude por disimularlas. El tintineo de copas y sillas que llegaba desde detrás de mí se expandió por los jardines.

Aún podía oler los penetrantes lirios blancos y ver la expresión perdida de mamá en el funeral. Papá nos había abrazado a las dos, murmurando una retahíla de palabras reconfortantes.

La abuela Helena tenía ochenta años cuando murió; siempre había sido una de esas personas que daban la impresión de ser invencibles.

De ella heredé mi amor por la porcelana. La abuela me enseñó desde que yo era muy pequeña la delicada belleza de la vajilla, su fascinante historia y el placer de saborear una taza de té en unos delicados taza y platito.

Nos pasábamos horas sentadas, fantaseando con la idea de descubrir un raro Meissen o Spode.

Ella los coleccionaba. El salón de su casita de campo estaba salpicado de vitrinas que exhibían con orgullo su bien escogido surtido de juegos de té.

También tenía mucho sentido del humor. Sentí que sonreía al recordar que la abuela se refería a menudo a sus entrometidos y desagradables vecinos como Statler y Waldorf, y que tarareaba la sintonía de los *Teleñecos* cada vez que los veía en su jardín.

Mi madre ponía los ojos en blanco y decía: «¿Tienes que ser tan sarcástica, mamá?». Y los ojos cómplices de la abuela centelleaban y respondía: «Se llama "ingenio", querida».

Aquel domingo de marzo por la tarde se desvaneció de repente en el sillón de su acogedora casita, rodeada de su querida vajilla y sabiendo que la adorábamos.

Una bola de pena me subió a la garganta.

Me limpié las lágrimas con el dorso de la mano y cogí la carpeta con las notas de la boda que descansaba a mis pies.

Menos mal que al día siguiente tenía el día libre, pero no sería ni tranquilo ni agradable. Le había prometido a mamá que la ayudaría a ella y a papá a empezar el penoso trabajo de ordenar las cosas de la abuela en la casa de campo.

Deberíamos haber empezado antes, pero mamá no podía enfrentarse a ello.

Me alisé el cuello blanco con volantes de la blusa y alcé los ojos. En el cielo se retorcían giros de color mandarina.

Sabía que no podía seguir así. No era feliz. Era como un robot, cumpliendo mecánicamente con mi rutina diaria. Perder a la abuela de aquella manera, de repente, me había hecho reflexionar sobre lo que era importante y lo que quería hacer el resto de mi vida.

Tenía que hacer algún tipo de cambio. Y pronto. Tenía que coger mi futuro por los cuernos y darle una buena sacudida. Debía hacer algo, pero ¿qué?

—Te echo de menos, abuela —murmuré antes de meterme de nuevo en el hotel para coger mi bolso del despacho y dirigirme a casa.

2

La casita unifamiliar de mi abuela estaba frente a un parque infantil, no lejos de mi apartamento y de la casa de mis padres, en el pintoresco pueblecito escocés de Briar Glen, que se describía como la puerta de las Highlands.

Cuando nos detuvimos delante del 94 de Ferry Loan, las campanas de la iglesia del domingo por la mañana dejaron escapar un lánguido y oxidado repique, y las colinas que hay más allá del parque estaban salpicadas de brezo lila que llevaba volutas de melancólica niebla.

Papá apagó el motor y se volvió para estudiar a mamá, que estaba sentada a su lado, en el asiento del copiloto.

—Marnie.

Ella estaba mirando por la ventanilla la casita, con su puerta de color cobalto, el césped minúsculo y cuidado y las macetas, repletas de tulipanes verdes y marfil, pensamientos de color rosa vivo y narcisos amarillos. Recuerdo cuando la abuela encontró las macetas de loza en el vivero local hacía varios años. Le gustaron en cuanto las vio y se dirigió al mostrador de atención al cliente para concertar la entrega.

Mamá pensó entonces que estaba obsesionada, pero yo sonreí al recordarlo. Siempre me habían recordado a *Alicia en el País de las Maravillas*.

—Vamos —susurró mamá, se desabrochó el cinturón y apretó la mano de mi padre—. Pongámonos manos a la obra.

Papá me miró por encima del hombro y me sonrió de forma discreta. Salimos los tres del coche y papá nos guio por el pequeño camino de cemento. Desbloqueó la puerta de la abuela y esta se abrió de golpe.

Todavía me parecía que ella iba a estar allí de pie, dispuesta a estrecharme entre sus brazos con su risa gutural. Siempre llevaba un delicado perfume de lavanda.

En lugar de ello, reinaba un pesado silencio. El pasillo enmoquetado estaba vacío, salvo por su familiar aparador de roble, todavía salpicado de fotos de todos nosotros.

A la derecha se hallaba el salón, con cortinas de cachemir estampadas, la pesada chimenea de piedra, el mullido sofá verde azulado oscuro y dos sillones.

Había más fotografías en marcos dorados: mamá y papá antes de casarse, con el brillo de sus ojos juveniles; la abuela y yo, con seis años, en el paseo marítimo de Ayr, riendo mientras las gaviotas revoloteaban sobre nuestras cabezas, sin que el verano escocés nos disuadiera en absoluto de devorar un cucurucho de helado cada una.

—No sé por dónde empezar —confesó mamá con cara de desconcierto.

Papá le puso la mano en el hombro.

—Coge las cosas de Helena que más signifiquen para ti —le propuso—. Los de la empresa de limpieza ha dicho que se encargarán del resto.

Mamá se metió las manos en los bolsillos de sus vaqueros negros y sugirió que empezáramos por el salón.

Cuando mamá y papá pasaron a mi lado, me quedé parada un momento. Dios sabía cuántas veces nos habíamos sentado la abuela y yo, encorvadas ante la mesa circular de madera de su cocina, bebiendo una taza de té de una de sus queridas teteras y arreglando el mundo.

A menudo le hablaba del Castillo Marrian y de mis frustraciones, de las alegrías ocasionales y, con más frecuencia, de las interminables exigencias de personas que no sabían lo que era la vida real.

La abuela, allí sentada, con sus facciones hermosas y regias, asentía y se compadecía de mí, mientras yo desahogaba mis frustraciones.

Cuando era más joven, solía intentar adivinar cuál de sus muchas teteras elegiría la abuela aquel día para preparar nuestra infusión. ¿Sería la Royal Albert Roses, la Wedgwood Butterfly Bloom o la Aynsley Blue Crocus?

Tenía bastantes para elegir, así que yo siempre me equivocaba, pero en las ocasiones en que acertaba la abuela aplaudía con alegría y me entregaba mi «premio»: un trozo extragrande de su célebre tarta de chocolate y caramelo.

Incluso cuando me equivocaba acerca del juego de té que iba a utilizar, el trozo de tarta siempre rozaba el tamaño de un tope de puerta.

Se me hizo un nudo la garganta. Contuve las lágrimas, me puse mis deportivas con purpurina y me acerqué a la puerta de la cocina para echar una mano a papá y mamá. Tenía que calmarme. Mamá también estaba sufriendo y yo sabía que tenía que estar a su lado.

Cuando estaba a punto de salir de la cocina, algo me hizo detenerme. Había un sobre blanco alargado oculto detrás de una de las teteras de la abuela. Todas las demás teteras, tazas y platitos estaban dentro de las vitrinas del salón; en cambio, esa tetera estaba sola, cerca de la tostadora negra cromada.

Fruncí el ceño. ¡Qué raro! Ella era muy estricta con sus preciados juegos de té. ¿Por qué estaba esa tetera sola y con un sobre detrás?

Quizá era una factura urgente que había que pagar. Lo cogí. Estaba a punto de llamar a mamá cuando le di la vuelta. «Sophie» estaba escrito en el anverso con la apasionada letra de la abuela.

La sorpresa de ver su letra bailando en la parte delantera del sobre hizo que se me acelerara el corazón.

Abrí la boca para llamar a papá y mamá, pero volví a cerrarla. Primero la abriría y luego les contaría lo que había dentro. ¿Y si era algún oscuro y dramático secreto del pasado de mi familia? ¿Quizá mi madre se había escapado a los dieciséis años y se había unido a una banda de *thrash metal* y mi verdadero padre era un roquero entrado en años? ¿O tal vez mi abuela había trabajado para el MI5 cuando era joven?

Casi me echo a reír a carcajadas. Seguramente era algo mucho más mundano. No había duda de que Ken era mi padre. Teníamos la misma sonrisa generosa y ladeada, y nos mordíamos el interior de la boca cuando algo nos preocupaba. En cuanto a que mi abuela fuera empleada de los servicios secretos, no habría durado ni cinco minutos. No habría podido guardarse eso para sí misma, y mucho menos secretos de Estado.

Abrí el sobre y saqué una hoja doblada de papel de carta de color rosa claro.

Empecé a leer. Mis ojos escrutaban lo que la abuela había escrito, pero mi cerebro luchaba por seguir el ritmo.

Cuando comprendí el significado de sus palabras, mi estómago realizó un impresionante movimiento en picado, antes de recuperarse y volver a su sitio. ¿Qué había hecho?

¿De qué iba todo esto? ¿Qué había estado haciendo mi abuela?

3

Queridísima Sophie:

Por favor, no te alarmes por esta carta e intenta no estar triste. Recuerdo que a menudo te reías cuando te decía esto, pero siempre he tenido un presentimiento, y algo me dice ahora que quizá no me quede mucho tiempo. He vivido ochenta maravillosos años y no me arrepiento de nada. Bueno, eso no es del todo cierto. Hay una cosa que me gustaría haber hecho y por eso he escrito esta carta.

Releí la carta, con los pensamientos revoloteando por todas partes. Oía a mamá y a papá moverse en el salón de al lado, ajenos al sonido de mi corazón, que latía más rápido contra mis costillas. Mamá estaba muy ocupada hablando de la planta de yuca de mi abuela, que se había hecho tan grande como un árbol de Navidad.

Volví a centrar mi aturdida atención en la carta de la abuela, mientras unos rayos de la aguada luz de la mañana caían sobre el suelo de linóleo de la cocina.

Sé lo duro que estás trabajando en el Castillo Marrian, corriendo a la llamada de todas las codiciosas novias flash. ¡Qué gente tan creída!

A pesar de que la cabeza me daba vueltas, sonreí, imaginando a la abuela diciéndome eso con sus ojos celestes brillando de furia por mí.

Y de eso se trata.
Al principio de esta carta he mencionado que me arrepentía de una cosa, y es cierto.
No es algo grande ni trascendental. No es que me hubiera gustado ver la gran barrera de coral o conocer a la reina, aunque ambas cosas habrían sido maravillosas.
Para algunas personas puede ser un arrepentimiento insignificante. Pero ¿cómo puede serlo cuando haces algo que amas?

Me mordí el labio. Nada de la abuela Helena había sido insignificante.
Nunca debí permitir que mi corazón dominara mi cabeza y siempre me arrepentiré de haberlo hecho.

Me gustaría que fueras a mirar en el armario de debajo de las escaleras, Sophie. Una vez que hayas visto lo que hay allí, las cosas se aclararán mucho más.

Bajé la carta y miré a mi alrededor, como si hubiera olvidado temporalmente dónde estaba.
Mi abuela siempre tuvo una inclinación por lo dramático, pero esta vez se había superado.
¿De qué estaba hablando?
En la puerta de al lado, mamá y papá seguían trabajando, ajenos a lo que pasaba por mi cabeza. Oía a papá apartar a un lado unas mesas de nido en las que la abuela solía poner la comida junto a su sillón.
Dejé la carta de la abuela en la mesa de la cocina y salí al pasillo.
El armario de debajo de la escalera estaba pintado de blanco, a juego con el resto de la escalera y pasaba bastante desapercibido. Nunca me fijaba en él. Siempre supuse que la

abuela guardaba allí su considerable cantidad de zapatos, o tal vez los restos de los aparejos y el equipo de pesca de mi difunto abuelo.

Me agaché frente a él, cogí la manivela y tiré.

Se abrió chirriando, y, al hacerlo, salió de él un tenue aroma a polvo y ambientador de manzana.

Me asomé dentro, pero no había luz. Encendí la linterna del móvil y la levanté e iluminé las paredes del armario con su brillante blancura.

Al principio, me sorprendió lo engañosamente grande que era por dentro. Parecía serpentear alejándose de mí y descendiendo hacia la izquierda y por debajo de la escalera. Me puse de rodillas e incliné aún más la cabeza, moviendo la luz del móvil arriba, abajo y alrededor.

Cuatro cajas de cartón marrón estaban colocadas al fondo, una encima de otra, en la pared del fondo. Todas estaban cerradas con cinta adhesiva marrón. En cada caja, estaba garabateado el nombre «SOPHIE» con rotulador negro.

¿Qué había estado haciendo mi abuela?

Saqué del hueco la primera caja, marcada con el número 1. Su misterioso contenido emitió un ligero traqueteo.

Al darme cuenta de que sería más fácil abrirla con unas tijeras, me puse en pie y cogí un par del cajón de la cocina.

Volví a arrodillarme frente al enorme armario y abrí la cinta adhesiva de la primera caja. El contenido estaba cubierto con un par de capas de plástico de burbujas, y encima del envoltorio había otro sobre.

Cogí el sobre y, con cuidado, quité el plástico de burbujas.

Un fuerte gemido escapó de la base de mi garganta.

Era un juego de té precioso, de un amarillo pálido como el sol, con un dibujo de hiedra. Desde la robusta tetera a juego hasta las delicadas tazas, los platitos y la jarra de leche, todo brillaba ante mí. Nunca la había visto. Siempre supuse que toda su colección estaba expuesta en el salón.

Levanté una de las tazas para apreciar el detalle de la hiedra. Parecía un original de Burleigh, grabado a mano con rodillos de cobre.

¿La abuela me había dejado esto en su testamento?

Yo no tenía ni idea de que tuviera algo así. Nunca lo había dicho. ¿Y el resto de las cajas? ¿Qué había guardado en ellas?

Estaba tan ensimismada admirando la brillante vajilla de color amarillo dorado que casi me olvido de la otra carta de la abuela que yo tenía en la mano derecha.

Abrí el segundo sobre.

Queridísima Sophie:

Conociéndote como te conozco, sospecho que ya habrás echado un vistazo a lo que hay dentro de esta caja. Es preciosa, ¿a que sí? Espero que hayas reconocido que es un juego de Burleigh. Pero no es el único.

Mis ojos, cada vez más abiertos, pasaron de su letra a las otras tres cajas que estaban guardadas en el armario.

En las otras cajas hay otros juegos de té, tan valiosos como este. No pude cumplir mi sueño de tener mi propia pequeña tienda de vajillas, así que por eso hago esto para ti.

Me desplomé contra la pared en estado de *shock*, con las piernas extendidas hacia delante. «Oh, abuela. ¿Qué has estado haciendo todo este tiempo?».

Como anticipándose a mi siguiente pregunta, la carta de la abuela continuó:

Como sabrás, la señora Cotter vende su floristería, Florecer con Vistas. Bueno, debería decir que la vendía. Cuando me enteré, hablé con ella, le expliqué mis intenciones y fue encantadora conmigo. Así que he comprado su negocio para ti.

«¡¿Cómo?!». Mi mente se disparó. ¿Mi difunta abuela me había comprado el negocio de la señora Cotter?

Por mi cabeza empezaron a desfilar sin cesar imágenes de la pequeña y coqueta floristería de la calle principal de Briar Glen, encajonada entre la joyería y la farmacia.

Me quedé quieta un momento, incapaz de concentrarme en nada. Sentí que el tiempo se había congelado. Me humedecí los labios y exhalé un largo y lento suspiro. Luego salí disparada hacia delante, buscando las otras cajas con incredulidad. Recorrí el resto de la carta.

En la parte inferior de esta primera caja, encontrarás una lista en la que se detallan los demás juegos de té y su valor aproximado. Me tomé la libertad de tasar cada juego hace un par de meses.

Me gustaría que vendieras estos juegos de té y usaras las ganancias para empezar tu propio negocio de vajillas.

Mi atención se esforzaba por comprender lo que estaba leyendo.

También hay una lista de proveedores de vajillas de confianza y sus contactos, junto con el itinerario, para cuando estés lista para seleccionar tus propios juegos.

Atónita, me pasé una mano por encima de la coleta. Era surrealista. Estaba agachada en el salón de la abuela, rodeada de una vajilla muy valiosa.

Sophie, esta es tu oportunidad de hacer algo que te guste.

Sé que hace tiempo que no eres feliz en tu trabajo. No te sientes recompensada ni apreciada por lo que haces.

Así que he decidido ayudarte.

Aprovecha la oportunidad para ti. Aprovecha esta oportunidad por mí, y que sepas que te estaré cuidando con mucha alegría y orgullo.

Te has convertido en una joven encantadora y es un placer llamarte mi nieta.

Siempre te querré,
Tu abuela, xx

No sabría decir cuánto tiempo pasé allí sentada, con la caja a medio abrir delante de mí y el precioso juego de té, decorado con dibujo de hiedra, asomando por fuera de su envoltorio de burbujas. Mi teléfono móvil yacía sobre la alfombra del vestíbulo y la puerta del armario de la escalera estaba abierta de par en par.

Lo único que percibí fue el sonido de mis propios suspiros llorosos y luego a mamá y papá, que salían corriendo del salón para averiguar qué pasaba.

4

Entregué las dos cartas de la abuela a mis desconcertados padres y abrí el resto de las cajas mientas aguantaba las lágrimas. Las cajas contenían una gran variedad de juegos de té, desde el clásico Wedgwood hasta un antiguo juego de plata eduardiano de 1903.

Papá no podía decidir qué merecía primero su atención, si los juegos de té o las misteriosas cartas de la abuela.

—¿Qué demonios es todo esto? ¿De qué está pasando, Sophie?

Negué con la cabeza, todavía aturdida.

—Lee las cartas, papá —respondí por toda respuesta.

Le echó una mirada a mamá y leyó para sí, hasta que llegó al final de la segunda carta.

—¡Maldita sea! Qué vieja más astuta...

La confusión y la impaciencia de mi madre iban en aumento.

—Kenny. ¿Qué pasa? —preguntó mi madre.

Papá le pasó las cartas. Empezó a leerlas mientras yo permanecía agachada sobre la vajilla del pasillo.

Mamá se llevó la mano a la garganta.

—¿Te ha comprado una tienda?

Asentí con la cabeza.

—Pero ¿por qué?... ¿Cómo?...

Papá se encogió de hombros impotente.

—Helena era una mujer muy espabilada, pero ¿de dónde demonios ha sacado tu madre todo esto?

Mamá agitó las manos en el aire.

—Dímelo tú. Nunca supe que tenía todo esto. Quiero decir, sabía lo de la vajilla de los armarios del salón, por supuesto...

Me froté la frente, luchando por procesar las novedades.

—¡Dios sabe cuánto valdrá todo! —exclamé.

Papá arqueó una de sus gruesas cejas canosas.

—Te puedo asegurar que este lote tiene que valer mucho dinero. Debe de haber miles de libras en vajilla antigua aquí.

Seguía sentada en la alfombra del pasillo de la abuela. La cabeza me daba vueltas por lo que se decía en las cartas y por la vajilla reluciente que me rodeaba.

Mamá levantó un dedo con escepticismo y señaló las cajas que había a nuestros pies.

—¿De dónde ha sacado todo esto? —Sus seductores ojos azules se abrieron de par en par—. Oh, Dios, ¿no creerás que ha robado algo?

Papá soltó una carcajada.

—¿Tu madre recibiendo mercancía robada? No seas tonta, Marnie. Tu madre una vez escudriñó la calle principal de Briar Glen tratando de localizar al dueño de una moneda de cincuenta peniques que se le había caído.

A pesar de mi conmoción por la situación, me reí al recordarlo.

—Pero debe de haberlos sacado de algún sitio. Y ¿qué quiere decir cuando habla de dejarse llevar por el corazón? —dijo mamá.

Papá levantó los brazos.

—Solo Dios lo sabe. Bueno, los haya sacado de donde los haya sacado, Helena ha dejado claro que quiere que Sophie los tenga ahora.

Tragué saliva.

—Sí, y que abra mi propia tienda de vajilla.

Demasiado aturdidos para emprender ninguna otra clasificación de las pertenencias de mi abuela por ese día, papá sugirió que cargáramos el coche con las cuatro cajas de juegos de té.

—Volveré y recogeré las mesas de nido y lo demás una vez que os haya dejado a ti y a tu madre en casa —dijo.

***

Podía oír el débil traqueteo del maletero cuando papá nos llevaba a casa. Menos mal que mamá y papá solo vivían a diez minutos de la casa de mi difunta abuela; me habría puesto muy nerviosa si hubiera tenido que hacer un viaje más largo para llevarme objetos tan preciados.

Debía de llevar planeándolo al menos tres meses, posiblemente más. Mi abuela guardó aquella preciosa vajilla para mí y luego compró una tienda, sin que papá, mamá ni yo supiéramos nada.

Hicimos el viaje de vuelta casi en silencio y solo volvimos a hablar cuando papá aceleró el coche.

Bajo el sol de la mañana, mamá, papá y yo llevamos las cajas al vestíbulo alfombrado y las depositamos allí.

Papá colocó una de las cajas, la que contenía el juego de Cockatrice verde de Minton de porcelana china, en la esquina de la escalera. Se irguió de golpe cuando se le ocurrió algo. Se volvió hacia mamá.

—Me pregunto si eso es lo que estaba haciendo Helena cuando me pasé por allí hace unas semanas —soltó.

—¿Qué quieres decir?

Papá se metió las manos en los bolsillos de los vaqueros.

—En aquel momento no le di mucha importancia, pero, en las dos ocasiones anteriores en que fui a ver si tu madre se encontraba bien, estaba hablando por teléfono con alguien. Colgó la llamada demasiado rápido cuando aparecí. —Le pregunté a papá si había mencionado con quién hablaba—. No. Cambió de tema y empezó a hablar de otra cosa. No hizo ningún comentario sobre quién estaba al teléfono. —Papá se encogió de hombros—. En ese momento me pareció un poco raro, pero luego lo olvidé.

Mamá me miró.

—Ella entonces estaría tratando de resolver todo esto.

***

Después de sacar las últimas cajas del coche y de apilarlas en un rincón del pasillo de casa de mis padres, mamá preparó unos sándwiches de queso y pepinillos para almorzar, antes de que papá y yo volviéramos a casa de la abuela para vaciar los armarios del salón de su colección «oficial» de juegos de té.

Mamá insistió en preparar una tetera para cuando regresáramos, y los tres nos sentamos agradecidos en el salón, acunando nuestras tazas y digiriendo la bomba que nos había soltado mi difunta abuela.

Recorrí con la mirada la habitación, cuyas puertas daban al cuidado jardín, con sus macetas de cerámica y sus setos recortados. En la pared del fondo había una preciosa acuarela difuminada del melancólico paisaje de colinas elevadas de Briar Glen. Era una escena idílica, pero estábamos confusos.

—¡Esto es una locura! —solté—. Quiero decir, que ya tengo trabajo. No me apasiona, pero es un empleo seguro, o todo lo seguro que se puede esperar hoy en día.

Miré hacia el vestíbulo, donde el alijo secreto de juegos de té y teteras de la abuela parecía guiñarme un ojo al asomarse por debajo del plástico de burbujas.

—No puedo dejar mi trabajo y montar un negocio —dije.

Mamá me dio la razón:

—No sé en qué estaba pensando. Quería mucho a mi madre, pero a veces me pregunto de dónde sacaba esas ideas que tenía. —Se volvió en el sofá—. No crees que estaba teniendo algún tipo de episodio, ¿verdad, o que no sabía lo que hacía?

Papá la miró y luego a mí.

—Helena era más que nosotros tres juntos. Siempre fue un espíritu libre, o, al menos, lo intentaba. Ese padre tuyo no la animó precisamente a ser ambiciosa, ¿verdad?

Mamá reflexionó sobre lo que papá acababa de decir.

—Mi padre tenía costumbres demasiado formales y, como tenía demasiado miedo de arriesgarse, esperaba que mamá también fuera como él. —Enarcó una ceja con escepticismo—. Eran muy diferentes. A menudo me he preguntado cómo llegaron a estar juntos. —Mamá miró las cartas arrugadas de la abuela que tenía en el regazo—. Y no tengo ni idea de a qué se refería cuando dijo que eran otros tiempos y que se arrepentía de una cosa.

—Helena quería que hicieras lo que ella nunca pudo hacer —me dijo papá, captando de nuevo nuestra atención—. Y, fuera lo que fuera, está claro que quiere que te arriesgues y que hagas algo que te guste.

Abrí la boca y la volví a cerrar.

Mamá meció su melena pelirroja. La voz se le quebró de emoción al comentar:

—Bueno, creo que esto es egoísta. —Sus ojos confusos se nublaron de lágrimas.

Me levanté del sillón y me acerqué a mamá, tirando de ella hacia mis brazos extendidos. Aspiré su perfume de Coco Chanel.

Mamá mantenía la cabeza inclinada en el hueco de mi cuello.

—Sé que tu abuela a menudo se sentía frustrada por la vida que tuvo con tu abuelo, pero no puede cargarte a ti con sus sueños no cumplidos. No es justo.

La abracé con más fuerza.

—La abuela pensaba que me estaba ayudando, mamá —repliqué—. Me quejaba ante ella a menudo de todos mis exigentes clientes de las bodas.

Mamá se pasó el dorso de la mano por los ojos húmedos.

—Sé que en su fuero interno debió de pensar que hacía lo correcto, pero, aun así... —Su voz se apagó cuando el sol de la tarde bañó la alfombra de arpillera.

Papá parpadeó.

—¿Significa eso que ni siquiera vas a considerar la idea de tu abuela? —me preguntó.

Me froté la frente. Me sentía culpable. No quería decepcionar a mi abuela. Era lo último que quería. Sin embargo, lo que me pedía... ¡era absurdo! Me gustaba la vajilla bonita, como a ella, pero convertir esa pasión en un negocio de éxito ¡era una idea absurda!, por muchas razones que me rondaban por la cabeza: no tenía experiencia en el comercio local, las pequeñas empresas de Briar Glen luchaban por sobrevivir en la situación económica actual, no tenía ni idea de cómo elaborar un plan de negocio, y la lista de aspectos negativos crecía y se oscurecía a medida que pensaba en ellos.

Me sacudí la coleta, rechazando los puñetazos de culpabilidad que me golpeaban en el pecho. Había sido una idea maravillosa, llena de amor y muy generosa por parte de mi abuela, y ella nunca sabría cuánto apreciaba lo que había intentado hacer por mí, pero era imposible.

Forcé una sonrisa decidida y triste.

—Es una gran idea, papá, pero la abuela no lo pensó bien. Es imposible.

5

La mañana siguiente llegó demasiado deprisa y trajo consigo la alegría habitual del lunes de otra semana de trabajo.

Me había hecho a la idea de que papá, mamá y yo recogeríamos el día anterior algunas cosas de la abuela que realmente significaran algo para cada uno de nosotros, y no que nos encontraríamos con una preciosa vajilla que sería la envidia de Harrods y con una tienda en la que venderla.

Si no iba a abrir mi propio negocio, ¿qué iba a hacer con el ajuar de la abuela?

Había intentado proponer ideas: desde vender el local y hacer una donación sustancial a dos de las organizaciones benéficas favoritas de la abuela hasta donar la vajilla al Museo de Historia de Glasgow.

Me senté un momento en el aparcamiento del personal del hotel, con los dedos aún aferrados al volante de mi Škoda Citigo color cobre. El Castillo Marrian se alzaba delante de mí con la luz de abril reflejándose en sus relucientes ventanas y torreones.

Con Briar Glen desplegado en todo su esplendor escocés y frondoso, pude entender por qué ejercía tanta atracción para las bodas.

Cogí el bolso del asiento trasero y me alisé la falda azul marino, que me llegaba por la rodilla.

Los huéspedes se arremolinaban en la recepción del hotel, una zona construida con cristal y cromo, resplandeciente, con instalaciones de arte abstracto y se oían amables murmullos de conversación en el comedor, cubierto con papel pintado de tonos chocolate y crema, donde se servían los desayunos.

Saludé a Una y Derek, los dos recepcionistas que trabajaban esa mañana, y bajé al comedor que daba a los ondulantes terrenos repletos de árboles y flores. Se oía el tintineo de las tazas y el traqueteo de los cubiertos del desayuno.

Mi despacho estaba al otro lado del cristal esmerilado azul hielo del *spa* Sensations, más al fondo del pasillo.

En cuanto me quité la chaqueta y encendí el ordenador para echar un vistazo a mi agenda del día, Heston irrumpió en el despacho con su severo pelo negro y su expresión de enfado. Sus finos dedos se estrechaban en torno a su corbata Castillo Marrian de color clarete, con las iniciales C & M doradas bordadas.

—¿Qué tal el domingo? —me soltó, con una sonrisa falsa.

En alerta máxima, junté las manos sobre mi escritorio semicircular de nogal, en el que había un par de fotografías de mis padres y una preciosa foto de mi abuela en su setenta cumpleaños sosteniendo su tarta de cumpleaños lila y rosa.

—Bien, Heston. ¿Qué favor vas a pedirme? —dije.

Fingió sorprenderse.

—¿No puedo preguntar por mi organizadora de bodas favorita? —Antes de que pudiera contestarle, cogió la silla de enfrente y se acomodó en ella—. He decidido tomarme una semana de vacaciones a partir de esta tarde. Pablo quiere que conozca a sus padres, que están en España.

Casi salgo disparada de la silla.

—Pero Heston, mira esto. —Giré la pantalla para que pudiera verla. Mi calendario repleto brillaba en mi PC en color verde lima—. Esto no es un juego de Tetris. Es mi calendario de reuniones para esta semana. ¿Cómo esperas que haga malabarismos con todo lo que hay aquí y, además, con tus compromisos?

Heston descartó mi cargada agenda con un movimiento de su huesuda mano.

—No te pongas así, querida. Pospondré algunas de mis citas hasta que vuelva la semana que viene —propuso. Bueno, algo era algo, pero, aun así, yo seguía teniendo delante una avalancha de bodas en distintas fases de organización—. Pero si pudieras encargarte de la organización de la boda de Ulrika Bonnington, sería maravilloso. Se suponía que iba a reunirme con ella y su madre esta mañana a las once, pero tengo taaantas cosas que hacer antes de irme...

El golpe final de Heston me hizo tambalear. ¡¿Qué?! ¡No puede ser! No podía hacerme eso. Simplemente no podía.

No obstante, a juzgar por la forma en que su enjuto cuerpo salía corriendo de mi despacho, podía hacerlo, y, de hecho, lo hizo.

Ulrika Bonnington era hija de Chastity y Spence Bonnington, propietarios de una flota de cruceros de lujo que ofrecían a los turistas la mejor experiencia escocesa. Ulrika se iba a casar con el hijo de un político comedido, aquí, en el Castillo Marrian, el 22 de diciembre. Cuando Ulrika se puso en contacto con el hotel para decir que quería que su boda se celebrara aquí, Heston insistió en que se encargaría él personalmente de los preparativos, ya que se trataba de una «boda sexi y de alto nivel».

Sin embargo, según Casper, nuestro recepcionista sueco, la señorita Bonnington estaba volviendo loco incluso a Heston, con su interminable retahíla de ridículas exigencias, despotricantes correos electrónicos y chirriantes llamadas telefónicas.

Salí corriendo de mi escritorio tras él.

—Heston. ¡Heston! ¡Espera un segundo! Insististe en que querías esta boda. Impusiste tu rango.

Heston ya avanzaba de forma impresionante por el pasillo adornado con flores. Acababan de depositar jarrones con flores frescas en los pedestales, lo que daba a la estancia un aire de bosque tropical colombiano.

—Oh, la experiencia te sentará bien —dijo él por encima del hombro—. Ahora tengo que irme. Sorcha ha dicho que podía hacerme un hueco para depilarme las cejas a las nueve y media. *Ciao!* —Su traje de chaqueta desapareció tras las puertas dobles del *spa*.

Volví pataleando hacia mi despacho, rebosante de indignación y mal genio.

¡Mierda! ¡Mierda! Hablando de la mierda, ¡me he caído justo encima de ella! Pero ¿qué podía hacer? Un par de revistas del mundo del espectáculo iban a cubrir la boda, y la familia Bonnington se estaba gastando una cantidad de dinero obscena en el castillo.

No me quedaba otra. Al faltar Heston, yo tendría que lidiar con las Bonnington.

Mi correo electrónico sonó, lo que me irritó aún más. Era un *e-mail* de Heston. Me mandaba notas de su reunión inicial con Ulrika Bonnington y su madre. No perdía el tiempo.

Me desplomé derrotada en la silla y me las arreglé para cambiar la reunión que tenía prevista a las once de la mañana con un nuevo florista que promocionaba su negocio para más tarde, con el fin de atender a las Bonnington.

Si conseguía que mi reunión con ellas no durase más de una hora, tendría tiempo suficiente para almorzar antes de mi siguiente cita, de las doce y media, con una pareja de novios.

Giré en mi silla para contemplar la multitud de árboles y césped de la parte de atrás, que caían en cascada al otro lado de la ventana de mi despacho.

Heston me debía una, una muy grande.

Ulrika Bonnington miró mi despacho, con su moqueta azul petróleo y sus cortinas a cuadros, como si estuviera atrapada en las entrañas de Satán.

—Creía que Heston Cole se ocupaba de mi boda —observó ella.

«Yo también».

Oculté mi enfado con una sonrisa profesional.

—El señor Cole está de vacaciones esta semana y me ha pedido que lo sustituya —repuse. La nariz respingona de Ulrika Bonnington se disparó hacia arriba—. Así que... —Escribí en el teclado para sacar la copia electrónica de las notas de Heston para la boda Bonnington-Barclay— se va a casar aquí, en el Castillo Marrian, el 22 de diciembre.

—Sí, a propósito de eso —intervino Chastity Bonnington, la madre de la novia, sentada a su lado como si fuera la seguridad de un club nocturno—, hemos decidido que no estamos contentos con la fecha y nos gustaría cambiarla.

Un escalofrío de preocupación me recorrió. No podía ser que pensaran adelantarla. Las fechas de aquí a final de año ya estaban ocupadas. Esperaba que mi voz sonara tranquila.

—¿Puedo preguntar por qué?

Ulrika me inmovilizó en mi silla giratoria. Me miraba como si yo fuera el tonto del pueblo.

—El 22 de diciembre no es suficientemente navideño —declaró.

Parpadeé ante su cascada de extensiones de pelo amarillo brillante y su chaqueta de piel rosa bebé.

—¿No es suficientemente navideño? —pregunté.

—Así es —dijo—. Lo he hablado con Gideon y nos gustaría trasladar nuestra boda a Nochebuena.

«Oh, tienes que estar bromeando».

Un viento helado se arremolinaba en mi despacho.

Nunca organizábamos bodas el 24 de diciembre. La familia Marrian creía que los empleados tenían todo el derecho del mundo a pasar tiempo con sus familias, sobre todo en Navidad. No obstante, se había hecho una excepción especial con Tony y Sonya, el hijo y la futura nuera de nuestra empleada doméstica más veterana, Ivy Dunsmuir. Eran una familia encantadora. Los propietarios del Grupo Hotelero Cascada Marrian, *sir* Guy Marrian y *lady* Josephine Marrian, habían insistido en que se les diera un trato especial cuando hice una llamada subrepticia a la oficina central y ensalcé las virtudes de la publicidad festiva y reconfortante que esto generaría. La oficina central había insistido incluso en pagar el cincuenta por ciento de la factura final, pues sabía que la publicidad que esto generaría no tenía precio.

—Me temo que no organizamos bodas el 24 de diciembre. Es la política de la empresa. —Sonreí amable, consciente de que las dos mujeres dirigían hacia mí su poco impresionada atención—. Voy a ver si encuentro una alternativa.

Me desplacé hasta diciembre. El rojo brillante de las reservas me devolvió la mirada. Solo quedaba una cancelación para la tarde del 18 de diciembre.

Ulrika Bonnington estalló:

—¿El 18? ¡Eso es aún menos navideño que el 22! —Me sobresalté cuando Ulrika Bonnington apareció junto a mí, en mi lado del escritorio, y dirigió una garra rubí acusadora a la pantalla de mi ordenador—. ¿No aceptáis reservas de bodas para Nochebuena? Entonces, ¿qué es eso? ¿Qué pasa el 24 de diciembre a las 11 de la mañana?

Me apresuré a hacer clic para alejarme del diario de la boda, aunque era demasiado tarde. Ella ya lo había visto. Debería haber tenido más cuidado, pero no esperaba que se moviera tan rápido con esas cuñas de metacrilato. Intenté salirme con la mía:

—¿Qué reserva?

Ulrika Bonnington volvió tambaleándose al otro lado de mi mesa y se colocó junto a su madre, que seguía sentada, con las manos apoyadas en sus huesudas caderas.

—Esa reserva que decía Sonya y Tony, boda de Dunsmuir y Lovegood —respondió Ulrika Bonnington.

Mis ojos, cada vez más abiertos, se desviaron hacia la madre de la novia, que ahora me apuntaba con puñales suspicaces, tan escalofriantes como los de su hija.

Ulrika Bonnington volvió a sentarse en su silla, ansiosa por escuchar mi explicación.

Ahora me tocaba a mí poner mala cara. Me crucé de brazos. Podía adivinar cuál sería su reacción.

—Les pido disculpas. Ese acto es inamovible. Lleva meses en la agenda.

De ninguna manera iba a sacrificar un día tan especial para Ivy y su familia, solo para complacer los caprichos fluctuantes de Ulrika Bonnington.

Los ojos verdes y felinos de Ulrika se entrecerraron.

—Sí. Seguro que esa gente lo entenderá cuando les digas quiénes somos.

Hice un ruidito de indignación. ¿De verdad acababa de decir eso? La audacia de esta mujer era asombrosa. ¿Comprenderían los de la otra boda que una heredera mimada y exigente hubiera decidido de repente que quería para su propia boda el día a ellos asignado?

Negué con la cabeza, mi trenza rubia vainilla ondulando por mi espalda.

—Lo siento mucho, señorita Bonnington, pero eso es imposible. —Sonreí con frialdad—. Como acabo de explicarle, podemos acomodarla el 18 o puede mantener su reserva para el 22. En cualquier caso, estaré encantada de poner a su disposición de forma gratuita, por supuesto, nuestro coche de caballos navideño para que usted y sus invitados lo disfruten. —Ignoré el gruñido de desaprobación de Ulrika—. El Castillo Marrian también aseguraría que su tema del reino mágico de nieve y hielo sea insuperable.

La tez de Ulrika Bonnington se puso pálida bajo el maquillaje.

—¡No quiero un carruaje tirado por un burro viejo y destartalado! Quiero que mi boda sea en Nochebuena.

Luché por mantener un aura de calma, mientras en mi interior empezaba a enfurecerme por el flagrante privilegio. Junto a Ulrika, su madre extendió una mano anillada en un intento de calmarla. No funcionó.

—Señorita Bonnington, comprendo su decepción —mentí entre dientes—, pero puedo asegurarle que su boda el 22 de diciembre será la experiencia festiva perfecta para usted y sus invitados.

Los brazos castaños de Ulrika asomaban bajo las mangas de su chaqueta.

—Esto es ridículo. ¿Dónde está Heston? Quiero hablar con él. —Sus fríos ojos brillaron—. ¿Cómo es ese dicho sobre el organillero y no el mono?

Sentía cómo se me cerraban los puños bajo el escritorio.

—Señorita Bonnington, acabo de decirle que el señor Cole se prepara para irse de vacaciones.

—Ah. Entonces, todavía no está de vacaciones.

Ulrika Bonnington se reclinó en el respaldo. Parecía una medusa rubia ceñuda.

«¡Maldita sea! No quería que se me escapara».

Miré a su madre. Ella desvió la atención hacia la alfombra de mi despacho. Así que, lo que su hija quería, lo conseguía. Bueno, esta vez no. No a expensas de la querida y dulce Ivy y su familia.

Cogí el teléfono y llamé al *spa* del hotel. Heston estaba tranquilo.

—¡Estoy a mitad de las cejas! —Se oyó un ruido cuando se impulsó hacia arriba—. ¡No puedo ir a España con cara de sorpresa!

Dejó escapar un agónico gemido cuando le conté la versión resumida de los hechos, bajo la atenta mirada de Ulrika.

—¡Oh, por el amor de Dios! No podemos permitirnos perder su dinero. En cinco minutos estoy en tu despacho.

Colgué el auricular con un temblor de preocupación. No, Heston no se pondría del lado de Ulrika Bonnington. Era mi jefe y me apoyaría. Representábamos al Castillo Marrian como un frente unido. Con independencia del dinero, no estaba dispuesta a arruinar la boda de la familia de Ivy y, a pesar de que Heston tenía la profundidad de una cucharilla, estaba convencida de que él estaría de acuerdo.

Heston irrumpió por la puerta de mi despacho cinco minutos después, con la frente tan rosa que parecía un pavo desplumado.

Tras saludar efusivamente a las Bonnington, cogió una silla libre del pasillo.

—Así que, Heston, ya le he explicado a la señorita Bonnington que el 24 de diciembre no es posible. —Abrí mucho los ojos hacia él para darle más énfasis, pero observé, con una creciente sensación de enfado e incredulidad, que Heston se movía inquieto.

—¿No podemos cambiarlos? —murmuró él al cabo de unos instantes. Me incorporé, parpadeando con furia. ¡¿Estaba dispuesto a capitular ante esa horrible mujer?! Fingí no entender—. Estoy seguro de que, si se lo explicamos a Ivy y a su hijo, podremos trasladar su boda al 22 de diciembre y permitir que la señorita Bonnington celebre su ceremonia en Nochebuena.

Los labios rosados de Ulrika Bonnington esbozaron una sonrisa de satisfacción.

Mi fachada de profesional se desmoronó. Al diablo con el esfuerzo de diplomacia.

—Pero eso no es justo —solté, con la indignación encendida en nombre de Ivy y su familia—. Les prometimos hace meses que Sonya y Tony se casarían en Nochebuena. Ivy y su difunto marido se casaron en esa fecha y significa mucho para ella.

Heston agitó una mano pálida y complació a Ulrika Bonnington con una de esas sonrisas suyas que revolvían el estómago.

—Estoy seguro de que a Ivy no le importará. Es una mujer muy comprensiva y tratable. Hablaré con ella.

Mi cabeza pasó de Heston a Ulrika y su madre. Esto no tenía sentido... ¡y era tan despiadado!

Me enderecé, vestida con mi chaqueta de traje.

—Lo siento, pero esto es inaceptable. No estoy de acuerdo en absoluto. Todas nuestras novias merecen el día de la boda de sus sueños, no solo unas pocas elegidas.

Ulrika Bonnington me señaló con su barbilla puntiaguda.

Heston giró sus ojos claros y acuosos hacia su frente lisa como la cera.

—Por supuesto, estoy de acuerdo contigo, Sophie. —Era evidente que no—. Nos enorgullecemos de proporcionar a cada novia el día de su boda que se merece. Pero el Castillo Marrian prospera gracias a su clientela de alto nivel.

Ulrika y su madre intercambiaron miradas de satisfacción al ser descritas como «de alto nivel». Tamborileé con las uñas sobre el escritorio.

—Bueno —repuse—, no tendríamos una clientela de alto nivel si no fuera por empleados trabajadores y dedicados como Ivy Dunsmuir. De hecho, no tendríamos un hotel como este si no fuera por gente como Ivy. Son el alma de este lugar.

El enfado de Heston iba en aumento.

Antes de que me diera cuenta, saltó a mi lado de la mesa y me sacó por el codo hasta el pasillo. Cerró la puerta del despacho tras de mí.

—¡Sí, sí! Te lo agradezco —siseó—, pero tienes que ver esto desde un punto de vista puramente empresarial.

No tenía que ver nada. Lo tenía delante de mis narices. Consciente de que corría un gran riesgo, tragué saliva y me incliné un poco más hacia él. No podría volver a mirar a Ivy a la cara si aceptaba. No podría.

—¿Te imaginas la publicidad negativa que esto acarrearía si la prensa se enterara de que hemos trasladado la boda de un familiar de un antiguo miembro del personal para dar cabida a las nupcias de la hija de un magnate de los cruceros?

Heston soltó un bufido desdeñoso.

—Bueno, eso no es probable que suceda, ¿a que no? —dijo.

El corazón me latía en los oídos, pero no podía aceptar nada de eso. Era una crueldad. Alcé una ceja.

—¿No lo es?

Heston soltó un grito horrorizado ante lo que yo estaba insinuando. Se sujetó a la mesa auxiliar que tenía al lado, como si lo estuvieran torturando. Sus ojos, sorprendidos y entornados, se agrandaron.

—¡Eso parece un chantaje!

Le dirigí mi mejor mirada intensa, mientras el corazón me latía con fuerza en los oídos.

—No es chantaje. Es la verdad.

Heston movió sus cejas permanentemente sorprendidas, o lo que quedaba de ellas, hacia la puerta de mi despacho y luego hacia mí de nuevo.

Dejó escapar un gritito y abrió de golpe la puerta de mi despacho. Como si alguien encendiera un interruptor, volvió a lucir una sonrisa de tiburón a favor de las Bonnington.

Chastity Bonnington nos miró pensativa. Extendió la mano hacia el brazo rosa y esponjoso de su hija.

—Cariño, por favor, piénsatelo muy bien. Si insistes en el 24 de diciembre, eso significara que otra pareja tendría que cambiar su boda para acomodarte... —Su voz estaba cargada de significado—. Imagina cómo nos afectaría eso a tu padre y a mí. Podría tener un efecto negativo en el negocio.

O la mujer había oído nuestra conversación, o había sopesado la situación por sí misma. En cualquier caso, los ojos de Ulrika Bonnington rebosaban resentimiento. La perspectiva de que su herencia se viera algo mermada la hizo recapacitar. Su nuez de Adán subía y bajaba como un ascensor fuera de control.

—De acuerdo —dijo ella tras unos angustiosos instantes—. De acuerdo. Seguiremos con nuestra fecha original del 22.

Se levantó tambaleándose de forma inestable sobre sus zapatos de Perspex.

Heston la siguió.

—¿Está segura de que es aceptable, señorita? —preguntó—. ¿Todo bien? —Cuando Ulrika gruñó un breve sí, Heston aceleró el paso—. ¿Ya se va? Creía que había venido a hablar de los renos y los árboles de Navidad blancos que quería para decorar el pasillo.

Ulrika Bonnington se detuvo en seco sobre sus cuñas. Me fulminó con la mirada por encima de su peludo hombro.

—Lo siento, Heston, pero prefiero tratar contigo.

Esbocé una sonrisa cortés y aliviada.

—Está en su derecho, señorita Bonnington —convine.

Heston parecía haberse tragado algo nauseabundo. Empezó a acompañar a madre e hija fuera de mi despacho y por el pasillo, no sin antes dirigirme una mirada que habría congelado la Antártida.

—Volveré al trabajo el próximo martes —dijo—. Me pondré en contacto con usted enseguida, señorita Bonnington, y podremos concertar otra reunión para seguir ultimando los detalles.

Estaba casi doblado de sumisión.

Ulrika Bonnington se subió el bolso Marc Jacobs crema y dorado al hombro. Me lanzó otra mirada fulminante.

—Gracias —le dijo—. Al menos sé que trataré con un profesional.

Subí una ceja. Estaba claro que no era habitual que alguien le plantara cara.

Heston fue tras ellas. Los tres desaparecieron al doblar la esquina dejando un rastro de olores y gruñidos caros, y luego me preparé para la próxima embestida verbal de mi jefe.

Cuando regresó, unos minutos después, cerró la puerta de mi despacho de un golpe. Mis cortinas se estremecieron en señal de protesta.

—¿Qué coño ha sido eso? —soltó.

—Se trata de tener moral, Heston. No solo pensaba en Ivy y su familia, sino también en la reputación del Castillo Marrian. —Heston hundió los pómulos mientras yo continuaba—: No hace falta que te diga que la reputación del Castillo Marrian es insuperable. Si hubiéramos cedido a las exigencias de Ulrika Bonnington y le hubiéramos dado el día de Nochebuena, habríamos cometido un desastre publicitario. —Heston abrió sus finos labios para hablar, pero volvió a cerrarlos mientras digería lo que yo decía. Le lancé una mirada—. Algo me dice que la familia Marrian tampoco lo habría aprobado.

En los ojos entornados de Heston vi que registraba eso último. Los Marrian habían estado más que dispuestos a saltarse las normas para que el hijo de Ivy y su futura nuera se casaran aquí en Nochebuena. Eran muy conscientes de los años de dedicación que Ivy había prestado a la empresa.

De hecho, cuando les planteé la sugerencia, la oficina central respondió casi de inmediato diciendo que los señores Marrian habían insistido en ello.

—Sí. Bueno. —Heston se ajustó los puños de su blanca camisa almidonada.

Aporreé el teclado y eché un vistazo a mis correos electrónicos, que parecían haberse multiplicado en la última media hora.

—Estoy segura de que Ulrika Bonnington lo superará —concluí.

Heston no parecía convencido de ello.

6

El resto de la semana fue un torbellino de malabarismos, entre mis compromisos laborales y la agenda de Heston.

Cada vez que pensaba en él tomando el sol en España con Pablo y bebiendo sangría bajo una puesta de sol color mandarina, mi resentimiento volvía a encenderse.

No me oponía a que mi jefe se cogiera vacaciones, pero no podía haber elegido peor momento. Abril era el mes en que empezaba la locura de las bodas, y me encontré chillando entre reunión y reunión. Mientras ultimaba detalles con novias ansiosas y me reunía con nuevos proveedores deseosos de que el Castillo Marrian les recomendara y contratara su decoración, sus arreglos florales o sus bandas, los días se fundían en uno.

Los rostros de las parejas enamoradas, en su mayoría procedentes de entornos privilegiados y adinerados, pronto se difuminaron. Exclamaban y suspiraban ante los románticos jardines, antes de admirar las discretas pero suntuosas obras de arte del hotel.

Todos querían reservar su fin de semana preferido, en algunos casos con doce o dieciocho meses de antelación, para evitar decepciones.

Al menos, ninguno de ellos era tan vil como Ulrika Bonnington.

Cada noche volvía a casa con los ojos quemándome por el cansancio. Como tuviera que ver otra tarta de ocho pisos con diamantes incrustados u otra franja de tul de seda francesa, correría el riesgo de colapsar.

A mamá le preocupaba que «no comiera bien» cuando llegaba a casa, e insistió en llevarme pastel de pescado una noche, y lasaña con ensalada y crujiente pan de ajo, otra.

A pesar de que yo solo vivía a diez minutos de mis padres, en Briar Glen, mamá iba tan cargada de provisiones que solo de salir a trompicones de su coche hasta llegar a la puerta de mi bloque de apartamentos parecía como si hubiera tenido que luchar a través de una jungla hostil para llegar hasta él.

Mis padres mencionaron la carta de la abuela y su valiosa vajilla en varias ocasiones más, pero yo lo ignoraba. La idea de dirigir mi propio negocio me provocaba pánico y pesimismo. No era realista pensar que alguien con mi falta de experiencia pudiera dirigir su propio negocio.

Para cuando llegó el viernes, tenía un sinfín de llamadas telefónicas, correos electrónicos a la espera de respuesta y un montón de preparativos de cara a la boda del sábado, inspirada en Bollywood, boda que esperaba con impaciencia.

Había sido un placer trabajar con Nina y Dev, los novios de la boda, durante los últimos doce meses, y era una gran alegría ver los frutos de mi trabajo como organizadora cuando eran apreciados. Luego volví a tener el domingo libre.

Había planeado hacer muy poco, dedicarme a dormir, comer y ponerme al día con *La casa de papel* en Netflix, aunque les había mencionado a mamá y papá que estaría disponible para echarles una mano con más cosas de la casa de la abuela. De ninguna manera estaba dispuesta a dejar que mamá tuviera que lidiar con las secuelas emocionales de lo que acababa de pasar sin estar yo a su lado.

Mamá había insistido en que me relajara.

—Tu padre y yo podemos ocuparnos de todo. Necesitas un descanso, cariño. Recarga las pilas.

Pero ya había decidido que si me necesitaban estaría allí, a pesar de las protestas de mamá.

El viernes por la mañana aparqué en el humilde aparcamiento para empleados del Castillo Marrian, con el habitual despliegue de Lamborghinis, Porsches y Aston Martins, relucientes y centelleantes a la luz del sol limón de la zona de aparcamiento para invitados.

Apenas había alcanzado la teatral exhibición de flores primaverales de rosas nacaradas, tulipanes color limón y lirios añil que había en la gran entrada, cuando Carrie, una de las recepcionistas, vino corriendo hacia mí.

—Buenos días, Carrie —la saludé—. ¿Cómo van las cosas y cómo está ese precioso niño tuyo?

Su bonito rostro de elfa mostraba preocupación. Vaciló, sin establecer contacto visual.

—Buenos días, Sophie. Carter está genial, gracias. Ahora está obsesionado con los tigres. —Se movía de un pie a otro—. Oye, has de saber que Taylor McKendrick está aquí. Ha venido a verte.

Vi pasar a un par de invitados elegantemente vestidos, con los periódicos de la mañana bajo el brazo.

¡Qué sorpresa! Taylor McKendrick era la jefa de Recursos Humanos del Grupo Hotelero Marrian.

Se la temía y admiraba por igual. Tampoco hacía visitas de cortesía. Si alguna vez se presentaba sin avisar, nunca era buena señal. Me empezó a doler el estómago de los nervios. ¿Habría hecho algo que molestara a la dirección? No sabía si había hecho algo ilegal, inmoral o turbio. Busqué en mi mente alguna pista, pero no se me ocurrió nada.

—Ah, vale. ¿Ha dicho de qué se trata?

Carrie agitó su halo de rizos morenos, pero pude leer la preocupación no expresada en sus ojos color avellana. Bajó la voz:

—Te está esperando en tu despacho. Le he llevado un café hace cinco minutos.

—Espero que con mucho azúcar —comenté, intentando disimular mi creciente preocupación con una sonrisa—. No le vendría mal endulzarse un poco.

Le di las gracias a Carrie por avisarme y por llevarle un café a Taylor, y atravesé el pulido suelo de baldosas blancas y caramelo de la recepción hasta llegar a mi despacho. Del *spa* salía una hipnotizante música de arpa junto con el aroma de velas de lima y aceite esencial.

¿Qué querría Taylor McKendrick? ¿Y por qué aparecía de manera inesperada para verme, un viernes a primera hora de la mañana?

Mi sensación de preocupación creció. No era consciente de haber cometido ningún crimen atroz, pero...

«¡Para, Sophie! ¡Te estás poniendo en lo peor!».

Cuando llegué a la puerta de mi despacho, distinguí la silueta alargada y angulosa de Taylor McKendrick a través del cristal esmerilado.

Levanté la mano y entonces me sentí como una completa idiota. ¡Un momento! Era mi despacho. No hacía falta que llamara.

Este era el efecto que esta mujer tenía en la mayoría de la gente. Una mirada y te doblabas sobre ti mismo y te convertías en una ruina tartamuda.

Enderecé la espalda y me alisé la coleta. Esbocé lo que esperaba fuera una sonrisa cálida pero profesional.

Abrí de un tirón la puerta de mi despacho y vi a Taylor sentada en posición de firmes y abrazando la taza de café recién hecho que Carrie le había preparado. Llevaba relucientes tacones rojos de punta y un corte *bob* color peróxido. Se levantó de la silla.

—Sophie. Tienes buen aspecto.

Sabía que era mentira. Tenía cráteres bajo los ojos debido a las largas horas de trabajo y la tez descolorida.

—Gracias, Taylor. Tú también.

Al sentir su atenta mirada clavada en mí, estuve a punto de quitarme la chaqueta a medida, pero me lo pensé mejor y decidí que parecía más profesional con ella puesta.

Me deslicé detrás de mi escritorio, sintiéndome como una adolescente torpe y demasiado larga para sus extremidades.

—¿Cómo van las cosas en la oficina central de Glasgow? —le pregunté.

Hubo una mirada comedida.

—Todo bien, gracias.

«Entonces, ¿por qué has venido a verme?».

Encendí el ordenador. Me di cuenta de que empezaba a juguetear con el ratón y aquieté los dedos.

—Entonces, ¿a qué debo este honor, Taylor?

«Dios mío. ¿Por qué estoy hablando como alguien salido de una comedia de los cincuenta?».

Dio un sorbo meditado a su café y dejó la taza y el platito sobre mi escritorio con un movimiento decidido.

—Me temo que no es una visita social, Sophie —contestó ella.

Me lo figuraba. Taylor no hacía eso. Sentí que se me cerraba la garganta. Se recostó en la silla y colocó con elegancia una pierna tonificada sobre la otra. Se me revolvió el estómago. ¿Qué estaba pasando? Sus fríos ojos azules me recorrieron de pies a cabeza.

—Siento decirte que se ha presentado una queja.

Parpadeé a Taylor desde mi escritorio, esperando poder ignorar el dolor en mi pecho.

—¿Perdona? ¿Una queja? ¿De quién? ¿Sobre qué?

Taylor entrelazó sus dedos cuidados con manicura en el regazo.

—Me temo que la queja es sobre ti.

Sentí que se me abría y cerraba la boca y la apreté. Un ruido extraño resonó en mi despacho. Por un momento me pregunté de dónde venía, antes de darme cuenta de que era yo.

—¿Sobre mí? —grazné, con una media risa forzada—. No lo entiendo. ¿Qué se supone que he hecho?

La luz del viernes por la mañana se reflejaba en la melena de Taylor. Me di cuenta de que expresaba sus palabras con cuidado.

—No se trata de tu trabajo, Sophie. Es bien sabido que tus habilidades para organizar bodas son ejemplares.

Notaba mi propia voz cada vez más tensa:

—Bueno, ¿de qué se trata la queja? Estoy muy confundida.

Taylor se movió hacia delante con su elegante traje de seda color carbón.

—Siento decirte que se ha presentado una queja sobre tu actitud.

Las cejas se me enarcaron hasta la línea del pelo.

—¿Mi actitud? Lo siento. Me he perdido.

Taylor leyó mi expresión de desconcierto.

—La queja la ha presentado la señorita Ulrika Bonnington.

Tardé unos segundos en asimilar esta revelación. Mi sorpresa inicial dio paso a una carcajada.

—Tiene que ser una broma —repuse.

Taylor levantó las manos en un gesto de impotencia. La luz captó el elaborado anillo de ámbar de su mano derecha.

—Afirma que estuviste intransigente, grosera y poco servicial en la reunión que tuvieron ella y su madre contigo el lunes.

—Tonterías —solté, imaginándome sus extensiones en forma de medusa—. Exigía que trasladáramos su boda del 22 de diciembre a Nochebuena. Me disculpé y le expliqué que sería imposible...

Taylor me cortó. Arqueó las cejas.

—¿Y por qué sería imposible?

Me estremecí ante la insinuación.

—El problema es que el 24 de diciembre —contesté— es la fecha de la boda del hijo de Ivy Dunsmuir. Ya conoces a Ivy, una de nuestras limpiadoras, que durante veinticinco años ha demostrado una excelente dedicación y servicio a este hotel. —Mi voz estaba cargada de sarcasmo, pero no me importó. Una de las cejas de Taylor se arqueó aún más—. Como sabrás, es tradición que los hoteles Marrian no celebren bodas ni grandes eventos en Nochebuena. *Sir* y *lady* Marrian siempre han dejado claro que es una época para estar en familia, pero, cuando les expliqué lo del hijo de Ivy y su prometida, estuvieron encantados de saltarse las normas en esta ocasión.

Taylor asintió con la cabeza.

—Soy consciente de esa política, Sophie. Llevo doce años trabajando para este grupo.

Enderecé los hombros, decidida a defender mi trayectoria.

—Nunca he tenido una queja en mi trabajo. Ni una sola. Todas mis evaluaciones han sido excepcionales. Lo sabes. —Llevé la mano al cajón de mi escritorio—. Y tengo un montón de cartas de agradecimiento de parejas felices que han quedado encantadas con mis dotes organizativas.

Describir seis cartas de agradecimiento como un montón era un poco exagerado, pero era una referencia en sí misma. No creía que la mayoría de las novias del Castillo Marrian pensaran en mis esfuerzos después de la boda. Ja, ja.

Taylor adoptó un tono más conciliador.

—Mira, te comprendo. De verdad. —Bajó su ronca voz otra octava—. Pero tienes que darte cuenta del nivel financiero y social de Ulrika Bonnington y su familia.

Puse los ojos en blanco. Me estaba enfadando cada vez más por lo injusto de la situación.

—Pero cuando se iban, la futura novia aceptó, aunque a regañadientes, mantener su fecha original del 22 de diciembre. ¿Qué ha cambiado?

Taylor movió las cejas. Estaba de su lado. Apreté los labios rojos mientras yo reía en voz baja.

—La señorita Bonnington —empezó a explicar— reflexionó sobre la situación y decidió que una boda en Nochebuena les daría a ellos y a nosotros mucha más publicidad a largo plazo. También comentó que, como sus padres se casaron en Nochebuena, la fecha tenía un gran valor sentimental para ellos. Por lo tanto, ha dicho que dejará de lado su queja si el Castillo Marrian es capaz de rectificar la situación.

El resentimiento se apoderó de mí. ¿Por qué Ulrika Bonnington no había mencionado antes que sus padres supuestamente se habían casado en Nochebuena? Sabía por qué. Sin duda, la intrigante dama se lo había inventado para intentar manipular la situación a su favor. Me crucé de brazos. La insinuación de Taylor era clara. Quería que capitulara. Esperaba que diera un giro de 180 grados para que aquella mujer rencorosa se apropiara de la fecha de la boda de la familia de Ivy para que la llevaran a ella al altar en Nochebuena. Aspiré una bocanada de aire. Luchaba por mantener la calma.

—Pero ya le hemos explicado a Ulrika Bonnington que el 24 de diciembre ya no está disponible —repuse—. Sin embargo, le aseguré que su boda temática en el palacio de hielo el día 22 sería espectacular...

Taylor me cortó con un repentino levantamiento de su mano enjoyada.

—Se gastan mucho dinero aquí, Sophie. No hace falta que te lo diga. Además, con toda la cobertura de la revista y la importancia de esa fecha para ellos...

Me pasé una mano furiosa por la frente.

—Bueno, no me creo lo que dice de que sus padres se casaron el 24. Ni la hija ni la madre lo mencionaron cuando hablaron conmigo. —Intenté calmar la voz—. Entonces, ¿estás dispuesta a mover la fecha de la boda del hijo de Ivy solo para complacer a esa rencorosa muñeca Barbie?

Taylor frunció los labios con desaprobación. Se hizo un frío silencio. Lo único que se oía era el tintineo de la música del *spa* a lo largo del pasillo.

—Sophie, estoy segura de que, en cuanto le expliques a Ivy las repercusiones de todo esto, estará más que contenta de que la boda de su hijo se traslade al 22. —Me lanzó una mirada cargada—. Y, una vez que te hayas disculpado con la señorita Bonnington, podremos dejar atrás este desafortunado incidente y seguir adelante.

Me eché hacia delante en la silla giratoria, con la cabeza dándome vueltas por la injusticia de todo aquello. Ni siquiera era porque me ordenaran disculparme ante aquella horrible mujer, sino más bien por el hecho aceptado de que a Ivy no le quedaba más remedio que sufrir un inconveniente. Era una señora trabajadora y gentil que valía ella sola lo que muchas personas de la talla de Ulrika Bonnington juntas. La injusticia que avivaba mi ira pesaba mucho más que la cautela que llevaba a tener que morderme la lengua y disculparme.

—¡Esto se pone cada vez mejor! —exclamé, hundiéndome en la silla y cruzándome de brazos—. Así que ¿quieres que cambie la boda de Ivy para dar cabida a la de Ulrika Bonnington, y además tengo que disculparme con ella?

Taylor levantó su empolvada barbilla.

—En los negocios, Sophie, a veces uno se tiene que aguantar.

«¿Que me aguante?». El corazón me latía en los oídos como una batería descontrolada. Mientras estaba allí sentada, escuchando estas tonterías, sentía la sangre burbujeando en mis venas.

—Entonces, ¿puedo confiar en que vas a resolver esta desafortunada situación de inmediato, por favor, Sophie, y no hablaremos más de ello? —Taylor se levantó de la silla y se alisó la falda con aire de satisfacción.

No respondí. No podía. Me quedé mirando mi despacho con el escritorio de nogal, las cortinas con lazo y las vistas verde ácido de los suntuosos jardines. Taylor se acercó a la puerta de mi despacho con sus tacones de aguja.

—Gracias por tu cooperación, Sophie. Ahora voy a volver a la oficina y le voy a decir a la señorita Bonnington que lo tienes todo bajo control y que cabe esperar que la llames hoy. —Se ajustó la correa del bolso—. Y estoy segura de que serás capaz de suavizar las cosas con Nancy.

Como si las piernas no me pertenecieran, me levanté a cámara lenta y presioné los talones de las manos contra el borde del escritorio. Se clavaron en la madera. En mi cabeza se agitaban decisiones y pensamientos contradictorios.

—Es Ivy —conseguí gruñir—. El nombre de nuestra abnegada limpiadora es Ivy.

Taylor se quedó parada en el umbral de la puerta, con una expresión de alivio autocomplaciente en sus facciones.

—Qué tonta soy. No se me dan bien los nombres. Claro que sí. Ivy.

La vi prepararse para salir corriendo de mi despacho.

—Taylor. —Su nombre salió de mi boca en forma de gruñido, pero ella no pareció darse cuenta.

Giró sobre sus talones y una sonrisa se dibujó en la comisura de sus labios.

—¿Sí? ¿Querías decirme algo más? —Soltó una pequeña carcajada autocomplaciente—. Probablemente sea buena idea, ya que estoy aquí.

Las interminables horas de trabajo, revisando montones de correos electrónicos; despertándome por la noche con visiones de ramos de novia, tartas de boda de chocolate y esculturas de hielo que giraban ante mí; la forma en que Heston «delegaba» en mí para que fuera yo la que tuviera que luchar por mantener la cabeza fuera del agua.

Se me daba bien lo que hacía. En cambio, ahora la injusticia de esta situación con Ivy no encajaba con mi conciencia.

No lo haría. No podía. Quizá a ellos no les pareciera inaceptable pedirme que lo hiciera y esperar que lo hiciera. Sin embargo, era algo moralmente incorrecto. No fue por la disculpa: eso se me habría atascado en la garganta y me habría ahogado, pero por el bien del hotel y de su reputación habría sido capaz de hacerlo.

Fue por la forma en que trataban a un empleado leal y veterano. Yo no formaría parte de eso.

Con ese pensamiento, informé a Taylor, que se quedó atónita, de mi decisión... y cambié mi futuro.

—Dimito.

7

—¡¿Que has hecho qué?! —Mamá tragó saliva—. ¡No puedes haber hecho eso!

Estábamos los tres en el pasillo de la casa de mis padres.

Hacía dos horas que les había dicho que había dejado el trabajo. Para ser sincera, a mí también me costaba asimilarlo.

Levanté la barbilla. Esperaba parecer y sonar más convincente y decidida de lo que me sentía. Las dudas y el pánico creciente me carcomían por dentro, a pesar de que mi conciencia me daba palmadas en la espalda.

—No podía hacer lo que me pedían, mamá —le respondí—. Lo que querían que hiciera estaba mal.

Papá nos hizo un gesto para que pasáramos al salón, donde me senté en el mullido sofá de cuero.

—¿Qué ha pasado? —preguntó mamá y lanzó una mirada de preocupación a mi padre, que estaba en el sillón de al lado.

Me escucharon mientras les contaba lo que había ocurrido con Ulrika Bonnington.

—Y para colmo también puso una queja por mi actitud y exigió que me disculpara —me lamenté.

Me resultaba difícil descifrar los pensamientos de mis padres mientras les explicaba toda aquella situación incómoda e innecesaria. Bueno, mi madre parecía mucho más angustiada que mi padre.

—Lo único que preocupaba a los responsables de Recursos Humanos y Relaciones Públicas del hotel es que los Bonnington se lleven su dinero a otra parte y que nosotros podamos perder la publicidad de las revistas de moda.

—¿Qué va a pasar con la boda del hijo de Ivy? —preguntó papá al cabo de unos instantes.

Respiré hondo con la esperanza de calmarme.

—Le dije a Taylor McKendrick, la jefa de Recursos Humanos, que, si se atrevían a cambiar la fecha de la boda del hijo de Ivy, que está fijada ahora para Nochebuena, no dudaría en ir directamente a la prensa.

—¡Oh, Sophie! —susurró mamá, retorciéndose las manos—. Eso es chantaje.

—Sí, lo sé, mamá, pero ¿qué iba a hacer? No habría sido capaz de volver a mirar a Ivy a los ojos.

Papá asintió con la cabeza, comprensivo.

—¿Y esa mujer de Recursos Humanos estuvo de acuerdo?

—Me ha prometido que la boda del hijo de Ivy se va a celebrar en Nochebuena, como estaba previsto, y que se va a asegurar de que la de Ulrika Bonnington tenga lugar el 22. Sabe que iré directamente a los periódicos si no lo hacen así.

—Apuesto a que a la niña mimada no le va a gustar —gruñó papá.

La boca se me curvó en una mueca.

—Oh, ella lo ha aceptado, por lo que dicen. En cuanto se enteró de que yo había dimitido y de que el Castillo Marrian le ofrecía un descuento del veinticinco por ciento en la factura del evento, aceptó a regañadientes mantener la fecha original del 22. Algo me dice que estaba mucho más contenta de que me hubiera quedado sin trabajo que del descuento. —Negué con la cabeza—. Al menos ahora, la boda de Ivy no se verá afectada y no tendré que presenciar el circo del palacio de hielo de Ulrika Bonnington.

Sentí un pequeño destello interior de satisfacción. Aproximadamente una hora después de recoger mi escritorio, cosa que hice en un estado mental como de nebulosa, y de salir del Castillo Marrian, tratando de ignorar la sensación de miedo y el temblor de mis piernas, Carrie, de recepción, me había llamado.

Había oído por casualidad a Taylor hablando con Ulrika Bonnington en el despacho que había dejado de ser el mío, cuando se dirigía a su pausa para el café. En aquel momento, Carrie merodeaba cerca del *spa* y oyó su acalorada discusión. Por lo que Carrie me contó, Ulrika Bonnington seguía sin estar contenta por no salirse con la suya. Aun así, acabó accediendo, sabía que no le quedaba otra opción, y le ofrecían un generoso descuento.

—Creo que le dio un subidón fugaz cuando se enteró de que yo había dimitido, pero, tras enterarse de que tenía que hacer de segundona del hijo de una limpiadora, se volvió a desencantar —seguí contándoles a mis padres.

—Así que ¿dejaste tu trabajo por principios? —preguntó papá.

Miré las paredes de color vainilla y la chimenea ornamentada, repleta de fotografías de los tres, además de otras de mi abuela, fotografías tomadas y acumuladas a lo largo de los años.

—Sí, bueno, en parte —respondí—. También está el que he trabajado tantas horas y el hecho de que Heston diera por sentado... —Dirigí una mirada suplicante a mamá, con la esperanza de que fuera capaz de entender—. Esto último que ha pasado solo ha sido el catalizador.

Mamá parecía preocupada.

—Cariño, me encanta que tengas principios —dijo—. De verdad. Pero tu sentido del deber no va a pagar las facturas.

Esbocé una sonrisa.

—Ya lo sé —respondí—. Empezaré a buscar otra cosa.

—Haces que parezca tan fácil, Sophie. —Papá hizo una mueca—. Creo que se te olvida lo largas que son las colas de empleo en este momento.

Era verdad. Dios mío. Estaba en paro. Esperaba que mis padres no percibieran mi creciente preocupación.

—Tengo un título en gestión de eventos —dije—. Seguro que consigo algo.

La expresión de mamá era sombría.

—Dios sabe cuándo —repuso.

—Gracias por el apoyo, mamá. Si la abuela estuviera aquí... —Dejé la frase sin acabar.

—Quieres decir que ella lo habría entendido, no como yo —contestó mamá.

—Yo no he dicho eso.

Papá intervino:

—Venga, dejadlo ya. Lo hecho, hecho está. —Se produjo otro silencio incómodo antes de que él levantara un dedo. Una pequeña sonrisa se dibujó en sus aristadas facciones—. ¡Tu abuela! Pues claro. ¡Maldita sea! Estamos aquí sentados con caras sombrías y, sin embargo, la solución está clara.

Parpadeé y lo miré.

—¿Qué pasa con la abuela, papá? ¿Qué quieres decir?

—No me digas que no lo has vuelto a pensar. Me refiero a su sugerencia de las vajillas. —Papá miró a mamá—. He trasladado todo su ajuar al dormitorio de invitados.

La verdad era que no me había olvidado en absoluto de las cartas y la vajilla de la abuela. Desde que me había enterado de lo que la abuela había hecho, me había estado rondando por la cabeza. Sin embargo, la sola idea de tener mi propio negocio era una locura. ¿Qué experiencia tenía yo en el pequeño comercio? Ninguna. Sabía que mi abuela lo había organizado todo con la mejor de las intenciones y la quería aún más por ello, pero era imposible..., ¿no?

—Kenny, eso era un sueño de mi madre. Ella no esperaba realmente que Sophie hiciera algo con eso...

—Entonces, ¿para qué tanto secretismo? Y, lo que es más importante, ¿por qué tu madre llegó al extremo de comprar esa tienda para Sophie? —dijo papá. Mamá hizo un ruido desdeñoso, pero papá la ignoró—. ¿Por qué no lo estudias al menos, pequeña? Habla con la señorita Cotter. No tienes nada que perder.

Sentí como si el sentido común se hubiera apoderado de mi brazo izquierdo, y la pasión tirara del derecho. Me tiraban y empujaban en todas direcciones. Papá tenía razón. Si la abuela no se hubiera tomado en serio mi sueño, no se habría molestado en adquirir aquellos juegos de té y en comprarle la tienda a la señora Cotter, ¿no?

Apreté los labios. Yo no era de las que se demoraban; yo era de las que actuaban. La perspectiva de hundirme en la autocompasión y torturarme pensando si, después de todo, había tomado la decisión correcta al abandonar el Castillo Marrian era horrible, por no mencionar la nefasta idea de someterme a interminables horas de insoportable televisión matutina.

Mucha gente que estuviera en mi lugar pensaría que le habían hecho un regalo, pero se trataba de un regalo muy grande y desalentador.

¿Podría al menos intentar ser mi propia jefa? ¿Tenía alguna posibilidad de conseguir que funcionara y de honrar la fe que mi abuela había depositado en mí? No podía quedarme de brazos cruzados. ¿Quizá estaba en mi destino dejar atrás el Castillo Marrian?

Callum solía burlarse y hacía comentarios sarcásticos cada vez que yo hablaba de vajillas o que me entusiasmaba con un precioso juego de té que había visto.

—¿Para qué coño sirven todos tus conocimientos sobre vajilla? —me decía—. No es que vayan a valerte de algo, ¿verdad?

Un destello del impulso de las ganas de demostrarle que se equivocaba se apoderó de mí.

Me había pasado toda la semana negándome a aceptar aquella idea y descartándola al considerarla un capricho, pero ahora... Me puse en pie.

—Llamaré a la señora Cotter esta tarde y le preguntaré si puedo pasarme por Florecer con Vistas mañana. No estará de más hablar con ella.

Mamá seguía sin estar convencida. Dirigió una mirada de desaprobación a papá, pero él prefirió ignorarla. Se levantó del sillón y dio una palmada.

—Perfecto. Hazlo —me animó—. ¿Alguien quiere una taza de té?

8

A la mañana siguiente me desperté con la sensación de que un peso me oprimía el pecho.

Era sábado, el día de la boda de Nina y Dev en el Castillo Marrian. Eran una pareja tan dulce y había sido un placer y un honor organizar para ellos su día especial.

Solté un gemido de culpabilidad y volví a meter la cabeza bajo las almohadas. Todas las repercusiones de mi dimisión iban calando poco a poco en mi conciencia y nadaban a mi alrededor.

Debería haber trabajado hoy, pero Taylor había insistido en que me tomara el día de descanso, así que eso fue todo. Había terminado con el Castillo Marrian.

A través de las cortinas de algodón lavanda de mi habitación, los rayos de sol se abrían paso y se colaban por encima del edredón blanco. Parecía que el tiempo iba a ser benévolo con la pareja y que les iba a proporcionar un entorno inolvidable para sus fotografías de boda, que yo sabía que serían impresionantes. Me alegré por ellos. Se lo merecían.

Saqué la mano de debajo de las sábanas y busqué el móvil en la mesilla de noche.

En cuanto lo encendí, hizo incesantes ruidos de ping. Lo había apagado a propósito después de recoger mi mesa el día anterior. Decidí que lo mejor sería no hablar con nadie de inmediato, especialmente con nadie que tuviera relación con mi trabajo.

Primero tenía que aclarar todo aquello en mi cabeza.

Ahora estaba pagando el precio.

Una serie de mensajes de voz me rompieron el tímpano. Primero fue Ivy, a quien el personal de recepción había informado del breve y cortante correo electrónico que había enviado Taylor para comunicar que yo ya no trabajaba en Grupo Hotelero Marrian «con efecto inmediato», pero que me daban las gracias «por todo mi excelente trabajo en los últimos tres años y estoy segura de que hablo en nombre de todos cuando le deseo a Sophie lo mejor en sus futuros pasos».

«Por favor, llámame, cariño», insistía Ivy, preocupada, al otro lado de la línea. «Circulan todo tipo de rumores. Derek, de recepción, incluso ha dicho que tu marcha estaba relacionada con alguna disputa con la dirección debido a la boda de Tony. ¿Es eso cierto?».

Me mordí el labio. Le devolvería la llamada a Ivy más tarde. Parecía muy disgustada y, como yo me sentía frágil por los acontecimientos de las últimas veinticuatro horas, lo último que quería era hacerla sentir peor. La decisión había sido mía y solo mía, y, desde un punto de vista moral, sabía que había hecho lo correcto, aunque acabara comiendo alubias todas las noches y volviéndome paranoica con el uso de la calefacción central.

Luego saltó una gélida llamada de uno de los secuaces de Taylor de Recursos Humanos que deseaba aclarar cuántas vacaciones me debían, pues iban a pagármelas (por lo que a mí respectaba, era lo menos que podían hacer), seguida de un aterrado Heston desde España.

«¡¿Qué demonios está pasando, Sophie?! ¡Dime que es una broma! Me acaba de llamar la Reina del Hielo para decirme que has dimitido».

Se oía hablar en español de fondo y el susurro del mar Mediterráneo.

«Llámame, Sophie. Deberías saber que nos estás arruinando estas vacaciones de mierda a Pablo y a mí. Más vale que no sea verdad».

Le eché una mirada aburrida al teléfono y pasé al siguiente mensaje. Heston estaba aterrorizado de que su mula de carga se hubiera escapado.

El siguiente mensaje me llegó al corazón, como lo había hecho el de Ivy. Era Nina. Acababa de llamarme. Sonaba angustiada.

«He pasado la noche aquí, en el Castillo Marrian», resopló, «y tenía tantas ganas de ponerme al día contigo antes de la ceremonia». Hubo una pausa. «Dev y yo te hemos traído un detalle, solo para darte las gracias por todo tu duro trabajo y por soportar mis exigencias».

Esbocé una sonrisa triste mientras me llevaba el móvil a la oreja. Nina no conocía el significado de la palabra «exigente». Me tragué una bola de emoción.

Y añadió: «Llámame cuando puedas», antes de terminar el mensaje.

Me incorporé en la cama y me miré en el largo espejo de madera blanqueada. Parecía una muñeca de trapo demoniaca. Mi pelo era un diente de león rubio.

Lo peiné de un lado a otro, antes de admitir la derrota y devolverle la llamada a Nina.

Le pedí disculpas emocionadas en cuanto contestó. No me atreví a dejar de hablar; de lo contrario, sabía que en mi estado de agotamiento era probable que sucumbiera a las lágrimas.

—Pensaré en ti y en Dev hoy a las dos en punto. Ojalá hubiera podido estar allí. Lo siento mucho.

—Bueno, obviamente tenías tus razones para irte; aun así, fue un *shock* cuando una de las esteticistas del *spa* me lo dijo anoche. Este día no habría sido posible sin ti. —Podía sentir a Nina sonriendo al otro lado del teléfono—. Dev y yo queríamos regalarte un ramo de flores y otro detalle para agradecerte todo lo que has hecho por nosotros, pero ahora nos encargaremos de que te lo lleven a tu apartamento.

Me mordí el labio y me sentí triste.

—Eres muy amable, pero no es necesario.

Nina se negó a aceptar un no por respuesta.

—Tonterías. ¿Vas a darme tu dirección o tendré que llamar a un investigador privado?

Me rendí y se le di.

—Lo siento mucho, Nina. No tuve más remedio que dejar el Castillo Marrian. Fue por conciencia.

—Lo entendemos —murmuró en voz baja por teléfono—. Esta mañana he tenido que torturar a un sueco en recepción para sonsacarle la verdadera razón por la que te habías ido.

—A pesar del nudo de emoción que tenía en la garganta, me reí. Pobre Casper—. A veces, solo tienes que seguir tu corazón y hacer lo que te parece lo correcto. Puede que no sea un consuelo, Sophie, pero hiciste lo correcto. No hay nada peor que el que no te guste quién eres.

Me sentí desanimada y confusa cuando terminó la llamada con las preguntas de Nina sobre qué pensaba hacer para buscar otro trabajo.

Decidí que no podía mirar atrás. No me haría sentir mejor. El Castillo Marrian era parte de mi pasado ahora.

Eché una ojeada al despertador, con sus números vivos y brillantes. ¡Maldita sea! Tenía que levantarme y arreglarme. Tenía que ir a ver a la señora Cotter en poco más de una hora.

Me sentía como si estuviera habitando el cuerpo de otra persona.

Después de ducharme y vestirme, me puse mis mejores vaqueros y mi blusa rosa con lazo y la rebeca a juego. Me resultó muy raro no ponerme uno de mis trajes de trabajo.

No me arrepentía, me aseguré por decimotercera vez aquella mañana mientras empujaba mis copos de salvado en el bol. «Lo hecho, hecho está», como solía lamentarse la abuela.

Hablaría con la señora Cotter. Tenía que informarme sobre la afluencia de clientes que iban a Briar Glen, y tampoco me podía olvidar de buscar un contacto en la asociación de comerciantes de Briar Glen para que me asesorara sobre la preparación de un plan de empresa, la gestión financiera, cómo tenía que publicitar el negocio... ¡Ostras! Había tanto en lo que pensar. La preocupación me carcomía por dentro, pero hacía lo posible por ignorarla.

Después de lavarme los dientes y darme un último retoque a la coleta, me dispuse a salir de mi apartamento para ir a la floristería; sin embargo, mis planes se vieron truncados por unos insistentes golpes en la puerta.

A través del cristal esmerilado de la puerta se veía una forma curvilínea y bajita que me resultaba familiar.

—¿Ivy?

En cuanto abrí, se me echó encima. Casi ni se la veía tras un suntuoso ramo de rosas amarillas, gerberas de muchos colores distintos y tulipanes rosa claro. Incluso sin soltar las flores, se las arregló para contorsionar su cuerpo, vestido con una larga gabardina roja, de modo que me encontré apretada contra su abundante pecho. Se había lavado y peinado su cabello castaño teñido. Percibí el olor a laca.

La hice pasar al salón y me tendió las flores.

—¿A qué se deben? Son preciosas —le agradecí.

Ivy se quitó la gabardina y se acomodó en el sofá.

—«¿A qué se deben?», dice. —Me miró, con su cara amable—. No puedo dejarte hacer esto, Sophie. No está bien. —Movió la cabeza con incredulidad—. No me puedo creer lo que has hecho.

—Ivy, está bien. De verdad. —Miré las flores—. Son preciosas. Gracias.

Corrí a la cocina y metí el enorme ramo en un jarrón, que llené de agua. Volví corriendo al salón y me senté enfrente de ella, en uno de los sillones.

Su tono de voz era implorante cuando me preguntó:

—¿Por qué no llamas a la señora McKendrick el lunes a primera hora? Puedes decirle que a Tony y Sonya no les importa mover la fecha de la boda.

Negué con la cabeza con tanta fuerza que creí que iba a desprendérseme del cuello.

—No —respondí—. Es una cuestión de principios, Ivy. Hace meses que tienes reservado ese hueco para tu hijo. No estaba dispuesta a complacer el capricho de una mimada niña rica. —Ivy extendió una mano y cogió la mía entre las suyas. Sentí la frialdad de su anillo de oro—. Le dije a Taylor McKendrick que, si intentaban desplazar de algún modo la boda de tu hijo del 24 de diciembre, iría directamente a la prensa. —Se me ocurrió un oscuro pensamiento—. ¡Oh, no! No lo han hecho, ¿verdad? Quiero decir, no han intentado persuadirte para que cambies la fecha de la ceremonia.

—No, claro que no —me tranquilizó Ivy, con expresión de agradecimiento—. Ya sabes cómo es la dirección de ese sitio. Están obsesionados con la publicidad. —Bajó la voz hasta convertirla en un susurro conspirativo, a pesar de que solo estábamos las dos en la habitación—. Después de que te fueras, la señora McKendrick quiso verme. Cuando me llamaron para que fuera a verla a su despacho, pensé que me había vuelto a dejar la fregona en recepción. —Ivy frunció los labios en señal de desaprobación—. Era pura amabilidad cuando empezó a decir que el Castillo Marrian se aseguraría de que la boda de Sonya y Tony fuera un día inolvidable, pero no te mencionó ni una vez. Tuve que enterarme de lo que había pasado por el sueco que trabaja en recepción. —La frustración le ensombreció el rostro—. Pero ¡tu trabajo...!

Sentía que el pecho me latía con fuerza al darme cuenta de que ahora estaba en paro. Pero entonces me acordé de la abuela y de mi reunión con la señora Cotter.

—No te preocupes por eso —le aseguré tras una pausa—. Estoy segura de que pronto estaré bien.

Los ojos grises como el acero de Ivy se abrieron de par en par con optimismo.

—¿Tienes algo más en mente, entonces? Alguien de tu nivel no debería tener problemas para conseguir otro trabajo.

Me revolví en el sillón.

—Sí... No... Bueno..., posiblemente...

—Oh, deja de tomarme el pelo, jovencita. ¿De qué se trata?

Empecé a decir las palabras, pero parecía que las estaba diciendo otra persona:

—Estoy considerando abrir mi propio negocio. Una tienda de vajilla.

La boca delineada de Ivy, pintada de carmín color brezo, se abrió de golpe.

—¡Vaya! No esperaba que dijeras algo así.

—Yo tampoco —confesé con una risa nerviosa.

Ivy dejó que esta revelación se asentara.

—No sabía que te gustara la vajilla.

—La verdad es que sí. Siempre ha sido una obsesión para mí. Tengo que agradecérselo a mi abuela. Ella era capaz de distinguir un Royal Doulton de un Royal Albert a más de tres kilómetros de distancia.

—¿Es la señora que falleció hace poco?

Asentí con la cabeza y sonreí con tristeza.

—Ha sido un golpe bastante duro.

—Apuesto a que sí. No creo que nadie esté preparado para perder a un ser querido.

—No solo ha sido un *shock* perderla. —Suspiré—. Resulta que mi abuela me ha dejado unos cuantos juegos de vajilla cara para vender.

—¡Oh, bendita sea!

—Y no solo vajilla —admití, sorprendiéndome aún al decirlo en voz alta—. He descubierto que también me ha comprado un local.

La cara de Ivy no tenía precio.

—¡No! ¿Lo dices en serio?

—Nunca he hablado más en serio. —Dejé escapar una media carcajada atónita—. Resulta que me ha comprado la tienda de la señora Cotter, en el pueblo.

Ivy se quedó boquiabierta.

—Espera. ¿Esa pequeña floristería?

Le lancé una mirada aprensiva.

—Justo esa.

—¿Y cómo te ha sentado todo esto? ¿Tenías alguna idea de lo que ella estaba planeando?

Miré a través de la ventana del salón.

Antes de darme cuenta de lo que estaba diciendo, todos mis sentimientos de anticipación y preocupación se desataron.

—No tengo ni idea de dónde ha salido esa valiosa vajilla, ni de cómo pudo permitirse comprar la tienda. —Negué con la cabeza. No dejó de sorprenderme en toda su vida—. Lo que sí sé es que me preocupa que, si intento sacar adelante la tienda, acabe defraudándola.

Ivy escuchaba, asintiendo con la cabeza, murmurando y, de vez en cuando, apretándome la mano. Cuando terminé de hablar, me sentía agotada.

—Y eso es todo —concluí.

La expresión de Ivy era de asombro. Se recompuso.

—Bueno, si te empeñas en no volver al Castillo Marrian, creo que ya sabes lo que tienes que hacer. —Se inclinó hacia delante, sus zapatos de cuero marrón emitieron un chirrido—. Tu abuela creía que podías hacerlo y yo también lo creo. —Levanté una ceja y me la quedé mirando—. Si no lo haces, te pasarás el resto de la vida preguntándote qué habría pasado si... —Dejó escapar una pequeña carcajada—. Y, créeme, no te conviene hacer eso. —Se levantó del sofá, y yo, del sillón. Volvió a estrecharme entre sus brazos y se quedó abrazándome unos instantes—. Gracias, Sophie, por lo que has hecho. —Luego retrocedió un par de pasos con sus sólidos zapatos de tacón de cuña y me mantuvo frente a ella con el brazo extendido—. Seré una de tus primeras clientas. Ya era hora de que Len y yo nos demos el gusto de una tetera nueva.

Una vez que Ivy se marchó, haciéndome antes prometer que mantendría el contacto con ella, decidí no coger el coche, sino ir andando a la calle principal de Briar Glen. El aire fresco me haría bien, me ayudaría a despejarme.

El móvil me sonó desde el fondo de mi bolso. Era Heston otra vez. ¡Oh, por el amor de Dios! ¿Me llamaba un sábado, cuando se suponía que él estaba de vacaciones? Eso era demasiado, incluso para él. Lástima que no fuera tan atento cuando trabajaba para él. Sabía que tendría que hablar con él en algún momento, pero ahora mismo la perspectiva de escuchar sus quejas egoístas de que lo había «dejado tirado» no me atraía en absoluto. Decidí no contestar.

Se oyó el lánguido arrullo de una paloma torcaz, mientras el sol de la mañana se abría paso entre los árboles que había al otro lado de la carretera. Trompetas polvorientas de narcisos agitaban sus cabezas cuando mis zapatillas pasaban por delante de los cuidados jardines de las casitas de tejados de paja.

Al menos, Nina y Dev tenían un día de boda precioso, aunque eso no calmó mi sentimiento de culpa por haberme perdido su gran día. Aun así, eran una pareja encantadora, y Nina había sido muy comprensiva.

Tenía tres años de experiencia como organizadora de bodas en uno de los hoteles más exclusivos de Escocia, además de mi título universitario en organización de eventos. Eso debería ayudar a reforzar mis posibilidades de conseguir otro trabajo, en caso de que esta aventura con la vajilla no funcionara.

Asentí con la cabeza mientras caminaba, como convenciéndome a mí misma.

En la mampostería de algunas casas estaba tallado el emblema de Briar Glen: la rosa azul, que simboliza el logro de lo imposible. Con suerte, yo podría conseguir lo imposible y salir adelante.

La calle principal de Briar Glen, con su revoltijo de tiendas y farolas, apareció ante mis ojos. En el centro del paseo peatonal serpenteaba una serie de jardineras rectangulares repletas de tulipanes y flores de azafrán de colores blanco, malva y amarillo ranúnculo.

Los entusiastas voluntarios locales que formaban Los Amigos de Briar Glen habían estado muy ocupados acicalando el lugar para la esperada afluencia de visitantes primaverales.

Florecer con Vistas se hallaba a mitad de la calle, entre la farmacia y la joyería. Tenía ventanas con parteluz y una puerta de cuatro paneles de madera de haya barnizada con cristal esmerilado en forma de media luna.

La fachada de la tienda estaba pintada de blanco brillante, con alféizares de color clarete y un letrero que pendía de un riel plateado con la inscripción FLORECER CON VISTAS pintada en color vino. A ambos lados del nombre de la tienda había dibujadas delicadas rosas de color burdeos.

El escaparate de la señora Cotter mostraba un surtido de flores amarillas de diversas formas y tamaños, presumiblemente para anunciar la llegada de la primavera.

En cada una de las dos ventanas había un cartel que decía REBAJAS POR CIERRE POR JUBILACIÓN.

Entré, el tintineo de la campana sobre la puerta anunció mi llegada.

Me recibieron penachos de flores y plantas en un surtido de bonitos jarrones con forma de flauta y bañeras ornamentadas, colocados sobre una serie de bancos de madera blanca. Era como entrar en un frasco de perfume muy lujoso. El aire era rico y cálido, con aroma a polen y rosas. Junto a los bancos había un mostrador antiguo con una trampilla para entrar y salir.

Las paredes estaban decoradas con dibujos y pinturas de arreglos florales. Hacia la parte trasera de la tienda había lo que parecía ser un taller, donde una joven con un delantal a rayas color caramelo estaba ocupada colocándole una cinta de tartán a un ramo de lirios. Me dedicó una pequeña sonrisa antes de volver a lo que estaba haciendo.

La señora Cotter me sonrió desde detrás del mostrador y levantó la trampilla de madera para indicarme que pasara.

—Me alegro de verte, Sophie. Siento mucho lo de Helena. ¿Cómo estáis todos?

Después de saludarme, la señora Cotter me invitó a pasar al taller. Vi un montón de cintas de colores de distintas texturas que colgaban de un soporte situado encima de una mesa de formica y hojas de papel de seda de colores pastel apiladas a su lado. También había vainas de juncos secos y flores artificiales etiquetadas y colocadas en dos armarios.

La señora Cotter me llevó a su pequeño despacho, situado junto a la zona de trabajo, que estaba repleto de brillantes folletos de proveedores, todos apilados a un lado de su desordenado escritorio, junto al ordenador y el teléfono.

La señora Cotter cerró la puerta tras de sí y me instó a sentarme frente a ella, en una silla de respaldo alto que había visto días mejores. Había una ventana de guillotina y a través de ella el sol de la mañana se derramaba sobre la alfombra rojiza.

Al sentarse, se quitó la camisa vaquera. Iba vestida de manera informal pero con estilo, con un top color limón y cómodos vaqueros.

Me saludó con un gesto de la cabeza con su melena plateada.

—Tu abuela era una mujer maravillosa. Cuando la hicieron, rompieron el molde.

Sonreí.

—Ya lo creo —convine.

La señora Cotter juntó las manos encima de su escritorio.

—Así que estás aquí por tu nuevo negocio —me dijo, con sus ojos color avellana cuidadosamente maquillados.

—Bueno. —Me reí con preocupación—. Supongo que sí. —Me aclaré la garganta—. En primer lugar, quería preguntarle por el número de clientes potenciales y la afluencia de público. Y, si pudiera facilitarme un contacto de la asociación de comerciantes de Briar Glen, sería de gran ayuda. —Sonreí tímidamente—. Además, quería empezar a buscar un plan de negocio y oportunidades de *marketing*. —Le expliqué que había dejado mi trabajo y que era una decisión consciente por mi parte, pero no entré en más detalles—. Si las cosas no salen como espero, tendré que empezar a buscar otra cosa enseguida. Lo siento si suena derrotista, pero supongo que intento ser realista. No tiene por qué ser en organización de bodas, aunque me encanta la organización de eventos...

Me di cuenta de que estaba divagando y cerré la boca.

La señora Cotter soltó una risita indulgente.

—Tengo que decirte, Sophie, que cuando inauguré Florecer con Vistas, tampoco tenía experiencia en ventas al por menor.

Parpadeé.

—¿En serio? —pregunté.

—Sí. Pero lo que sí tenía era entusiasmo, determinación y conocimiento de lo que querían los clientes, ¡porque yo era uno de ellos! —Sonrió amablemente—. Algo me dice que, si te pareces en algo a tu difunta querida abuela, pondrás todo lo que tienes en este negocio y harás que funcione.

Parpadeé ante su aspecto inmaculado al otro lado del escritorio.

—Gracias. Eso espero.

Me extendió la mano.

—Bienvenida a tu pequeño reino, Sophie. Sé que harás que este lugar sea un orgullo.

Me moví hacia delante en la silla. Era una pequeña tienda acogedora y pintoresca bien ubicada.

La señora Cotter levantó la mano y la dejó en el aire. Sus pequeños pendientes brillaron a la luz.

Yo estaba sin trabajo, no tenía nada más, y mi abuela se había tomado demasiadas molestias. Era como si tuviera un pie colgando al borde de un precipicio. Recordé el entusiasmo y la pasión de mi abuela por la vajilla y cómo me la había inculcado. Quizá había llegado el momento de arriesgarme, como había dicho Ivy. Se lo debía a mi abuela.

Por miedo a volverme loca de tanto pensar, cogí la mano

de la señora Cotter y nos dimos un apretón de manos de negocios.

Los marcados pómulos de la señora Cotter se alzaron en una sonrisa triunfal.

—Excelente —dijo—. Ahora, déjame poner el hervidor y luego podremos charlar como es debido sobre el aburrido papeleo.

La vi desaparecer, en su camisa vaquera, por la puerta de su despacho. Mi estómago dio una impresionante voltereta. Ya no había vuelta atrás. Esto estaba ocurriendo de verdad.

9

15 de junio de 1970. Cadder Grove, 12. Briar Glen

—Repite eso. Que quieres hacer ¿qué?

Las mejillas rosadas de Helena se sonrojaron. No quería que Donald levantara la voz. Acababa de recoger a Marnie del colegio, a quien no le impresionaba que, además de los deberes de Matemáticas, tuviera que leer más de dos páginas de Janet y John.

Desde la cocina color aguacate, Helena podía ver a Marnie, sentada en la mesa del comedor, al fondo del salón, balanceando sus piernas de niña de seis años. Parecía Pippi Calzaslargas, con sus tiesas trenzas rubio oscuro a ambos lados de la cara. De vez en cuando, le dedicaba una mirada enfadada a su libro de lectura. Eso hacía sonreír a Helena.

—¿Me estás escuchando?

Helena se volvió entonces para mirar a su marido.

—Por supuesto que sí —contestó—. ¿Me estás escuchando tú a mí?

Los ojos cansados de Donald, de un gris desvaído, brillaban de fastidio.

—No hago otra cosa.

A Helena se le erizó la piel. Era un comentario absurdo. Él nunca estaba allí. Donald se marchaba a su trabajo de gerente de la fábrica de vidrio local en cuanto amanecía sobre los tejados de Briar Glen. Cada noche, Helena se aseguraba de que Donald tuviera el desayuno del día siguiente preparado, así como el almuerzo en una tartera en el frigorífico. Él nunca llegaba a casa antes de las seis.

Ella y Marnie tenían suerte si podían pasar un par de horas con él, antes de que llegara la hora de que Marnie se fuera a la cama y Donald diera por terminada la noche no mucho después que su hija. Y toda la rutina volvía a empezar a la mañana siguiente.

Helena jugaba con las puntas de su larga melena morena peinada con la raya en medio. Había intentado emular a la actriz del momento, Ali MacGraw, de Love Story. Alguien en la tienda de la esquina le había comentado la semana anterior que se parecía a Ali MacGraw, y ella se había sonrojado de alegría. Le encantaba esa película.

—Pero ¿qué pasa con Marnie? —soltó Donald.

Helena parpadeó con los ojos delineados con kohl.

—¿Qué pasa con ella?

—Acabará convirtiéndose en uno de esos niños desatendidos.

—¡Oh, no seas ridículo! De eso se trata, Don. Ella no será eso. —Helena observó el lenguaje corporal de Donald. Era todo brazos cruzados y boca adusta bajo su bigote influenciado por Peter Wyngarde—. Sería perfecto. Esa nueva tienda de regalos del pueblo solo lleva funcionando unas semanas y están desesperados por tener personal a tiempo parcial. —Las finas cejas de Donald se elevaron. Siempre le pasaba cuando desaprobaba algo—. Van a abrir una sección de vajilla y, cuando le mencioné a la señora Auld que estaba muy interesada en los juegos de té... —Donald cambió de postura contra el fregadero—. No me he olvidado de Marnie en absoluto, Don. Está en la escuela desde las nueve de la mañana hasta las tres. Por eso, un trabajo como este sería perfecto. La señora Auld me ha dicho que puedo trabajar de nueve y media a dos y media tres días a la semana para empezar y luego puedo aumentarlo a cinco días si quiero. —El enfado la invadió como una ola gigante—. ¿De verdad crees que me lo habría planteado si fuera un inconveniente?

Helena volvió a centrar su atención en su hija, que ahora se bebía el zumo de naranja con una pajita y movía las piernas de forma más frenética y desinhibida que antes por debajo de la mesa.

—Claro que no —soltó él. Era una de esas raras ocasiones en que estaba en casa a una hora razonable, gracias a que tenía cita con el oculista. Seguía vestido con su traje y se había aflojado la corbata de cachemira—. Solo creo que una mujer..., bueno..., una esposa y madre... debería llevar la casa.

Helena se quedó mirándolo con la mandíbula desencajada. Se sentía como atrapada en una de esas horribles comedias americanas.

—Quizá no te hayas dado cuenta, pero hay mujeres que vuelven a trabajar después de tener hijos. Mira a Connie, la que vive en el número tres. Trabaja tres días a la semana en la peluquería.

Al mencionar a su glamurosa vecina, el bigote de Donald se retorció.

—Es un buen ejemplo —replicó—. Mírala: su pobre marido tiene que hacer la compra y llevar a Louise y Paul al colegio.

—Solo de vez en cuando, y eso es porque ahora la han nombrado estilista sénior.

Así que de eso se trataba. A Donald le preocupaba que le pidieran que echara una mano con Marnie. Dios no lo quisiera, incluso podría tener que llevarla a la escuela o ir a la tienda de la esquina si se quedaban sin pan y leche.

¿Era ese su problema? ¿Era porque le preocupaba que Helena trabajara unas horas a la semana y pudiera castrar el papel de cabeza de la familia de Donald?

Helena miraba a su marido con resentimiento a través de la cocina con suelo de linóleo, frontal de azulejos verde hierba y blanco, y cortina tejida. Se preguntaba qué pensaría de esta conversación gente como Germaine Greer. A la señorita Greer le entrarían ganas de poner los testículos de Donald en un torno. Tal y como se sentía ahora, Helena sabía que se ofrecería voluntaria para girar el tornillo.

En señal de que, por lo que a él respectaba, la discusión quedaba zanjada, Donald se apartó del fregadero y cogió a Helena, que estaba rígida, entre sus brazos. Él olía a Old Spice y a maquinaria de fábrica.

—No te preocupes por nada, Hels. Gano más que suficiente para la familia. —«No se trata de dinero», se gritó Helena. «¿No te das cuenta? Solo quiero hacer algo por mí». La deleitó con una sonrisa condescendiente—. Sigue haciendo lo que mejor sabes hacer, cuidar de Marnie y de mí. Te estamos muy agradecidos por ello, ya lo sabes.

Sus ojos se clavaron en la espalda de él, que se dirigía hacia el salón para ver a su hija. Helena oía a Marnie reírse de algún chiste tonto que Donald le estaba contando.

Helena cogió un paño de cocina. ¿Cuántas veces había intentado tener aquella conversación con él? ¿Cuántas veces la había cortado, como si ella estuviera sufriendo algún tipo de episodio del que, con el tiempo, se recuperaría y lo superaría?

Se sujetó al borde de la mesa de pino de la cocina. Ya era suficiente.

Tenía treinta años y no necesitaba la aprobación de Donald Hamilton. Ella creyó que hacía lo correcto al volver a plantearle el tema. Se suponía que las parejas debían hablar de las cosas. ¿No se suponía que el matrimonio era una sociedad? Al menos, eso había leído en un ejemplar del Cosmopolitan.

Ella había hecho un esfuerzo por hablar de ello de manera racional y, sin embargo, Donald se había limitado a responder con sus tópicos de siempre.

Marnie dejó escapar un suspiro de aburrimiento.

—Mami, ¿puedes venir a preguntarme las palabras, por favor?

Helena se cruzó de brazos.

—Por supuesto, cariño. Ya voy —dijo.

Estudió su entorno. La vida era algo más que hacer la compra semanal y las tareas domésticas. En su cabeza revoloteaban, como exóticos pájaros tropicales, más imágenes de lustrosas mujeres seguras de sí mismas que aparecían en las revistas que leía cuando Donald no estaba. Quería que la vieran como algo más que esposa y madre.

Sabía que su genuino amor por la vajilla sería muy valioso para la pequeña tienda de regalos y que sería muy gratificante. Saldría de casa, conocería gente, daría rienda suelta a su vocación *y ganaría algo de dinero para sí misma; además, seguiría ejerciendo de madre de Marnie, un cometido que su preciosa niña se merecía.*

El corazón de Helena bombeaba adrenalina. Estaba decidida. Las posibles consecuencias y las prolongadas discusiones que sin duda se producirían cuando tuviera que decirle a Donald que había empezado a trabajar se agitaron en su pecho. Las descartó. Mañana por la mañana iría a ver a la señora Auld, justo después de llevar a Marnie al colegio, y le diría que podía empezar inmediatamente.

—La abuela compró esta tienda —murmuré, con una taza de té en una mano mientras miraba con los ojos muy abiertos lo que me rodeaba—. Todavía no parece real.

Los ojos oscuros de la señora Cotter brillaron.

—Así es. Tengo todos los papeles que lo prueban.

Me revolví en la silla, ahora que habíamos vuelto al despacho.

—Señora Cotter, ¿cuándo habló mi abuela con usted por primera vez? Me refiero a la compra de la tienda.

La señora Cotter se quedó pensativa.

—Déjame pensar. Fue hace tiempo. —Entornó los ojos—. Ah. Sí, ahora me acuerdo. Fue justo antes del fin de semana del setenta cumpleaños de mi marido, así que de eso hace ya catorce meses.

Casi se me derrama el té por todas partes de la impresión.

—¿Mi abuela llevaba tanto tiempo planeando esto? ¿Está segura, señora Cotter?

—Absolutamente. Lo recuerdo muy bien. Tu abuela se pasó a hablar conmigo un viernes por la tarde, justo cuando me disponía a cerrar antes para llevar a Martin al Loch Lomond para una cena sorpresa de cumpleaños con la familia.

Me quedé con la boca abierta. Así que la abuela lo había estado planeando todo ese tiempo y nunca nos dijo nada, ni a mí, ni a papá y mamá.

Como si leyera mis atónitos pensamientos, la señora Cotter los interrumpió:

—Me hizo jurar que guardaría el secreto, Sophie.

Moví la cabeza con incredulidad.

—Seguro que sí.

La señora Cotter puso los ojos en blanco.

—Es típico de Helena Hamilton. Siempre dando sorpresas.

Busqué la expresión divertida de la señora Cotter.

—Pero... Pero ¿por qué no me lo dijo antes?

Se hundió de nuevo en su silla.

—Tal vez pensó que cambiarías de opinión una vez lo hubieras pensado y dirías que no. Así no te ha dado mucho tiempo. Quizá sea lo mejor. *Carpe diem* y toda esa cantinela.

Me froté la cara. Dios mío. Una decisión que cambiaría mi vida. Mis emociones oscilaban entre el agradecimiento, la preocupación por lo que estaba asumiendo y la ilusión por el futuro. En un momento estaba organizando bodas de lujo y al siguiente descubría que tenía una tienda y cajas de juegos de té.

La señora Cotter dio un sorbo a su té, observándome atentamente. Me dejó asimilarlo todo durante unos instantes antes de volver a hablar.

—Sé que debe de haber sido un *shock*... —Di una carcajada de incredulidad—. Pero tu abuela nunca habría hecho esto si pensara que no eres capaz de salir adelante.

Solté una nube de aire, aún luchando por hablar.

—Eso es lo que me dice la gente. —Bebí otro sorbo de té—. Es solo el hecho de llevar un negocio aquí, en Briar Glen. —Hice una pausa—. ¿Supongo que no podrá recomendarme un buen contable?

—Por supuesto. —Sonrió la señora Cotter—. Te daré los datos del señor que me lo ha llevado a mí. Se llama Craig Adler y es muy profesional, pero también muy accesible. Ha sido mi contable desde que empecé.

—Gracias. —Sonreí, un sentimiento de alivio y me atrevería a decir de optimismo prometía brotar—. Sería estupendo.

—¿Lo ves? —dijo la señora Cotter—. Las cosas ya empiezan a arreglarse poco a poco. Cuando terminemos el té, haremos una pequeña visita guiada. Este lugar no es demasiado grande, pero es como la parte de atrás de una Tardis, así que dispone de un montón de espacio de almacenamiento. —Frunció el ceño—. Tu abuela se empeñó en que fuera esta la tienda. Le dije que la antigua barbería también se pondría a la venta, pero no le interesó. —Hizo un gesto de simpatía—. Pobre Keith McLeod y su artritis. Él y su socio han decidido vender y mudarse a España para disfrutar de un clima más cálido, así que también pondrán a la venta La Granja.

Volví a centrar mi atención en la señora Cotter.

—¿Perdón? ¿La Granja?

Me miró como si me hubieran crecido dos cabezas.

—Donde viven Keith y Andrew —contestó.

—Ah, sí. Por supuesto. —Mis pensamientos revueltos consiguieron sacar fotos del moderno chalé de Keith, con sus amplias vistas de las colinas de Briar Glen. Volví a centrarme—. Entonces, ¿dice que mi abuela no estaba interesada en la barbería?

—En absoluto. —La señora Cotter saboreó otro sorbo de té—. Quiero decir, Cabello Aparente está situada más cerca de la estación de tren y está un poco más de paso, pero ella insistió en que debía ser Florecer con Vistas.

Miré a mi alrededor. Me pregunté por qué la abuela había insistido tanto en que tenía que ser este local.

—¿Sabe qué era este lugar antes de que te hicieras cargo de él?

—Oh, ha cambiado de manos unas cuantas veces, pero sé que fue una tienda de bicicletas con mucho éxito en su día. —La señora Cotter se inclinó hacia delante en la silla, sosteniendo su taza entre sus manos pecosas—. Cierro oficialmente dentro de dos semanas, el 1 de mayo. —Hizo una pausa dramática, con sus ojos chocolate brillando—. Entonces será toda tuya.

***

—Sigo pensando que todo esto es una locura —murmuró mamá, tirando el paño de cocina sobre la mesa—. ¡¿De dónde ha sacado mamá el dinero para comprar una tienda?!

—Sé que solía invertir en acciones y bonos. —Papá se encogió de hombros—. Tu madre era una mujer muy espabilada.

A pesar de la clara frustración de mamá, asintió con la cabeza con una fugaz sonrisa.

—Esa es una forma de describirla —dijo.

Papá se volvió hacia mí.

—Entonces, ¿has decidido jugártela, cariño?

Asentí con la cabeza con firmeza.

—Así es. La abuela me ha comprado la tienda y me ha dejado esos juegos de té, y voy a salir adelante. —Me oía decirlo, pero era como si mi cuerpo estuviera siendo habitado por otra persona—. Y ya he empezado a pensar en posibles nombres para el negocio, cómo quiero que sea la distribución de la tienda y qué redes sociales y estrategias de *marketing* voy a necesitar para arrancar.

—Pero vender teteras... —dijo mamá; su preocupación por mí era evidente.

—Bueno, ¿por qué no? —respondió papá—. Ya sabes cuánto le gusta todo eso a la chica desde que era pequeña y no es que no sepa de lo que habla. Helena tenía a nuestra Sophie hablando de Royal Doulton ¡antes de que aprendiera el alfabeto! —Él me guiñó un ojo—. Sabes que a lo mejor esto ha sucedido por una razón, que renuncies a tu trabajo, quiero decir.

Mamá volvió a coger el paño de cocina.

—¡Oh, ya está con una de sus divagaciones filosóficas!

Papá le sonrió y le apretó la cintura. Ella hizo ademán de protestar y lo apartó de un manotazo.

Mientras los observaba, reflexionaba sobre el rumbo que iba a tomar mi futuro. ¿Podría hacerlo? ¿Podría hacerlo, no solo por mí, sino también por mi abuela? Ella había depositado mucha fe en mí y me estaba dando la oportunidad que ella nunca tuvo.

Enderecé la espalda.

Ay, Dios.

Estaba a punto de suceder. Iba a montar mi propio negocio.

10

Las siguientes dos semanas fueron un torbellino de llamadas telefónicas y correos electrónicos, y no tuve tiempo de echar realmente de menos el Castillo Marrian.

El 1 de mayo cerró Florecer con Vistas y me dieron las llaves del local.

No tardé en ponerme en contacto con el subastador que me había recomendado la abuela, Howard Thrall, que no pudo ser más servicial. Lamentó mucho el fallecimiento de mi abuela, pero se mostró muy entusiasmado con los juegos de té que ella me había encargado vender, sobre todo cuando le envié por correo electrónico las fotos que les había hecho con el móvil.

De hecho, casi se le caía la baba.

—Sabía que Helena tenía algunas piezas interesantes, pero no tenía ni idea de que poseyera juegos de té de la talla de Theodore Wende y Roy Lichtenstein —me dijo al oído—. Sé de varios compradores que se desvivirán por pujar por semejantes adquisiciones para sus colecciones.

Fruncí el ceño mirando el móvil.

—¿Y no tienes ni idea de cómo llegó a conseguirlos mi abuela?

—No tengo ni la más remota idea. Lo único que dijo es que se las regalaron hace muchos años, pero quién y por qué, no lo sé.

Aunque se me animó el corazón ante la perspectiva de disponer de un capital adicional, muy bienvenido, para poner en marcha el negocio, no pude evitar preguntarme quién le había regalado a la abuela aquellos valiosísimos juegos de té y por qué. Una cosa era regalarle a una amiga un perfume o una preciada fotografía, y otra muy distinta, una vajilla que podía venderse por miles de libras.

Howard volvió a hablar, interrumpiendo mis pensamientos:

—Haré que un par de empleados míos recojan la vajilla.

Afortunadamente, la señora Cotter había cuidado mucho el local, por lo que este no necesitaba grandes reformas. Lo único que yo pretendía era redecorar la tienda y darle un aire propio. La fachada agradecería una mano de pintura blanca y yo había optado por alféizares lilas y decidido pintar la puerta del mismo tono. Quería que la tienda dispusiera de una mezcla ecléctica de vajillas, desde las antiguas y tradicionales hasta las retro y las más modernas. También me rondaban por la cabeza ideas para cambiar los escaparates con regularidad y seguir ciertos temas e ideas, y no solo reflejar la Navidad y las estaciones. Tal vez podría tener un escaparate dedicado a *Alicia en el País de las Maravillas*, con mi propia versión de la fiesta del té del Sombrerero Loco, o hacer un homenaje a la señora Potts y Chip de *La Bella y la bestia*, con un escaparate temático de Disney.

También había hecho un poco de trabajo detectivesco en los otros comercios pasando por ellos y preguntando a los propietarios y a los clientes qué pensaban de que Briar Glen tuviera su propia tienda de vajilla. La respuesta que recibí fue muy positiva. Los comentarios iban desde «Eso atraerá a los turistas» y «Hay un hueco en el mercado por aquí» hasta «¡Dios mío! Mi mujer nunca saldría de ahí». Oír el entusiasmo por mi nuevo negocio me reconfortó, pero sabía que estaba empezando, y, por tanto, quería ir poco a poco y no contratar demasiado personal al principio.

Encontrar un nombre pegadizo y fácil de recordar para la tienda también estaba en mi lista de tareas pendientes, que no paraba de crecer. Había hecho una lista de cuatro o cinco posibles nombres y seguía dándoles vueltas.

Como papá era fontanero, aunque estaba a punto de jubilarse, conocía a muchos de los comerciantes locales.

—Avísame cuando hayas decidido qué decoración quieres y hablaré con un par de decoradores amigos míos.

La señora Cotter también fue muy amable y me ofreció su ayuda.

—Sin duda me aburriré mucho durante mi jubilación, así que no dudes en llamarme cuando quieras. —Y me puso en la mano una de sus antiguas tarjetas de visita.

Fue una suerte, en muchos sentidos, que en mi vida anterior hubiera sido organizadora de bodas. Al igual que mi madre, siempre fui una feroz creadora de listas de tareas pendientes, deseosa de ser una persona organizada, y el hecho de ser capaz de poner en práctica esas habilidades organizativas con la tienda al menos me dio algo de confianza... ¡y ahora la confianza era vital!

Hice una lluvia de ideas sobre lo que pensaba que tenía que hacer: redecorar la tienda y conseguir una caja registradora y un datáfono para las tarjetas de crédito; crear un sitio web y cuentas en las redes sociales para el negocio; ponerme en contacto con los proveedores de vajilla que la abuela me había recomendado en su carta, y pensar qué debía hacer con respecto a la contratación de personal, además de tener en cuenta los costes de la publicidad en la prensa local y comarcal.

Craig Adler, el contable de la señora Cotter, ya se había incorporado, lo que me quitaba un gran peso de encima. Busqué vajillas en internet para hacerme una idea de los precios. Aunque gran parte de mis existencias se iban a centrar en la gama alta del mundo de los juegos de té, también vendería diseños más modestos, pero igual de bonitos y llamativos. Quería llevar la alegría de la vajilla a todos y no lo conseguiría si solo vendía juegos caros.

Mi objetivo era crear un refugio acogedor, donde mis clientes pudieran mirar, admirar, apreciar los productos... ¡y luego comprarlos!

Después de hojear una cantidad exorbitante de folletos de interiorismo y muestrarios de pinturas de colores, me decidí por el lila (mi color favorito) para las paredes de la tienda y el Bruma Escocesa, un blanco suave con un toque de gris, para las estanterías y el mostrador.

Para mi tranquilidad, el suelo de madera oscura seguía en buen estado, así que papá sugirió darle otra capa de barniz para dejarlo como nuevo.

El antiguo taller de la señora Cotter, que en su día albergó todas sus flores, cintas, papel de seda y género adicional, también tendría las paredes lilas y las estanterías del mismo tipo de color blanco. Sería el cuarto ideal para albergar mis nuevas vajillas y guardar todas las piezas en sus cajas.

La señora Cotter había dejado su antiguo escritorio en el despacho. Se hallaba en bastante mal estado; estaba rayado y era de caoba oscura, pero tenía mucha personalidad. Me lo imaginaba reluciente e inyectado de nueva vida, por eso decidí emprender esta tarea yo misma y traté de averiguar cuál era la mejor técnica para restaurar la caoba. Por los consejos que encontré en internet, la opinión general era que había que pulirla con un poco de combustible líquido para encendedores derivado del petróleo y papel de lija de grano fino y luego pintarla con un barniz derivado del petróleo.

Mi padre me ayudó a transportar el escritorio a casa, y luego me pasé las siguientes tardes en vaqueros viejos y con el pelo recogido en un moño, absorta en pulir, lijar y aplicar una capa de barniz. Todo el proceso me pareció gratificante y relajante, hasta ver cómo la madera cansada volvía a la vida. Fue un agradable paréntesis entre días frenéticos.

Mientras aplicaba el barniz, observando cómo las cerdas de la brocha se deslizaban y extendían, me pregunté qué pensaría la abuela si pudiera verme en ese momento.

Trabajaba a toda máquina y mi mente pasaba en un instante de las existencias a pensar en el nombre de la tienda. Incluso consideré la posibilidad de estudiar el coste de encargar una tetera especial de Briar Glen para venderla. Algo con una imagen de la rosa azul de Briar Glen quedaría muy bien.

Estaba decidida a darlo todo en esta aventura; sin embargo, eso no impedía que me invadieran ecos de preocupación a intervalos regulares.

Lo que sí ayudó a calmar un poco mis nervios fue una llamada de bienvenida de Howard Thrall.

Yo había supuesto que pasarían varios meses hasta que hubiera alguna esperanza de que pudiera vender las adquisiciones de la abuela. En lugar de eso, tardamos dos semanas.

—Tengo buenas noticias para ti —me dijo por teléfono.

Me lo imaginé con una sonrisa que casi se volvía risa audible, mientras yo repasaba mis listas de gastos y de cosas que aún faltaban por hacer.

—No he tenido ningún problema en vender el lote.

Me enderecé en el sofá de arpillera gris plateado. Aquella tarde de mediados de mayo había caído un chaparrón y por la ventana del salón se veía el campo brillar bajo el manto de gotas de lluvia.

Mi cerebro tardó un momento en registrar lo que el subastador me acababa de decir.

—¡Vaya! Muchas gracias. —Respiré con alivio, sorprendida.
—El placer es todo mío —insistió.

De fondo se oía un eficiente golpeteo del teclado de su ordenador.

—Los Lichtenstein, Paragon y Josiah Spode eran muy codiciados, sobre todo por parte de compradores de los Estados Unidos e Italia. —Hubo una pausa efectista—. ¿Quieres que te diga la suma total que se ha ganado en nuestra subasta privada?

—Sí, por favor. —Cogí el cuaderno y el bolígrafo y empecé a escribir. El bolígrafo se congeló en la página. No podía ser. Había muchos ceros. Cogí aire bruscamente—. Lo siento. No quiero parecer grosera, pero ¿está seguro de que esa cifra es correcta?

Me imaginé la sonrisa de Howard Thrall.

—Te puedo asegurar que es correcta. Esos juegos de té son el sueño de cualquier coleccionista, Sophie. Son raros y están en excelentes condiciones, y, en el mundo de las antigüedades, esos objetos atraen a pujadores realmente serios. Al final hubo una gran disputa entre dos individuos para conseguirlos.

Miré la considerable cantidad que acababa de garabatear en tinta negra. Luché por mantener el tono de voz.

—Ojalá supiera de dónde los sacó mi abuela. Siempre supe que tenía una colección, pero ¡no imaginaba que fuera algo así!

Esa cantidad de dinero distaba muchísimo de la que yo necesitaba para retocar la tienda.

—Haré donaciones al menos a un par de las organizaciones benéficas favoritas de la abuela —le solté a Howard, que se quedó desconcertado—. Y luego les daré algo a mis padres. El resto lo guardaré por ahora, por si esta idea de la tienda resulta ser un desastre absoluto.

Me ardían las mejillas de lo rojas que debían de estar al recordar el papel de Howard en todo esto.

—Y, por supuesto, no me olvido de su comisión.

—¡Espero que no! —dijo él con fingida indignación.

Howard me confirmó que ingresaría el importe directamente en la cuenta bancaria que yo había abierto para la tienda en un plazo de cinco a siete días laborables y deduciría de ahí su comisión.

—Y no olvides que estoy a tu disposición por si tienes alguna duda sobre el valor de cualquier otro juego de té que se te presente.

—Gracias —susurré aliviada—. Es muy reconfortante saberlo.

Estábamos a punto de colgar cuando añadió:

—Oh, y, Sophie, eso de que este nuevo negocio tuyo podría fracasar... no va a suceder.

Desdoblé las piernas.
—Ojalá tuviera su confianza. ¿Qué le hace decir eso?
Se rio.
—Porque intuyo que tienes demasiado de tu abuela.

11

El final de mayo fue un hervidero de actividad y a principios de junio estaba a punto de empezar la redecoración de la tienda. Mamá y yo nos remangamos, nos pusimos ropa vieja y limpiamos las estanterías, quitamos el polvo y pasamos la aspiradora para que los amigos pintores de papá, Ally y Finn, vinieran al día siguiente y empezaran a pintar.

Cuando Finn me recomendó a su hijo, un estudiante de arte, para que me hiciera un nuevo rótulo, acepté agradecida su oferta.

No se me ocurría un nombre adecuado para el negocio. Había reducido mi lista de nombres preferidos a cuatro, pero seguía sin decidirme.

Había estado navegando por internet y devanándome los sesos, aunque sin éxito hasta el momento.

Papá vino a ayudarnos a mamá y a mí aquella mañana. Me había dado cuenta de que uno de los grifos del lavabo del aseo del personal goteaba, así que se puso manos a la obra con su caja de herramientas.

El sol se esforzaba al máximo por atravesar una gasa de nubes. A través del cristal de botella del escaparate de la tienda vi algunos rostros extrañados que, al pasar por la calle principal, echaban un vistazo al escaparate y vacilaban.

Vacié la aspiradora en una de las bolsas de basura y me estiré.

Aún se percibía la tenue fragancia de las rosas de té de cuando mi tienda era una floristería.

«Mi tienda».

Muchas veces todavía me costaba procesarlo.

—Entonces, mamá, ¿no sabes por qué la abuela insistió tanto en que la tienda fuera esta, en vez de Cabello Aparente?

—Ya me lo has preguntado. No tengo ni idea. —Puso los ojos en blanco—. Tu abuela era muy suya.

Me preguntaba si este lugar le traería buenos recuerdos o si tendría alguna relación con la familia. Pero, por desgracia, nunca lo sabría con certeza.

—¡Bien! —exclamé y me puse las manos en las caderas—. Ya casi es hora de comer. ¿Qué tal si voy a la panadería y traigo unos sándwiches?

Al oír hablar de comida, mi padre, vestido con el mono, apareció por detrás con una llave inglesa brillando en la mano.

—Me parece bien, cariño —convino.

Busqué el bolso debajo del mostrador.

—Oh, no, de eso nada —dijo mamá—. Ahora tienes que mirar por tu dinero.

Papá se rio.

—Sophie no está en las últimas, cariño —repuso—. Después de que ese tipo de la subasta lo hiciera tan bien al vender los juegos de té de Helena, ahora nuestra hija tiene un buen dinero al que recurrir.

A mamá aún le costaba hacerse a la idea de lo valiosas que eran aquellas vajillas. Durante las dos últimas semanas, les sugerí que reservaran un crucero de lujo y utilizaran el dinero que yo les había dado de los beneficios de la venta; sin embargo, mi madre llevaba tantos años tan acostumbrada a presupuestar y a ser cuidadosa con sus finanzas que supongo que era una mentalidad de la que le resultaba difícil escapar.

Ignoré las protestas de mamá.

—Papá y tú me estáis haciendo un gran favor ayudándome así. Invito yo al almuerzo. No hay más que hablar.

Una vez que mamá eligió un sándwich de queso *brie*, uvas y ensalada y papá pidió su favorito —uno de beicon, lechuga y tomate—, cogí las gafas de sol con la esperanza de llegar a necesitarlas.

Ya había decidido invitar a mis padres a comer uno de los famosos pasteles daneses de Briar Glen con arándanos por encima. Podríamos disfrutar los tres de uno cada uno con nuestra taza de té de la tarde. Mamá había traído unas cuantas tazas y algo de fruta para que aguantáramos la jornada.

Yo llevaba una coleta desordenada, una camiseta vieja y unos vaqueros, pero sentía que volvía a lograr cosas.

Me seguía doliendo lo que me pasó en el Castillo Marrian, pero ya era capaz de alejar cada vez más los sentimientos de resentimiento y rabia. Y seguía sin arrepentirme de haberme marchado. Sabía que, a pesar de mi temor inicial de estar lanzándome de cabeza y de no estar haciendo lo correcto, cada día que pasaba estaba más segura de haber tomado la decisión correcta.

Salí de la tienda e inspiré para disipar el olor a jabón líquido y pulimento.

—Disculpa.

Había una mujer de aspecto aprensivo merodeando fuera.

Había algo en su leve sonrisa y en su pelo castaño, que le llegaba por los hombros, que me resultaba vagamente familiar. Se metió las manos en los bolsillos de la rebeca.

—Siento mucho molestarte. Eres Sophie Harkness, ¿verdad? ¿La nueva propietaria?

Como para recalcarlo, levantó un dedo y señaló la tienda por encima de mi hombro.

—Sí, así es. Perdona, ¿te conozco de algo? —dije.

Un tinte rosado se extendió por sus mejillas pecosas.

—Puede que no te acuerdes de mí. Soy Cass Dunlop. Trabajaba para Daphne Cotter cuando esto era Florecer con Vistas.

Mi memoria se fijó en las imágenes de ella en la trastienda de la floristería, arreglando hábilmente un ramo y esbozando una breve sonrisa cuando me acerqué a hablar con la señora Cotter.

—Ah, sí. Disculpa. ¡Hola! ¿Cómo estás?

—Oh, ya sabes —dijo, centrando sus ojos oscuros en el pavimento durante unos segundos—. En realidad, estoy buscando trabajo, ahora que Florecer con Vistas ha cerrado. Solía ayudar a Daphne cuando estaba desbordada y necesitaba un par de manos extras. —Cogió una bocanada de aire y jugueteó con el asa de su bolso—. Espero que no pienses que soy atrevida, pero me preguntaba si buscas personal. —Sus ojos almendrados estaban ansiosos, escrutando mi cara.

—Pues sí —respondí—. Voy a necesitar dos personas a tiempo parcial para empezar, solo hasta que vea cómo van las cosas.

La tensión de sus hombros se relajó bajo la rebeca de ganchillo.

—Soy florista de formación, como ya habrás deducido, pero en este momento no hay mucha demanda para mi especialidad por aquí. —Se recogió un mechón de pelo lacio, brillante y suelto detrás de una oreja—. Soy trabajadora y digna de confianza, señorita Harkness, y la señora Cotter me ha dicho que estaría encantada de darte referencias. —Acercándose a su tema, continuó—: Tengo un niño pequeño. Se llama Hudson. Tiene cinco años y en agosto empieza el colegio. —Mientras los compradores nos rodeaban, Cass continuó con su entrevista de trabajo informal—: Vivimos en una de las casas que hay junto a la iglesia de San Jacobo. —Me dispuse a hablar, pero la entusiasta Cass había cogido carrerilla—. Un trabajo local a tiempo parcial como este sería ideal para mí, sobre todo con Hudson. —Explicó que su marido Jamie tenía su propio negocio de construcción—. Trabaja demasiadas horas y pasa mucho tiempo fuera, así que... —Se le quebró la voz mientras seguía mirándome con sus oscuros ojos desesperados—. Estoy hablando demasiado, ¿verdad? Lo siento mucho. Siempre me pasa cuando estoy nerviosa.

—Sin problema —le aseguré con una sonrisa.

Parecía tan entusiasmada y había algo amable pero capaz en su comportamiento. Tener una florista cualificada trabajando en la tienda también podría ser muy útil. Mis ideas se aceleraron, con visiones de vajillas en el escaparate acompañadas de flores de temporada.

—Aún no estoy lista para abrir, como puedes ver. —Señalé detrás de mí la puerta abierta de la tienda. Se veía a mamá limpiando los cristales desde dentro y a papá apretando uno de los tornillos de la estantería—. Pero creo que estaré en condiciones de abrir en unas cuatro o seis semanas, a más tardar. —Cass asentía frenéticamente con la cabeza a todo lo que yo iba diciendo—. Te diré algo: ¿por qué no me pasas tu currículum y las referencias de la señora Cotter?

Volví corriendo a la tienda y localicé una de mis viejas tarjetas de visita del Castillo Marrian que estaba a mano en el fondo de mi bolso. Cogí un bolígrafo y subrayé en ella mi dirección privada de correo electrónico y mi número de móvil, antes de tachar mis antiguos datos de contacto del hotel y la frase que decía «Organizadora de bodas» debajo de mi nombre.

Volví a salir y se la entregué.

—Toma. Envíame un correo electrónico a esta dirección y no dudes en llamarme si tienes alguna pregunta.

Una chispa de esperanza brilló en su rostro.

—Muchas gracias, señorita Harkness. Te lo agradezco mucho. Iré directa a casa y lo haré ahora.

—Me llamo Sophie —insistí—. Y no hay prisa.

Pero Cass Dunlop ya se alejaba a grandes zancadas, con un optimista rebote en su paso. Se detuvo de repente y giró sobre sus zapatillas plateadas.

—Ah, y espero que pronto se te ocurra un nombre para tu tienda —dijo—. Todos necesitamos una taza de alegría de vez en cuando.

La vi marchar, de nuevo con renovado propósito, con su bolso rojo de cuero colgando del hombro. El sol que salía se reflejaba en los mechones burdeos de su pelo.

Sus palabras de despedida se me quedaron grabadas en la cabeza. «Todos necesitamos una taza de alegría de vez en cuando». «Una Taza de Alegría»... No, espera... ¿Qué tal La Taza Que Alegra? Me vino a la mente la imagen de un cartel pintado de lila y blanco que se balanceaba con la brisa por encima de la tienda desde un riel plateado, con las palabras LA TAZA QUE ALEGRA escritas en él.

Era pegadizo, reconfortante y fácil de recordar.

Una sonrisa de emoción se me dibujó en la cara. Me gustaba ese nombre. Me gustaba de verdad.

La decisión estaba tomada. Ya lo tenía. Ese sería el nombre de la tienda.

Miré el reloj. ¡Maldita sea! Eran más de las doce.

Aumenté la velocidad mientras me dirigía a la panadería de la esquina para comprar el almuerzo de papá, mamá y mío.

Más me valía no volver con las manos vacías a La Taza Que Alegra, pensé con un estremecimiento de excitación. ¡Los trabajadores iban a necesitar combustible!

12

Nada más llegar de vuelta a La Taza Que Alegra —cada vez que repetía el nombre en mi cabeza, me gustaba más— con nuestros sándwiches, mi teléfono emitió su familiar pitido.

Era un correo electrónico de Cass Dunlop en el que adjuntaba no solo su currículum y una referencia de la señora Cotter, sino también otra de una floristería en la que había trabajado durante dos años en la zona sur de Glasgow.

Dejé los sándwiches sobre el mostrador y sonreí para mis adentros. Desde luego, estaba motivada.

Mientras nos sentábamos en semicírculo en las sillas plegables que mamá había insistido en que trajéramos, le confesé el nombre que había decidido para la tienda y le expliqué que me lo había sugerido por casualidad Cass Dunlop.

Mamá sirvió tres tazas de té de su termo de acero.

—¿Era esa la joven con la que te he visto hablando? ¡Qué nombre tan bonito para este sitio!

Papá dio un mordisco apasionado a su sándwich de beicon, lechuga y tomate.

—También es fácil de recordar. Entonces, ¿crees que vas a contratar a esta Cass?

Saboreé el queso Wensleydale curado de mi sándwich de ensalada.

—Aún no he tenido ocasión de leer su currículum, pero, por la primera impresión, parece adecuada y tiene una sólida experiencia en el pequeño comercio.

—¿Ves? —Sonrió papá con una pizca de satisfacción—. Las cosas ya empiezan a arreglarse solas. —Le lanzó una mirada cómplice a mi madre—. Y ahora que has decidido el nombre de la tienda, hablaré con Finn para que hable con su hijo el artista y te diseñe un cartel.

—Gracias, papá. Estaría genial.

Él levantó un dedo.

—Ah, y sobre ese escritorio de caoba que estabas restaurando, cariño, puedo recogerlo de tu apartamento en uno o dos días y traértelo aquí. Así tendrás una cosa menos de la que preocuparte.

—Si pudieras, te lo agradecería mucho. Gracias. —Di otro bocado a mi almuerzo y mastiqué, mientras observaba las estancias vacías y limpias de mi nuevo negocio.

Tal vez la filosofía de papá de que las cosas suceden por una razón tenía algo de cierta, después de todo.

Pasé el resto del lunes asegurándome de que el interior de La Taza Que Alegra estuviera impecable para que Ally y Finn empezaran a pintar a la mañana siguiente.

Y, aunque ya tenían instrucciones estrictas de mi parte sobre qué tono de pintura usar y dónde, yo había escrito una breve nota, aclarando Brezo Lila para las paredes y Bruma Escocesa para el techo, las estanterías y el mostrador, con la combinación de colores extendiéndose a la trastienda y a lo que sería mi despacho.

Lo doblé y lo metí en un sobre, dirigido a la atención de Ally y Finn. Papá me vio colocarlo encima de la encimera.

—¡No se puede negar que eres hija de tu madre! —exclamó.

Conseguí contenerme hasta la tarde siguiente, antes de pasarme por La Taza Que Alegra para echar un vistazo a los avances de Ally y Finn.

Había pasado parte de la mañana leyendo el impresionante currículum de Cass y las brillantes referencias que proporcionaban de ella la señora Cotter y Poder Floral, la otra floristería que la había contratado durante un par de años. Cuando llamé a la señora Cotter y a la propietaria de Poder Floral, una señora llamada Flora Graham, ambas se entusiasmaron con Cass y alabaron su fiabilidad y su actitud concienzuda.

Para mí era suficiente. Decidí llamarla y ofrecerle un puesto a tiempo parcial antes de que acabara el día.

Luego ojeé más catálogos, seleccionando lo que consideraba teteras y vajillas adecuadas para vender en la tienda. Me sentía como una niña en Nochebuena esperando a Papá Noel, ¡una vez que los había pedido por internet!

En cuanto entré en La Taza Que Alegra aquella tarde, empecé a sonreír.

Ally y Finn avanzaban a buen ritmo. Una de las paredes ya estaba acabada, con el precioso tono lila que yo había elegido, y Ally se ocupaba del mostrador con su brocha, dándole una mano de color blanco roto Bruma Escocesa.

La tienda iba a quedar preciosa cuando estuviera terminada.

Finn dejó el pincel cargado de lila y se acercó a mí. Una radio digital ponía música enérgica de fondo.

—Controlando a los obreros, ¿eh? —bromeó.

—En absoluto —sonreí—. Solo he venido a admirar su trabajo.

Finn esbozó una sonrisa de oreja a oreja.

—Creo que vas a estar contenta, una vez que esté todo hecho.

—Seguro que sí.

—Una vez terminado el interior, nos pondremos manos a la obra con fachada.

Se dio un golpecito en la frente, como para ilustrar que había pensado en otra cosa.

—¿Puedes esperar unos minutos? Ewan, mi hijo, iba a pasarse por la tienda de arte para comprar algunos materiales. Puedo pedirle que se acerque y charle contigo.

—Oh, por supuesto. Sería estupendo. Gracias.

Finn sacó el móvil del bolsillo de su peto con las manos manchadas de pintura y llamó a Ewan. Un minuto después, se volvió hacia mí y me dijo:

—Llegará en unos minutos.

—Maravilloso. Gracias, Finn. ¿Os traigo algo?

Ally movió a los lados su despeinada melena rubia.

—No, no te preocupes, gracias, Sophie. Si bebo otra taza del anémico té de Finn, me dará algo.

Momentos después, un joven de unos diecinueve años entró en la tienda, todo piernas, una mata de pelo castaño desordenada y una tímida sonrisa.

—¡Ah! Aquí está. El hijo pródigo —bromeó Finn desde la mitad de la escalera.

Ewan se sonrojó y entornó sus ojos claros hacia su padre.

—¿Sophie?

—Esa soy yo.

Llevaba en la mano una bolsa de papel marrón de la que salían varios pinceles de distintos tamaños.

—Mi padre me acaba de decir que te gustaría un nuevo letrero para este lugar.

—Así es. Bueno, necesitaré dos, si te parece bien. Uno grande y un diseño más pequeño para suspender del riel que ya está ahí. —Llevé a Ewan fuera, para que pudiera tener una visión clara del exterior de la tienda.

Él sacó un pequeño cuaderno del bolsillo trasero de sus vaqueros negros, junto con un lápiz corto y rechoncho.

—Ahora mismo estoy de vacaciones de verano en la escuela de arte. Voy a entrar en segundo curso. —Entrecerró los ojos bajo el sol vainilla—. Entonces, ¿tienes una idea aproximada de lo que estás buscando?

Le dije a Ewan el nombre que había elegido para el negocio.

—Supongo que tu padre te habrá dicho que voy a vender vajillas, teteras, juegos de té...

El pelo ondulado color caramelo de Ewan se revolvió un poco con la brisa.

—Lo mencionó la otra noche. Estoy seguro de que te irá bien con los lugareños, pero sobre todo con los excursionistas.

—Eso espero.

Ewan empezó a hacer un boceto de la fachada de la tienda. Su lápiz se deslizaba por la página de su cuaderno, y consiguió sin esfuerzo un asombroso parecido con la tienda.

—Lo que podría hacer es enseñarte algunos diseños, y tú decides cuál prefieres.

—Sería estupendo. Gracias.

Entramos de nuevo en La Taza Que Alegra, donde Finn y Ally discutían los resultados de fútbol de la noche anterior con la radio de fondo. Finn señaló la pared lila que había pintado su padre.

—¿Y quieres mantener la misma combinación de colores para el cartel? —preguntó.

—Sí, por favor.

Ewan asintió con la cabeza y volvió a meterse el cuaderno en el bolsillo.

—Gracias por el encargo, Sophie —dijo, luego se sonrojó y bajó la mirada.

Finn y Ally habían cubierto el suelo de madera con trozos cuadrados de tela para protegerlo del goteo de pintura.

—Trabajo como camarero a tiempo parcial en ese nuevo restaurante de pescado que hay a las afueras del pueblo para ganar algo de dinero durante las vacaciones, pero cualquier ingreso extra es más que bienvenido.

—Estupendo —insistí—. Créeme, eres tú quien me está haciendo el favor.

Le di una nota con mi dirección de correo electrónico y, cuando Ewan se marchaba, me prometió que me enviaría algunos bocetos para el final de la semana.

Al salir, hizo un saludo simulado a su padre y casi choca con una mujer mayor que entraba.

Llevaba entre los brazos una caja de cartón sellada, vestía

un abrigo con cinturón de color burdeos de aspecto caro y tenía el pelo ondulado, corto y plateado.

—¿Es este el lugar? —preguntó a Ewan con un deje de desesperación—. ¿Es esta la nueva tienda de vajilla?

Ewan parpadeó.

—Eh... Sí... Bueno, lo será.

Ella pasó por delante de Ewan, que le hizo una mueca mientras se alejaba. Me examinó de pies a cabeza con una mirada extraña.

—¿Es usted la dueña de esta tienda? —preguntó.

—Sí, pero...

Antes de que me diera cuenta, la mujer empujó la caja hacia mí. Sonó un traqueteo indignado.

—Toma, no quiero esto. Por favor. Aunque estoy segura de que alguien se lo llevará.

Me quedé mirando la caja de cartón sellada mientras se la cogía.

—Perdone, señora, pero ¿qué hay ahí? —le pregunté.

—¡Bueno, no es un crucero de lujo!

Detrás de mí, Ally y Finn dejaron de pintar para seguir atendiendo a nuestra conversación.

Coloqué la pesada caja en una mesa plegable de *camping* que mamá me había dejado para que la utilizara hasta que tuviera mostrador y estanterías.

Cuando empecé a abrir la caja, los rasgos tensos de la mujer mayor se contorsionaron aún más. Luego, con un movimiento de su abrigo, se rodeó con los brazos y se dirigió hacia la puerta.

—¡Disculpe! —dije, abandonando la caja—. Espere un momento. ¿Quién es usted? No sé su nombre.

Quienquiera que fuese no estaba dispuesta a quedarse y entablar una conversación cortés. Salió disparada de la tienda.

Con el sonido de la radio de Ally y Finn sonando detrás de mí, me apresuré a salir a la soleada calle principal tras ella.

—¡Disculpe! Espere. Pare, por favor.

Moví la cabeza a derecha e izquierda, pero la mujer había desaparecido.

Volví a la tienda, frustrada.

—¿Adónde ha ido? —preguntó Ally, con su flequillo desgreñado.

—Ni idea. Ni siquiera ha dicho su nombre. Simplemente me ha pasado esta caja y se ha desvanecido.

Finn volvió a mojar el pincel en la pintura.

—Quizá lo que haya en esa caja se haya caído de la parte trasera de un camión... —observó.

Ally lo miró con el ceño fruncido.

—¿Acaso parecía una persona que se dedique a manejar mercancía robada?

Finn se dio un golpecito en un lado de su regia nariz.

—Nunca se sabe, amigo. Nunca se sabe.

Volví a centrar mi atención en la caja parcialmente abierta. Fuera lo que fuese, la mujer había tenido mucho interés en deshacerse de ella.

Despegué la cinta adhesiva y abrí las solapas de la caja. Me recordó a cuando estaba en casa de la abuela y descubrí su preciosa vajilla en el armario de debajo de la escalera.

Metí una mano en la caja hasta el fondo y separé las hojas de un viejo periódico amarillento. Se arrugaron y crujieron contra mis dedos. Bajo las capas de papel de periódico había un viejo y maltrecho estuche de cuero color crema con un broche dorado. Olía a naftalina y lavanda.

¿Qué demonios había aquí? Bueno, dado que la mujer a la fuga había preguntado si esta era la nueva tienda de vajillas, podía aventurar una suposición. Pero ¿por qué estaba ella tan interesada en deshacerse de lo que fuera que había en ese estuche de cuero? Y ¿por qué no estaba interesada en venderlo ni en dejar datos de contacto? Volví a imaginármela, saliendo de la tienda con su caro abrigo. Más rápido no pudo escapar. Fuera lo que fuese, quiso poner la mayor distancia posible entre ella y aquello.

Consciente de lo delicado que podía ser el contenido, deslicé los brazos por debajo del estuche para sacarlo de la caja.

—Aquí —insistió Ally, dirigiéndose sobre las sábanas de lona del suelo con sus botas de trabajo—. Deja que te eche una mano.

—Gracias. ¡Pesa mucho!

Ally depositó la caja en el suelo, de modo que no estorbara, y luego dejó el estuche de cuero sobre la mesa. Finn se acercó para examinarlo más de cerca.

Toqué el broche de oro y se soltó con el clásico chirrido.

Abrí la tapa y se deslizó hacia atrás para revelar su misterioso contenido.

Casi se me salen los ojos de la cara.

Nunca había visto nada igual.

13

El interior del estuche de cuero era de terciopelo negro afelpado.

Dentro de los compartimentos había un juego de té compuesto por cuatro tazas, platitos, una lechera y una tetera.

La vajilla de porcelana era de ricos tonos verdes y dorados, con un intrincado motivo de pavos reales. En la tetera, las impresionantes plumas de la cola del pavo real se extendían hasta el pitorro.

Era un poco recargado para mi gusto, pero los detalles y la riqueza de colores eran preciosos: verde oliva, azul petróleo y verde *British racing green*, todo ello realzado por el dorado intenso que rodeaba las asas de las tazas y de la tetera.

—Me pregunto cuántos años tendrá ese juego —preguntó Ally, mirando por encima de mi hombro.

Perpleja, pasé un dedo por el borde de un platito.

—Creo que es bastante antiguo —dije—. El borde dorado que hay alrededor de las asas de las tazas está muy desgastado en algunas partes, así que parece que se ha usado mucho.

Finn negó con su oscura cabeza rapada al ver lo que había dentro de la caja.

—¡Qué raro es! —dijo—, aunque apuesto a que a mi mujer le gustaría.

No acababa de asimilar lo que había pasado, de lo extraño que era: una mujer me entrega un viejo juego de té y luego desaparece.

—Ojalá mi abuela estuviera aquí. Apuesto a que a ella se le ocurriría algo.

Era cierto que no tenía a mi abuela allí para pasarle esto, pero sí tenía a Howard Thrall.

Ally y Finn volvieron a su trabajo, y yo hice un par de fotos del juego de té con el teléfono. Le reenvié a Howard las fotos de la vajilla, junto con una imagen del estuche de cuero cerrado, y guardé el teléfono para ponerme a limpiar los escaparates.

Menos de quince minutos después, el número de Howard apareció en mi pantalla.

—¡Vaya! —exclamó por la línea—. Sí que me has sorprendido con esto.

Salí a la calle principal para atender la llamada. Los escaparates de las demás tiendas estaban bañados por la luz dorada de junio y se oía un ligero ruido de cubiertos en la cafetería de la esquina. El estómago me hizo una pirueta de decepción.

—¿No lo reconoce?

Howard confesó que no.

—Es bastante bonito de una manera algo sobrecargada, ¿no? —comentó.

Solté una pequeña carcajada.

—Es la forma perfecta de describirlo. —Miré a través de los escaparates de cristal de la tienda para estudiar de nuevo el estuche de cuero abierto y su contenido. El juego de té brillaba—. Entonces, ¿no tiene ni idea de quién puede ser el artista, ni de cuál es su antigüedad?

—Bueno..., sí y no.

Fruncí el ceño. ¿Qué quería decir?

—No reconozco al artista ni ese diseño —confesó—, pero lo que sí puedo decirte es que ha habido un par de juegos de té similares a ese que se descubrieron el año pasado, y se los fechó como del siglo XIX.

Tragué saliva. ¡Maldita sea! Si este era tan antiguo, ¿por qué iba alguien a tener tanto interés en deshacerse de algo tan valioso? ¿Quizá la señora que lo había traído no tenía ni idea de que poseía una antigüedad?

—¿Podría hacer un trabajo de investigación, por favor, Howard? —Volví a mirar a través del escaparate hacia donde se hallaba el juego de té sobre la mesa plegable—. No entiendo por qué esa mujer tenía tanta prisa en dejármelo y luego marcharse como lo hizo.

En lugar de la entusiasta respuesta que yo esperaba de Howard, lo que me llegó fue una sincera disculpa.

—Lo haría si pudiera, Sophie, pero me temo que me han llamado por negocios para que vaya mañana a Venecia. Estaré en el extranjero las próximas semanas.

Mi corazón se desinfló, pero intenté quitarle importancia.

—Oh, no importa. No le culpo por irse a Venecia unas semanas.

Hubo una pausa pensativa al otro lado de la línea.

—Pero acabo de tener una idea —dijo—. Para algo tan atractivo como esto, sugiero que llamemos a la artillería pesada. —Bajó un poco la voz, dando a entender cierto grado de reverencia—. ¿Has oído hablar de un tipo llamado Xander North?

Admití que no.

—Xander es un respetado crítico de arte. Le conozco desde hace años y he trabajado con él en la investigación de los orígenes de obras de arte más difíciles de encontrar. En mi opinión, sería el tipo al que acudir cuando se trata de desentrañar algo así.

Howard mencionó entonces un par de subastas de alto nivel en los dos últimos años, en las que Xander North había estado involucrado.

—Fue decisivo para que un juego de té y café de plata de Tiffany & Co. de 1873 se vendiera por cuatro veces su valor estimado inicial en Boston. —Dejé escapar un grito de asombro. Recordé la cobertura periodística de la muy publicitada subasta de entonces—. También ayudó a conseguir la venta de un juego de té Theodor Wende en Sotheby's por una suma de seis cifras. Era del mismo estilo que el Wende que poseía tu difunta abuela.

Ahora me acordaba. Hacía meses que había aparecido en un suplemento dominical y recordaba haberlo comentado con la abuela.

—¿No era ese el juego que tenía una tetera de plata y marfil y llevaba sellos alemanes?

—El mismo —dijo Howard; parecía impresionado—. Era de 1927 y se consideraba muy vanguardista en su época. —Oí a Howard revolverse en el escritorio—. No te prometo nada, pero ¿puedo ponerme en contacto con Xander ahora e intentar despertar su interés?

Mi expectación crecía por momentos.

—Eso sería maravilloso, Howard. Gracias.

—No hay de qué. Siento no estar cerca para ayudar, pero me pondré en contacto contigo cuando hable con Xander y le envíe las fotografías.

—Disfrute de su viaje a Venecia y dígale al señor North que estoy deseando tratar con él.

Howard lanzó un bufido.

—Puedo asegurarte que no voy a tener mucho tiempo libre para montar en góndola. Voy a tasar algunas adquisiciones de arte para varios coleccionistas privados. —Hubo una pausa embarazosa—. Sophie, debo advertirte de que Xander North no suele trabajar en equipo, ni siquiera conmigo, aunque te resulte difícil de creer. Es lo que podríamos denominar un lobo solitario.

Me reí y descarté la advertencia oculta de Howard. Estaba acostumbrada a organizar bodas para los clientes más exigentes.

¿Cómo de difícil podría ser llevarse bien con un crítico de arte de renombre?

14

El mismo martes por la tarde Howard me envió un mensaje para decirme que había conseguido hablar con Xander North, quien estaba intrigado por el juego de té y había accedido a quedar conmigo.

Todo aquello sonaba bastante importante y enigmático, pero me alegré mucho de tener la oportunidad de averiguar más cosas sobre aquel juego de té, de dónde había salido y por qué aquella señora tan bien vestida se había empeñado tanto en deshacerse de él. Tal vez incluso pudiera localizarla y averiguar yo misma el motivo.

A las diez de la mañana del día siguiente, en la pantalla del móvil apareció un número oculto cuando esperaba en La Taza Que Alegra la entrega de un nuevo teléfono para la tienda. El de la señora Cotter era poco fiable y de un aburrido tono gris, así que opté por un estilo retro en rosa claro para complementar el interior de la tienda.

Una educada voz profunda me saludó. Bueno, en lugar de un saludo, fue más como una instrucción.

En la parte principal de la tienda, Finn estaba aplicando Bruma Escocesa en el techo con un rodillo largo, y Ally avanzaba a buen ritmo en las estanterías.

Abrí la boca para hablar, pero el hombre continuó:

—¿Sophie Harkness? Soy Xander North.

Enderecé los hombros y me esforcé para que mi tono sonara profesional.

—Buenos días, señor North. ¿Cómo está?

—Bien, gracias —me cortó—. Sobre este misterioso juego de té... Howard me envió las fotos.

Hubo una larga pausa. No sabía si él esperaba que yo la llenara.

—Sí —dije, solo para romper el silencio.

—Puedo pasarme en una hora. Tengo una comida de negocios justo después en Glasgow.

Le dije que no tenía el juego de té, pero que solo tardaría diez minutos en ir a casa a recogerlo.

—Bien —me gritó al oído. Parpadeé. Algo me decía que no era muy dado a las conversaciones educadas. Le di la dirección de la tienda—. La veo en breve.

Y, entonces, colgó. Me quedé de pie sujetando el teléfono y un poco descolocada.

Evalué mi atuendo. De repente, mis vaqueros negros y mi chaleco azul eléctrico no me parecían apropiados para encontrarme cara a cara con un crítico de arte.

Cuando se lo expliqué a Ally y Finn, que estaban dando los últimos retoques a los zócalos, me sacaron de la tienda.

—Estaremos atentos por si llega tu nuevo teléfono —me aseguró Ally—. Tú vete y haz lo que tengas que hacer.

Así que, agradecida, me subí al coche y volví a mi apartamento. Saqué el juego de té con grabados de pavo real de donde lo había guardado, en el fondo del armario. Acomodé el estuche de piel color crema sobre la colcha y empecé a sacudir las perchas, intentando encontrar algo elegante con lo que cambiarme.

Hasta que no di con unos pantalones de raya diplomática ajustados y mi blusa rubí de cuello alto y volantes, no me sentí satisfecha.

Tiré los vaqueros y el chaleco encima de la cama y me cambié, mientras hacía un gesto de desaprobación por mi coleta descontrolada.

Con muy poco tiempo de sobra, cogí un puñado de horquillas del armario del baño y me recogí el pelo a toda prisa. No era exactamente perfecto, pero debería servir.

Después de calzarme las bailarinas rojas en lugar de las deportivas, volví a cerrar el apartamento y regresé al coche, con el estuche y la vajilla traqueteante agarrados como si fueran mi primer recién nacido.

La sola idea de recibir a Xander North con un revoltijo de vajilla destrozada hacía que mis mejillas se sonrojaran de horror.

Envolví el estuche del juego de té en un par de mantas que guardaba en el maletero del coche y lo aseguré en el asiento trasero.

Conduje despacio de vuelta a La Taza Que Alegra, agradecida de encontrar una plaza de aparcamiento vacía en la parte trasera de la tienda. Finn me saludó en la puerta.

—Estás muy elegante. Como uno de esos concursantes de *El aprendiz*.

—No sé cómo tomármelo —bromeé.

Ally se limpió una mancha de pintura de su pecosa mejilla.

—Ah, el nuevo teléfono ha llegado en cuanto te marchaste. Le hemos dicho al tipo que lo instalara donde estaba el viejo. Espero que no haya problema.

—Estupendo. Gracias.

—Y hemos terminado de pintar el alféizar de tu despacho. —Sonrió Finn—. Quizá quieras ir a echar un vistazo.

Guardé el estuche del juego de té bajo el mostrador y fui a la parte trasera de la tienda a toda prisa antes de que llegara Xander North.

Empujé la puerta del despacho, que ahora brillaba con pinceladas de Bruma Escocesa. Mi escritorio de caoba restaurado estaba allí, junto con mi nueva silla de cuero negro con reposabrazos cromados, que había llegado hacía un par de días.

Solté un gemido de emoción y me senté, pasando los dedos por el borde del escritorio. Como una niña a la que le regalan una casa de muñecas nueva, abrí y cerré varias veces los cajones recién barnizados. Hacían un satisfactorio movimiento de deslizamiento.

Me moví de un lado a otro en mi nuevo sillón de felpa y sentí una ligera ráfaga de aire bajo mis bailarinas al levantar los pies de la nueva alfombra azul petróleo que papá me había puesto. Experimenté una oleada de excitación. Me sentía como un villano de Bond.

Me giré, mareada por la creciente excitación, y puse acento de *sir* Sean Connery.

—¿Estás esperando a que hable? —Entonces transformé mi voz en la del siniestro Blofeld—: No, señor Bond. Estoy esperando a que muera.

Solté una risita y empecé a dar vueltas contenta hasta que la silla frenó y me detuve para mirar hacia la puerta.

Un par de ojos duros y poco impresionados del color del Mediterráneo me estaban evaluando.

—¿La señorita Harkness, supongo?

Sentí el trasero pegado al cuero de la silla. Me levanté de un salto y mi cara se iluminó de color rosa.

—Lo siento... Mmm... Estaba..., mmm..., comprobando la ergonomía...

«¡Deja de hablar, Sophie, por el amor de Dios!».

Su asombrosa mirada azul verdosa se posó en mí.

—No dispongo de mucho tiempo —comentó, incapaz de disimular su aburrimiento.

El estómago me dio un respingo. Oh, no. No podía ser él. Miré el reloj. Eran las once de la mañana. Mis hombros se hundieron horrorizados bajo la blusa. La resignación se apoderó de mí cuando el dueño de los ojos llamativos pero no impresionados los dejó vagar sobre mí otra vez.

—Soy Xander North.

15

Él no era como yo esperaba.

Me había imaginado que Xander North sería un hombre mayor y desgarbado, con bastón y corbata, quizá un señor maduro y señorial con bigote de manillar y un pañuelo de lunares en el bolsillo del traje. En cambio, era un hombre alto e intenso, de unos treinta años, con una espesa melena oscura y el ceño fruncido. El arco de sus cejas negras era intimidante. Tampoco llevaba corbata. Iba vestido con una camisa blanca de cuello abierto y un traje de chaqueta azul marino bien cortado.

Me quedé allí, entrelazando y desenlazando los dedos. Dios mío. Había debido de oír mi imitación de James Bond. Mis mejillas se encendieron de vergüenza. Me costaba mirarle a la cara.

Me aclaré la garganta y extendí una mano.

—Sophie Harkness. Encantada de conocerle.

Me cogió la mano y me la estrechó brevemente pero con profesionalidad. Sus palabras destilaban sarcasmo.

—Espero no estar molestándola.

Se me erizó la piel. «No. Para nada. Me ha visto hacer el ridículo».

—No —insistí. Puse mi boca en lo que esperaba que fuera una sonrisa franca—. ¿Quiere un té o un café?...

Se miró el grueso reloj con aire de impaciencia.

—No, gracias. Tengo poco tiempo. Si pudiera ver el juego de té, por favor.

Parpadeé ante su actitud tajante.

—Sí. Por supuesto.

Le indiqué a Xander North que me siguiera por la tienda hacia el mostrador. Con la piel todavía erizada por la vergüenza, cerré los ojos durante unos segundos mientras me adelantaba a él para coger el juego de té. ¡Debía de pensar que era una payasa!

Ally y Finn tomaron eso como una señal para desaparecer y subir a la panadería a por más café recién hecho y un almuerzo.

Me agaché, saqué el estuche del estante y lo dejé encima del mostrador. Accioné la cerradura y se abrió, dejando ver la vajilla, toda azul, verde y dorada, brillando en sus respectivos compartimentos.

Me arriesgué a mirar brevemente a Xander North, que estaba a mi lado. Hizo un murmullo apreciativo y examinó los distintos tonos, que titilaban bajo el sol de junio que se colaba por el escaparate. Levantó un dedo largo y afilado y señaló una de las tazas de té.

—¿Me permite? —dijo.

—Por supuesto.

La sacó de su sitio en el hueco de terciopelo negro y la giró de un lado a otro. Sus cejas arqueadas subían y bajaban mientras la examinaba. Le dio la vuelta. Noté que estudiaba el fondo de la taza.

—Y Howard me ha dicho que le acaban de entregar a usted este juego...

—Sí. Una mujer mayor elegantemente vestida entró aquí, me lo dejó y luego se fue. No dejó ningún dato de contacto.

Volví a mirarle. Su perfil era todo ángulos agudos, nariz de halcón y mandíbula poderosa.

El silencio se podía cortar. ¿Sabía quién podría ser el autor? De ser así, no estaba revelando mucho.

Xander North volvió a girar la taza en su mano, antes de enderezarla.

—¡Qué raro! —murmuró, con su acento de inglés impregnado de leves rastros escoceses—. Normalmente, tiene algún tipo de marca o hendidura del artista, pero aquí no hay nada. —Devolvió la taza de té a su lugar acolchado—. ¿Cuánto sabe de vajilla, señorita Harkness?

Levanté la barbilla.

—Tengo algunos conocimientos. Mi abuela era una gran coleccionista de vajillas antiguas. Por eso he montado este negocio.

Xander North echó un vistazo a su alrededor con su severa mirada azul, con un aire de escepticismo.

—¿Va usted a vender vajilla? Pero si esto está en medio de la nada. ¿No tienen ya los lugareños de por aquí una tetera cada uno?

Esbocé una sonrisa tensa, molesta por su sugerencia de que La Taza Que Alegra era el equivalente en compras al sobaco del diablo.

—Briar Glen atrae a muchos turistas, y los vecinos se han mostrado muy entusiastas y a favor de una tienda de vajillas. Va a ser una mezcla ecléctica de lo moderno con lo tradicional. La Taza Que Alegra...

Me miró con una ceja enarcada y sentí que me rechinaban los dientes de indignación. Parecía creerse la única autoridad en materia de juegos de té.

—Howard dijo que él me habría ayudado a buscar más información al respecto, pero está en Venecia por negocios. ¡Qué lástima! —Dejé la insinuación en el aire.

Era una pena que Howard no pudiera ayudarme en aquella ocasión. Hubiera preferido trabajar con él que con este Xander North de mirada fulminante y actitud brusca.

Xander North me estudió.

—Puede que usted no lo sepa, pero soy experto en vajilla antigua.

Apreté los labios.

—Le entendí a Howard que era usted crítico de arte.

—Así es. Justo eso. Pero también compro y vendo juegos de té antiguos. Y lo hago muy bien. —Puse los ojos en blanco. No hay nada como ser un hombre orquesta. Su atención volvió a centrarse en el juego de té del pavo real—. Son una pasión particular mía.

Me costaba imaginar a este hombre apasionándose por algo. Xander North deslizó las manos a los lados del gastado estuche de cuero y lo levantó del mostrador. Los músculos se le tensaron bajo la camisa mientras su atención recorría la parte superior del estuche, antes de darle la vuelta con cuidado para inspeccionar la parte inferior.

—Tengo que confesar que nunca había visto nada igual.

—¿Tiene idea de qué época puede ser o de quién puede ser el artista?

Sus ojos recorrieron el motivo del pavo real.

—El detalle del jaspeado dorado se hizo muy popular a finales del siglo XIX.

—Sí, ya me lo ha dicho Howard.

Me lanzó una mirada desde abajo, con sus ojos llenos de hollín, como diciendo «Entonces, ¿por qué me hace usted perder mi precioso tiempo preguntándome?».

Vi cómo él miraba con desdén a su alrededor, a las paredes pintadas de lavanda y blanco brumoso de la tienda.

—Si estoy en lo cierto y este juego es tan antiguo, no creo que este sea un lugar adecuado para él.

Mi irritación aumentó. ¿Insinuaba que el juego de té estaba en manos inseguras conmigo? ¡Qué descaro!

—Señor North, he tenido guardado el juego de té en un lugar seguro en mi casa. He estado muy pendiente de él y voy a seguir estándolo.

Arqueó otra ceja. ¡Caramba! Cualquiera pensaría que vendía revistas de primera a hombres con impermeables sucios. Sin más. Se suponía que estaba aquí para aconsejarme, no para juzgarme a mí o a mi nuevo negocio. Extendí la mano y cogí el estuche de la vajilla.

—Disculpe, señor North.

Se quedó boquiabierto.

—¿Qué cree que está haciendo?

—Me estoy ocupando de ello —respondí—. Hablaré con Howard cuando regrese. No tengo ninguna prisa.

Irritado, Xander North me hizo un gesto para que le devolviera el estuche que ahora tenía yo en los brazos. Pesaba mucho, pero no iba a admitirlo ante el Señor Almidón. Apreté los dientes un momento más, esperando que la tensión no se reflejara en mi expresión, y volví a dejarlo encima de la mesa plegable de mamá.

Estaba a punto de cerrar el estuche de cuero, cuando algo se deslizó lateralmente fuera de lo que parecía un bolsillo oculto en la tapa. Era un trozo de papel.

Como a cámara lenta, se balanceó como una pluma delante de nosotros y se deslizó hasta posarse sobre las lonas que protegían el suelo de madera.

Me agaché para recogerlo. Parecía una carta, escrita en negro con letra curvilínea.

—¿Qué es eso? —preguntó Xander North.

Se acercó para leerlo por encima de mi hombro, pero se lo quité de la vista.

—Estoy segura de que no es nada.

Me frunció el ceño con desaprobación.

—Parece una carta.

—Sí. Bueno. Estoy segura de que no es nada de lo que debamos preocuparnos.

Doblé la carta con cuidado y la escondí bajo el mostrador. La leería, fuera lo que fuese, una vez que el Chico Risueño se hubiera marchado.

Me había irritado con sus ideas preconcebidas sobre Briar Glen y la forma desdeñosa en que había mirado a mi negocio.

Le lancé otra mirada fría. ¡Lástima que Howard no estuviera allí para ayudarme!

16

31 de marzo de 1900

Jonathan:

¿Por qué tu familia y tú me tratáis así? Las mentiras y las invenciones son crueles. No puedes esconderte para siempre de tus remordimientos de conciencia. Debes darte cuenta de que tu comportamiento, y el de tu familia, conmigo ha sido abominable.

Aunque esto es innegablemente hermoso, yo nunca habría hecho lo que insinuaste. Tampoco quiero ni espero ninguna recompensa. Lo único que quiero es que se conozca y reconozca la verdad y que se haga justicia.

Debes darte cuenta de que es inevitable que un día la verdad salga a la luz... No puedes escapar de lo que ha ocurrido, ni puedes evitar que ello tenga repercusiones para todos los involucrados. ¿No considerarías que mi petición de justicia sea, por tanto, tratada como una prioridad? ¿No comprendes lo que he sufrido?

Te pido que reconsideres mi alegato y admitas que no soy culpable de aquello de lo que se me acusa. Sabes muy bien quién es el culpable y a qué me he visto obligada a enfrentarme.

Atentamente,

Briar Forsyth

Xander North dirigió una mirada de dolor a su reloj.

—Mis disculpas, pero realmente tengo que irme; de lo contrario, voy a llegar tarde a mi almuerzo de negocios.

Estaba demasiado preocupada pensando en la endeble y amarillenta carta que acababa de leer debajo del mostrador como para prestar atención a lo que él decía.

—Señorita Harkness —empezó Xander North de nuevo a decir con irritación.

Levanté la cabeza.

—¿Sí? Disculpe —dije.

Soltó un murmullo en voz baja.

—Si me permite llevarme el juego de té, me pondré en contacto con un célebre alfarero amigo mío. Puedo consultarle a él.

Negué con la cabeza y mi peinado en forma de moño francés se sacudió.

—Si no tiene ninguna objeción, señor North, prefiero quedármelo por ahora.

Cruzó los brazos.

—Pensé que quería que valoraran el juego.

—Así es —insistí, saludando con la cabeza a Ally y Finn cuando pasaron delante de nosotros al entrar en la tienda, aferrados a su café y a un panecillo de beicon cada uno, que emanaba un delicioso olor de las grasientas bolsas marrones—. Pero ahora que ha aparecido esta carta, bueno, no me importa indagar un poco por mi cuenta.

La silueta de halcón de Xander North permaneció impasible.

—Pensé que estaba usted tratando de poner en marcha su nuevo negocio —dijo.

—Sí —respondí.

—Multitarea —murmuró divertido.

Me indigné.

—Si usted lo dice.

Se enderezó los puños de su camisa blanca como la nieve.

—Entonces, ¿no está dispuesta a dejar que me lleve el juego de té?

Sentí que mis mejillas se coloreaban bajo su mirada.

—Preferiría guardármelo por ahora —contesté.

Xander North no intentó disimular una mueca de frustración.

—Parece que no tengo mucho que decir al respecto. Bueno, si no tiene inconveniente, investigaré un poco en mis archivos de vajilla antigua, a ver si hay algo de diseño similar documentado allí.

—Gracias.

Se metió la mano en el bolsillo de la chaqueta, dejando ver un destello del forro de satén azul. Sacó una tarjeta de visita negra con letras doradas. «Xander North, crítico de arte y subastador de obras de arte», seguido de su correo electrónico y su número de móvil.

—Me pondré en contacto con usted —concluyó.

Y luego salió de la tienda.

El tono que había empleado al decirlo me enfureció. En cuanto desapareció, saqué la carta de debajo del mostrador y volví a leerla.

Los ojos se me abrieron de par en par ante el dolor y la rabia que fluían de la pluma de Briar Forsyth cuando escribió aquella carta. ¿Quién era ella? ¿Y la habían llamado así por este pueblo? Eso parecía. Briar era un nombre de pila poco común, y, si se llamaba como el pueblo, era muy probable que aquella mujer de la carta fuera de allí. Y ¿quién era el tal Jonathan al que iba dirigida la epístola?

Aparté la atención de la intrigante misiva y miré el juego de té cuyos atrevidos colores marinos y el motivo del pavo real cobraban ahora un significado más profundo. ¿Había algún tipo de relación entre la tal Briar Forsyth, el juego de té y el tal Jonathan? Y, de ser así, ¿qué relación sería?

Tuve una sensación muy extraña. Después de leer la apasionada y frustrada carta de esta mujer, sentí como si una parte de ella me hubiera tendido la mano; como si hubiera muchas cosas que no se decían en esa carta, y muchas otras que deberían ser respondidas.

17

20 de junio de 1970, Briar Glen

Helena solo llevaba un par de mañanas trabajando para la señora Auld, pero se lo estaba pasando muy bien.

Los lunes, miércoles y viernes de 09:30 a 14:30 horas era su turno habitual en Regalos Chispeantes.

La tienda de regalos ocupaba la antigua mercería de la esquina de la plaza del pueblo. La señora Auld había hecho magia con el local, que había pasado de ser una aburrida tiendecita con mostradores de madera y cristal, maniquíes sin cabeza hechos a medida y paredes con paneles oscuros, a convertirse en un paraíso de color, repleto de todo tipo de artículos, desde bolígrafos con relieves de Briar Glen, posavasos y vasos hasta cuadernos, tarjetas de felicitación e incluso paños de cocina que presumían de los inmaculados jardines del pueblo.

Como la señora Auld quería ampliar sus existencias, encargó una vajilla con motivos florales para llenar la sección central de la tienda. Esa sería la especialidad de Helena.

A pesar de que el interior de la tienda era una mezcla de tartán e imágenes de inspiración escocesa de lagos neblinosos y castillos en ruinas de las Highlands, a Helena le encantaba.

Las dos mañanas que había trabajado hasta entonces, Helena acompañaba a Marnie al colegio antes de ir a la tienda. Superaría la enconada preocupación de que Donald descubriera su pequeño secreto.

Al acercarse a Regalos Chispeantes, con sus relucientes escaparates y su rótulo pintado de verde azulado oscuro y plateado, se permitió un pequeño resplandor de satisfacción. La mañana de junio era anodina, y los demás comercios estaban despertando de su letargo.

Helena sintió formar parte de algo más grande. Se echó su oscuro pelo brillante por encima del hombro y se apresuró a entrar.

Había llegado la primera entrega de vajilla, y la señora Auld, una mujer de busto grande, con una bola de pelo cobrizo permanentado y una cálida sonrisa, se cernía sobre las cajas precintadas que el repartidor había depositado sobre el mostrador.

—Ah. Justo a tiempo, Helena. Creo que son para ti —dijo.

Mientras la señora Auld se afanaba en reorganizar algunos marcos ornamentales, Helena se quitó su chaqueta blanca entallada y la colgó en el guardarropa.

Pensó en el momento en que vaciló ante la puerta de la tienda de regalos aquella mañana, después de ver el anuncio de trabajo, con pequeños destellos de luz, como una sonrisa tímida y acogedora. La oportunidad se le había presentado delante de sus narices.

Antes de casarse con Donald, Helena había trabajado en un par de grandes almacenes de Glasgow. Fue allí donde se manifestó su pasión por la vajilla.

Leía sobre las últimas tendencias y modas en vajilla, aprendió que la cerámica Bisque era el tipo de cocción más popular, con la que el objeto adquiría un estado poroso para el vidriado y que permitía al alfarero realizar un trabajo mucho más decorativo con manchas, subesmaltes y vidriados, y con el cual el riesgo de que la vasija se dañara se reducía mucho. Aprendió que muchos alfareros preferían las asas tiradas a las asas de correa, ya que las asas tiradas poseen una calidad más orgánica y una línea más fluida. Así que, a diferencia de las otras jóvenes que trabajaban a su lado, Helena llegaba a entusiasmarse con auténticos conocimientos sobre los distintos estilos y modas de la vajilla, en lugar de limitarse a soltar datos vacíos sobre lo bonita que era esa taza de té en concreto o el precio tan competitivo que tenía cierta tetera.

Helena había empezado trabajando en el Departamento de Perfumería de la prestigiosa tienda Drury's de Glasgow. Disfru-

taba entonces rodeada de las incesantes fragancias exóticas y los suntuosos frascos grabados, pero era el Departamento de Vajilla el que llamaba su atención, con sus expositores de manteles de guinga, tazas brillantes y teteras ornamentadas, colocadas entre penachos de flores.

Por tanto, Helena, una vez que se sintió lo suficientemente segura de sus conocimientos, se armó de valor y se dirigió al señor Hannigan, el jefe del Departamento de Vajilla.

Al principio, a este le desconcertó que aquella joven de ojos saltones, con el pelo tan bonito y esas curvas, quisiera pasar de la perfumería a sus dominios.

Pero cuando Helena se paseó por los distintos expositores, apreciando lo que veía y hablando con tanto entusiasmo y convicción de que la tapa de una tetera no encajaba bien si se separaba durante el proceso de secado, Edgar Hannigan comprendió que sería un activo para su equipo.

Helena siguió ampliando sus conocimientos y, tras adquirir más experiencia en Drury's durante los dos años siguientes, fue contratada por el director de la tienda rival Carter's. Le prometieron un aumento de sueldo y el puesto de jefa del Departamento de Vajilla. Helena no pudo resistirse a la promesa de un aumento de sueldo y el puesto de jefa del departamento de vajilla.

Carter's no era el tipo de tienda que Donald solía frecuentar, pero se había quedado sin ideas de qué regalarle a su madre y esperaba que la sección de vajillas le diera la respuesta. Sin embargo, al final, no fueron ni las Spode ni las Royal Albert las que llamaron su atención. Como más tarde admitiría, lo que le había interesado mucho más fue la encantadora dependienta, con sus chispeantes ojos azul claro y su melena de pelo oscuro.

La vida de Helena cambió mucho cuando conoció a Donald y se casó con él. Ahora, ella veía este trabajo en la tienda de la señora Auld como la oportunidad de recuperar algo de su antiguo yo, que sentía que había perdido.

Donald no tenía ni idea de que su mujer seguía anhelando tener su propia vajilla, satisfacer su profundo amor y, al mismo tiempo, ser más independiente. Tampoco sabía que Helena se había aferrado a sus preciadas adquisiciones de juegos de té.

Todos estaban guardados en cajas, detrás de su colección de zapatos, en el fondo del armario. No podía separarse de ellos. Habría sido como confesar que su ambición nunca se haría realidad, y no podía soportar pensar en eso.

Helena relajó los hombros mientras se ocupaba de la entrega. Ya estaba planeando mentalmente cómo colocaría el primero de los recién llegados en las estanterías vacías.

Un par de semanas atrás, había entrado por la puerta de Regalos Chispeantes y le había planteado a la señora Auld que podría aumentar sus ventas si almacenaba algo de vajilla y le había dicho además que le encantaría ayudarla a hacer despegar su incipiente negocio.

Al principio, la reticencia de la señora Auld fue ostensible. Pero, como Helena señaló, en realidad había un generoso espacio en el centro de la tienda que había que llenar y, después de un momento de suspense, Helena consiguió convencerla.

Así que aquí estaba ahora, dos semanas después, lista para empezar otro turno y otro nuevo día.

Los dedos felices de Helena alcanzaron las tijeras del mostrador y procedieron a retirar la cinta marrón. Sabía que era cuestión de tiempo que Donald descubriera lo que estaba haciendo. Habría recriminaciones airadas y acusaciones de que había sido astuta y engañosa.

Aun así, en ese preciso momento, se negaba a ocuparse de la persistente preocupación que acechaba en el fondo de su mente. Estaba disfrutando demasiado.

Los días siguientes se desvanecieron ante mis ojos, mientras confirmaba los pedidos de existencias y las fechas de entrega de mi nueva y reluciente caja registradora y el datáfono para las tarjetas de crédito y revisaba los diseños que Ewan había ideado para señalizar La Taza Que Alegra.

Me había hecho tres propuestas diferentes, todas ellas encantadoras. Al final, sin embargo, opté por su segundo diseño. Me llamó la atención desde la pantalla del portátil, además tenía algo de tradicional y de tienda de antigüedades, que complementaría el ambiente que buscaba. Se componía de las palabras «La Taza Que Alegra» en elaboradas letras blancas en bucle sobre un fondo lila intenso.

A la izquierda de la palabra «La», había una tetera lila y blanca con una taza de té a juego a la derecha de «Alegra». Ewan también había diseñado una versión más pequeña del rótulo, que se colgaría del riel plateado sobre la puerta de la tienda.

Todos los hilos parecían encajar en este momento, lo cual era un alivio, aunque no estaba dispuesta a darlo por sentado. Por mi vida anterior, sabía muy bien cómo podían salir mal las cosas, por mucha organización y planificación que hubiera detrás.

Aun así, si los preparativos seguían avanzando como yo esperaba, tenía previsto inaugurar la tienda el 30 de junio.

Mientras el correo electrónico de Ewan se mostraba en la pantalla de mi portátil frente a mí, me acurruqué en el sofá, sentada sobre los pies.

Ewan había llamado para aclarar un par de detalles menores y estaba encantado con mi entusiasta respuesta a su obra de arte. Me confirmó que me enviaría una factura electrónica en los próximos días.

—Oh, ¿ha habido suerte con el juego de té que te pasó aquella mujer el otro día? —me preguntó.

—La verdad es que no —tuve que reconocer—. El subastador que conocía mi difunta abuela me puso en contacto con un tipo llamado Xander North y...

Se oyó un grito de asombro al otro lado de la línea.

—¿Acabas de decir «Xander North»? ¿En serio? —se sorprendió.

—Sí. ¿Por qué?

La voz de Ewan rebosaba reverencia.

—Hace unos meses dio una conferencia en mi facultad sobre si los grafitis eran bellas artes. La mayoría de las chicas de la clase no podían apartar los ojos de él.

Resoplé indignada.

—Bueno, no fue capaz de arrojar mucha luz sobre el juego de té. Incluso le desconcertó. Dijo que investigaría en sus archivos de vajilla antigua a ver si encontraba alguna pista.

Ewan aún parecía sorprendido.

—Por lo que he leído sobre él y por lo que nos dijo, la vajilla antigua es una tarea a la que le dedica mucho amor. No sé si estaba siendo modesto, pero nos dijo que había tenido suerte con esas megasubastas.

Mis cejas se enarcaron. «Modesto» no era una palabra que hubiera asociado nunca con Xander North. Había estado poco tiempo con él, pero me dio la impresión de que era el tipo de hombre que guiñaba un ojo a su propio reflejo cada mañana antes de salir por la puerta. Me obligué a concentrarme de nuevo en lo que decía Ewan.

—Pero conoce a mucha gente en el mundo del arte, así que seguro que consigue averiguar algo.

Al recordar la pasión de Ewan por todo lo artístico, mis ojos recorrieron mi salón hasta el estuche de cuero cerrado. Había vuelto a guardar la carta en su lugar original en el estuche por miedo a perderla. Pensé en el tono desesperado de la carta y en las súplicas de comprensión por parte de la mujer que la escribió.

—Resulta que no había solo un juego de té en ese estuche —admití tras una pausa pensativa.

—¿Oh? —Claramente, la curiosidad de Ewan se había activado. Le hablé de la carta, con su misteriosa súplica apasionada a «Jonathan»—. ¡Vaya! —exclamó—. ¿Y dices que el nombre de pila de la mujer era «Briar»? ¡Qué bien! ¿Crees entonces que es de aquí, con un nombre tan poco corriente?

Cogí mi taza de té, que estaba a medio beber, de la mesita de cristal, di un sorbo e hice una mueca. Estaba frío.

—Yo me preguntaba lo mismo. Es demasiada coincidencia. Tiene que ser de aquí y llevar el nombre del pueblo.

Ewan murmuró algo en señal de que estaba de acuerdo.

—¿Le pediste consejo a Xander North? —preguntó.

Puse los ojos en blanco. Por la forma en que Ewan insistía en hablar de Xander North, cualquiera pensaría que este último era el Capitán América, Spiderman y Pantera Negra en uno.

—No creo que la carta le interese tanto como el juego de té.

—Apuesto a que le interesaría, si es que hay alguna conexión definitiva entre la vajilla y la autora de esa carta. ¿Crees que podría haberla? —dijo.

—Es posible, pero no estoy segura. La tal Briar Forsyth menciona algo valioso en la carta, pero no estoy segura de si se refiere al juego de té o no.

Jugueteé con las puntas de mi coleta mientras me sentaba con las piernas cruzadas en el sofá.

—Bueno, todavía me quedan unos meses hasta que vuelva a la universidad —dijo Ewan—. Cualquier indagación que quieras que haga, solo tienes que decirlo.

Lo agradecí, sobre todo porque tenía la intención de abrir La Taza Que Alegra en poco más de tres semanas, y mi lista de últimas cosas que revisar y a las que dar seguimiento iba en aumento.

—Gracias, Ewan. Te lo agradezco. Voy a ver si se me ocurre algo sobre ello a mí también. Mientras tanto, voy a buscar en internet alguna obra de arte relacionada con los juegos de té para colgarla en las paredes de la tienda, y así jugar con el tema de lo que vendo.

—Puedo recomendarte a alguien, si quieres. Es uno de mis nuevos profesores. Se llama Jake Caldwell y sus bodegones son increíbles. Tiene una página web, por si quieres echarle un vistazo a su trabajo.

—Oh, eso estaría genial —dije entusiasmada—. Gracias.

—Garabateé el nombre de «Jake Caldwell»—. Lo voy a buscar.

Una vez terminada nuestra llamada, introduje el nombre de «Jake Caldwell» en el buscador y localicé su página.

Era de color negro y crema, con algunos ejemplos de su trabajo que aparecían y desaparecían para dar efecto, junto a una fotografía suya de aspecto profesional y malhumorado. Era atractivo, con el pelo corto rubio oscuro eslavo y ojos ámbar.

Decidí que debía centrar mi atención más en sus capacidades artísticas que en su aspecto. Y sus obras tampoco me decepcionaron. En una sección llamada «Galería», había magníficas acuarelas de mesas repletas de desayunos mediterráneos y jarrones con flores tropicales, retratos de mujeres mohínas y pensativas junto a ventanas azotadas por la lluvia y un dibujo a tiza de un anciano dormido en su sillón.

Entonces me llamó la atención una en particular. No era tan vistosa como otras, pero se trataba de una enorme tetera de granja beis sobre una vieja mesa de madera.

Había dos tazas de té, adornadas con flores rosas y amarillas alrededor de los platitos, así como un plato de suntuosos bollos espolvoreados con harina. Los colores desparejados y el efecto de sombra saltaban de la pantalla. Parecía tan real, tan realista, que me picaba la punta de los dedos de las ganas de recorrer la superficie de cerámica caliente y brillante de la tetera. Ya me la estaba imaginando en una de las paredes de la tienda.

En la web no figuraban precios, lo que me hizo preguntarme hasta qué punto sería caro el trabajo de Jake Caldwell. La extensa biografía que aparecía junto a su foto, en la que se enumeraban sus diversos encargos para miembros de la realeza menor —un ex primer ministro del Reino Unido y dos conocidos actores escoceses—, así lo atestigua.

«Jake estudió en Francia bajo los auspicios del aclamado artista moderno Dickens Muirfield, antes de hacerse un nombre en la escena artística londinense con sus interpretaciones de la condición humana, que invitan a la reflexión y son ricas y meditadas», explica la biografía. «Hace diez años regresó a Escocia para dar clases en la City School of Art y continuar con su pasión por producir obras que, no solo informan, sino que también alcanzan y atrapan los sentidos».

Sentía cómo se me movían las cejas mientras seguía leyendo. Si lo había escrito él, no le faltaba confianza en sí mismo. Sin duda, esto se reflejaría en el precio de sus cuadros.

Aun así, gracias a mi abuela, podía permitirme derrochar un poco.

Garabateé el número de móvil de Jake Caldwell que aparecía en su página y decidí llamarle al día siguiente.

El sábado no fue un día típico de junio, sino que hacía un fuerte viento que azotaba los árboles que había delante de mi apartamento.

La caja registradora electrónica y el datáfono debían llegar a las 10 de la mañana, así que decidí llegar a la tienda un poco antes con mi portátil para poder llamar a Jake Caldwell y trabajar algo más en las cuentas de Twitter, Instagram y Facebook del negocio.

Había garabateado ideas para hacer ofertas promocionales, incluida la de elegir un Juego de Té de la Semana histórico y único para la web, con una foto y un breve texto sobre su interesante historia. También podría organizar algún que otro concurso en el que les pediría a los clientes que publicaran en Twitter con quién les gustaría tomar el té de la tarde y por qué. El ganador podría recibir una tetera de mi colección y un vale de descuento para regalárselo a un amigo.

En lo que no me sentía tan segura era a la hora de configurar el sitio web, por lo que decidí volver a hablar con Ewan con la esperanza de que alguno de sus amigos de la facultad de Bellas Artes pudiera ayudarme. Menos mal que Finn me había recomendado a su hijo adolescente. La experiencia del joven estaba resultando inestimable.

Primero llamé al móvil de Jake Caldwell. El sedoso acento, mezcla de escocés y americano, que oí resultó ser el mensaje de su buzón de voz, así que le dejé una breve descripción de mi nuevo negocio y le pedí que me llamara para hablar del precio de su cuadro de la tetera.

La Taza Que Alegra desprendía un aire de expectación y novedad, mientras daba un sorbo agradecido a mi taza de té y luego colocaba mi portátil sobre el mostrador de la tienda. Al mirar mi reloj de pulsera, me di cuenta de que no teníamos reloj en la tienda. Un reloj de pared fuera de lo común complementaría el ambiente antiguo que quería crear.

Me aparté del mostrador y miré hacia la pared del fondo. Algo llamativo quedaría bien allí.

Acababa de entrar en una página que presumía de tener la más hermosa e inusual variedad de relojes de pared, cuando un movimiento fuera de las ventanas de cristal de botella llamó mi atención. No podía ser la entrega de mi caja registradora y mi datáfono, al menos, no todavía. No llegarían hasta dentro de media hora.

Cogí las llaves de la tienda, que estaban sobre el mostrador, y el suelo de madera sonó al pisar con mis zapatillas. A través del cristal esmerilado de la puerta de la tienda vi que alguien rondaba fuera y miraba hacia dentro.

Quien fuera se dirigió hacia el escaparate y mi cerebro tardó un momento en darse cuenta, con una oleada de emoción, de quién era.

Se trataba de la señora de pelo plateado y bien vestida que me había dejado el juego de té del pavo real.

18

Mis esperanzados dedos tantearon e introdujeron la llave dorada en la cerradura. ¿Sabía ella que el estuche contenía aquella carta? Lo conociera o no, tenía que hablar con ella de eso..., también del juego de té.

Pero me estaba dejando llevar por el optimismo. Cuando la mujer se dio cuenta de que la había visto por la ventana, se sobresaltó y palideció, incluso a pesar del maquillaje.

Mierda.

Se subió de un tirón el cuello de su camisa melocotón suelta y se alejó de la ventana.

—¡Espere! —llamé desesperada, luchando por abrir la puerta—. Señora, por favor. Necesito hablar con usted.

Abrí rápido la puerta de la tienda y salí corriendo, pero ella ya se había ido. Otra vez.

Me quedé mirando la calle principal. Había un par de señores mayores con abultados periódicos de fin de semana bajo el brazo y una niña con un vestido de cuadros jugando a la rayuela en los escalones del reloj dorado y blanco del pueblo. Sin embargo, no había ni rastro de la señora de pelo plateado.

Cerré la puerta tras de mí con una profunda sensación de frustración. Si no quería saber nada más del juego de té, ¿por qué merodeaba fuera de la tienda? ¿Quizá sentía algún tipo de remordimiento por habérmelo dejado? ¿Sabía siquiera que había una carta en el estuche de la vajilla? Era probable que no. Seguramente, si uno encontraba algo así en una mudanza familiar o en una limpieza, querría conservarlo y descubrir más cosas sobre ello.

A no ser que lo supiera y ahora se preguntara si había hecho bien al entregarme la carta junto con el juego de té. Tal vez este había sido valorado de forma independiente y ahora quería recuperarlo. Pero, si era así, ¿por qué se había largado en vez de quedarse a hablar conmigo? ¿Se habría asomado por la ventana preguntándose si yo aún lo tenía o si ya lo había vendido?

Un alegre golpe en la puerta interrumpió mis pensamientos...

Abrí el pestillo.

—Buenos días, señorita —saludó sonriendo un hombre corpulento vestido con un mono oscuro.

La luz del sábado por la mañana se colaba entre sus mechones de pelo ralo y canoso. Llevaba una tarjeta plastificada colgando del cuello.

—¿Una caja registradora y datáfono? —preguntó.

Cogí el ramo de lirios y rosas variadas que le había comprado a mamá y que iba a llevarle. Ella había insistido en preparar uno de sus deliciosos asados dominicales para comer y ¿cómo iba yo a resistirme?

Saqué las flores del jarrón de la cocina y empecé a secar los tallos mojados con un trozo de papel de cocina, cuando mi teléfono móvil dejó escapar sus indignados timbres en el pasillo.

Dejé las flores y me apresuré a contestar. En la pantalla brillaba un número extraño.

Jake Caldwell se presentó con su voz ligera una voz con una original mezcla de acentos de los Estados Unidos y Edimburgo.

—Gracias por llamarme, señor Caldwell —dije.

—Soy Jake y, por favor, acepta mis disculpas por no haberte llamado ayer. Tenía un encargo urgente que terminar.

—Mientras hablaba, me imaginé el precioso cuadro terroso

que había pintado de la tetera de granja—. Entonces, ¿te interesaba en mi pieza de mesa de granja? —añadió.

—Así es. Voy a abrir un negocio de vajillas y he pensado que tu cuadro quedaría perfecto en la pared.

Parecía realmente interesado.

—Eso es estupendo. Entiendo por qué despertó tu interés entonces.

Me preparé para que Jake Caldwell me dijera el precio y, adelantándose a mi pregunta, me dio una cifra que, aunque cara, era más razonable de lo que yo esperaba.

—Me parece bien —dije con una sonrisa.

—Excelente. Bueno, si me das tu dirección, puedo llevártelo en persona mañana.

—¿Seguro que no es un inconveniente para ti? —pregunté, un poco sorprendida.

Jake Caldwell insistió en que no.

—Mi estudio está al norte del pueblo, así que no es para nada un inconveniente.

Le di la dirección de La Copa Que Alegra.

—¿Tienes una idea aproximada de a qué hora podrás traerlo? —le pregunté.

Oí de fondo un par de golpecitos en el teclado de un ordenador.

—¿Te vendría bien que te lo llevara mañana sobre las once de la mañana? —me propuso.

—Eso sería perfecto, gracias. —Sonreí—. Espero otra entrega sobre las diez de la mañana.

En cuanto colgamos, volví a meter el móvil en el bolso y me dirigí a la cocina para recoger las flores de mamá del fregadero.

Mi teléfono tenía otros planes para mí.

Acababa de llegar a mi suelo de linóleo de color caramelo cuando volvió a sonar.

Giré sobre mis talones y me apresuré a contestar sin prestar atención a la pantalla.

—¿Te has olvidado de algo? —presupuse.

Hubo una pausa de desconcierto. Luego, otra voz masculina distinta, más ronca y formal, llegó a mi oído.

—Le habla Xander North.

Mis mejillas se sonrojaron de vergüenza.

—Oh, lo siento mucho. Pensé que era otra persona —me disculpé. Enderecé la espalda.

—¿Es un momento inoportuno, señorita Harkness? —preguntó.

Miré el reloj. Me quedaban unos minutos antes de ir a casa de papá y mamá. Si no tenía mucho tiempo, podía coger el coche, pero quería ir andando. Había dejado de llover y todo parecía limpio y fresco.

—No, está bien —le aseguré.

—Muy bien. Bueno, he conseguido echar un vistazo a mis archivos de vajilla y eso me ha dado una idea.

Había un rastro de anticipación en su tono, que me puso en alerta.

—¿Sí? —dije.

—Puede que solo sea una coincidencia, aunque lo dudo mucho, pero ¿puede mirar la parte inferior del asa de la tetera? Creo recordar que había un motivo allí y, si lo hay y es el que creo que es... —Su rica voz se apagó.

Miré por el pasillo hacia la cocina, donde el ramo de mamá sobresalía del fregadero en un mar de flores de rubí, vainilla y albaricoque. Mi expectación iba en aumento.

—¿Qué he de buscar? —pregunté.

—Un emblema de una rosa —explicó Xander North—. Será muy pequeño.

Digerí lo que me estaba diciendo.

—Y, si este emblema de la rosa está ahí, ¿qué podría significar? —indagué.

Xander North sonaba animado en comparación con su tono habitual.

—Según mis investigaciones, podría significar que este

juego de té fue creado a finales del siglo XIX por alguien llamado Ernest Telfer.

Me llevó un momento o dos procesar eso.

—¿Ernest Telfer? —repetí para asegurarme—. ¿El famoso Ernest Telfer?

Casi podía percibir a Xander North alzando sus arqueadas y oscuras cejas.

—Entonces, ¿has oído hablar de él? —preguntó.

—Claro que sí —respondí, sin poder disimular el cosquilleo en mi voz. Recordaba cuando la abuela me describía la delicadeza de sus flores y su afición a utilizar motivos de la naturaleza y los animales en sus obras—. Sin duda, fue un artista local infravalorado. Nunca me habría imaginado que este juego de té pudiera ser uno de los suyos. —Sentía cómo aumentaba mi entusiasmo—. Ahora que lo pienso, cuando miras el juego de té del pavo real, tiene algunas características de ese otro artista de la cerámica, Thomas Brogue. Creo que es por lo dorado y los detalles... —Me di cuenta de que empezaba a divagar y me controlé—. Mi abuela admiraba mucho el trabajo de Ernest Telfer.

Xander North llevaba tanto rato callado que por un momento me pregunté si se había desmayado.

—¿Señor North? ¿Hola? ¿Sigue usted ahí?

—Sí. Sigo aquí —vaciló. Hubo otro breve silencio—. Entonces, ¿también conoce el trabajo de Thomas Brogue?

—Lo conozco. —Ahora era mi turno de guardar silencio—. ¿Por qué lo pregunta? —Antes de que pudiera responder, se me ocurrió una idea—: Ah. ¿Es porque tengo una tienda, pero no una licenciatura en Bellas Artes por la Universidad de Cambridge?

—En absoluto —respondió él—. Es solo que ambos artistas son más bien de nicho y tengo que admitir que me ha sorprendido bastante que usted haya oído hablar de ellos.

Oí cómo mi voz se volvía almidonada.

—Bueno, puede que no haya estudiado formalmente la vajilla, pero no es usted el único que sabe de lo que habla.

Dudó mientras procesaba lo que yo le acababa de decir.

—Eso parece —convino al fin. Luego se transformó de nuevo en un hombre de negocios—. Ahora bien, en cuanto a la posibilidad de que sea un Ernest Telfer, debo advertirle de que bien podría tratarse de una copia excelente. Sin embargo, muy poca gente conocía su insignia secreta, que es un grabado de una rosa que el autor siempre ponía en la parte inferior del mango de la tetera.

Tragué saliva. Mi excitación iba en aumento.

—Bien. Ya veo.

—¿Tiene el juego de té a mano, señorita Harkness?

Me pasé la mano por la frente.

—Sí. Sí, lo tengo. Está en el fondo de mi armario.

—Entonces, ¿sería tan amable de ir a echar un vistazo al asa de la tetera? Me quedaré aquí esperando hasta que lo mire usted.

Hice un ruido poco atractivo al tragar saliva.

—Er... Oh, sí...; por supuesto... Solo será un momento.

Dejé el teléfono en la mesa del recibidor y, con piernas de gelatina, subí a mi dormitorio. Mis ansiosos dedos tantearon el armario de espejos y descorrieron la puerta hasta que quedó a la vista el estuche de cuero descolorido, entre mis bolsos.

Lo saqué y lo puse encima del edredón. El corazón me saltaba en el pecho.

Me sequé las palmas sudorosas con la parte delantera de los vaqueros y a continuación busqué el cierre del estuche. Hizo un chasquido y la tapa se deslizó hacia atrás, dejando al descubierto el juego de té, con su rico estampado y el motivo del pavo real.

Cogí la tetera y la saqué de su lugar acolchado. Una parte de mí tenía miedo de mirar el asa, por si el emblema de la rosa no estaba allí después de todo. Si no lo estaba, sería como dar un gran paso atrás.

Me armé de valor, levanté la tetera hasta la mitad y le quité la tapa, que volví a dejar en la caja abierta. Lo último que quería era que se me cayera.

Incliné la tetera hacia un lado.

Mis dedos recorrieron los detalles dorados antes de rodear lentamente su elegante asa curvada.

Al principio, no encontraba nada. La decepción se apoderaba de mí cuando las puntas de mis dedos se abrieron paso bajo el asa. Luego, un grito de excitación salió de mi garganta al encontrar una especie de surco más fino. Incliné la tetera más hacia la derecha, ansiosa por ver qué podía ser lo que había descubierto allí.

Las yemas de mis dedos se detuvieron. Justo debajo de la empuñadura había un pequeño grabado.

19

Parecía grabado en la cerámica con un instrumento pequeño y afilado, y consistía en una representación diminuta y sin pintar de una rosa de cuatro pétalos.

Volví a colocar la tetera en el estuche y corrí a coger el teléfono.

—¡Está ahí! —Cogí aire—. Justo debajo del tallo del asa. Una rosa de cuatro pétalos.

Si Xander North estaba emocionado, desde luego no se le notaba en la voz.

—Entonces, parece que hay muchas posibilidades de que sea un Ernest Telfer auténtico —dijo.

«Oh, Dios», exclamé para mis adentros. «Oh, Dios». Hubo una pausa de sorpresa por su parte.

—Tengo que decir de nuevo que me ha sorprendido bastante que haya oído hablar de él.

Mi boca se convirtió en una mueca de indignación a lo Elvis.

—Sí. Ya lo ha indicado hace un momento. Y ¿por qué, señor North? ¿Es porque suponía usted que mis conocimientos de vajilla solo llegaban hasta la sandwichera Breville? —repliqué.

Un suspiro de irritación recorrió la línea.

—No sea absurda. Claro que no.

Le saqué la lengua, aunque no podía verme. Ello me hizo sentir mucho mejor.

Xander North prosiguió:

—Tendremos que hacer que se compruebe todo el juego de forma independiente, por supuesto, pero eso debería ser solo una formalidad. Luego puede ir a subasta.

Me acerqué el teléfono a la oreja. Un pensamiento preocupante se apoderó de mí.

—Pero ¿qué pasa con la carta? —repuse.

La confusión de Xander North era evidente.

—¿Perdón?

De mala gana, le expliqué el contenido de la carta oculta en el estuche.

—Quienquiera que sea o haya sido esa Briar Forsyth, parece como si estuviera envuelta en algún lío —concluí. Me metí una mano en el bolsillo de los vaqueros—. Quizá la mujer que me la dejó sí sabía lo de la carta, o al menos tenía algún conocimiento de la historia del juego de té. Tal vez esa sea una de las razones por las que esa señora quería deshacerse de él.

Xander North hizo un ruido desdeñoso.

—Creo que está idealizando todo esto, señorita Harkness. Sin embargo, una carta de esa época podría añadir valor al juego de té.

Levanté la barbilla. Me alegraba ver que le preocupaba más el posible valor económico añadido que pudiera aportar la carta que averiguar su origen.

—Es bueno saber cuáles son sus prioridades, señor North —le respondí mordazmente—, pero no perderé de vista el juego de té hasta que al menos haya intentado averiguar algo más sobre esa carta.

—Bien. Bien. Como quiera. —Hubo una pausa reflexiva—. Supongo que es relevante para la procedencia, así que... —Se detuvo como si estuviera sopesando una idea desconocida—. La ayudaré a investigarlo.

Parpadeé sorprendida. No me lo esperaba.

—Oh. Vale. De acuerdo. Gracias. —Las conexiones de Xander North sin duda resultarían muy útiles—. Se lo agradecería mucho.

—Sí. Bueno. No sea demasiado optimista. Puede que la carta no tenga nada que ver con la procedencia del juego de té.

La idea descabellada de que Xander North ofreciera su ayuda por la bondad de su corazón se apagó como una vela parpadeante en una ráfaga de viento.

—Por supuesto —dije en voz baja—. Qué tonta soy al por pensar que bajo ese exterior gélido existía un elemento de compasión.

—¿Perdón? —dijo.

El destello de mi reloj de pulsera captó mi atención antes de que pudiera repetirlo.

—¡Maldita sea! —exclamé—. Los púdines de Yorkshire de mi madre se van a estropear.

La luz del lunes por la mañana se colaba a través de los escaparates de cristal de botella cuando entré en La Taza Que Alegra.

Ya no olía a pintura fresca, la fachada de la tienda, recién decorada con guijarros, relucía blanca como la nieve, y los alféizares y la puerta brillaban con su nuevo lustre de lila intenso. Ahora las estanterías esperaban la entrega en unos días de la vajilla y las teteras.

Mamá se había ofrecido a ayudarme a prepararlo todo, al igual que Cass, mi nueva empleada, que ya me había enviado varios correos electrónicos insistiendo en que le dijera inmediatamente si había algo más en lo que pudiera ayudar antes de la apertura.

Fuera, en la calle principal, los demás comercios abrían somnolientos sus puertas, y los penachos de los árboles situados junto al paseo peatonal agitaban sus copas cargadas de hojas.

Acababa de quitarme la chaqueta de cuero y la había dejado sobre la silla del despacho cuando llamaron a la puerta. A través del cristal esmerilado, distinguí una figura alta y esbelta que llevaba algo grande y rectangular bajo el brazo.

Eché un vistazo más de cerca por el lateral de la ventana más cercana. Era Jake Caldwell. ¡Qué rápido!

Me alisé la camiseta brillante y abrí la puerta.

—¿Sophie Harkness? —Tenía una amplia sonrisa y los ojos ámbar le centelleaban.

—Sí. ¿Jake? —pregunté, con un toque de rubor.

—Culpable.

Me reí y lo invité a entrar, observando que había envuelto el cuadro en hojas de papel de estraza y lo había atado con una cuerda. Lo dejó encima del mostrador.

—Un cuadro entregado como prometí.

Me acerqué al mostrador y señalé el cuadro envuelto.

—¿Me permites?

—Por supuesto. Lo estás comprando —respondió él.

Me sonrojé de nuevo y desaté el cordel. El papel se desprendió y reveló las pinceladas de acuarela. Me maravilló la forma en que había captado la luz y las sombras que se difuminaban en la tetera y las tazas de té. Incluso había algún que otro desconchón y abolladura en la destartalada mesa de madera de la granja.

—Es aún más bonito al verlo en persona —exclamé.

La mirada de Jake Caldwell se detuvo en mi rostro.

—Siempre es agradable que aprecien tu trabajo. Gracias —contestó.

Se hizo un silencio cargado.

—Así que —dije alegremente y di una palmada. ¿Por qué había hecho eso? Debí de parecer tonta. El sonido resonó en la tienda vacía como un disparo. Me aclaré la garganta—. ¿Qué forma de pago prefieres?

Jake se pasó una mano por el recortado pelo rubio oscuro.

—¿Puede ser por transferencia bancaria? —preguntó.

—Por supuesto.

Una vez que me dio los datos de su banco, insistí en transferir el dinero de mi cuenta a la suya inmediatamente.

Jake protestó diciendo que no había tanta prisa, pero yo negué con la cabeza.

—No —repuse—. Prefiero pagarte ahora, y así controlo mis finanzas.

Esbozó una leve sonrisa.
—Te lo agradezco. Gracias. —Observó la tienda—. Entonces, ¿no falta mucho para abrir?
—No. Abrimos oficialmente el 30 de junio, así que menos de tres semanas. Estoy muy ilusionada.
Mostró una sonrisa de ganador.
—Estoy seguro de que será un éxito.
—Eso espero.
—¿A qué te dedicabas antes?
Me sentí como si estuviera hablando de otra persona.
—Era organizadora de bodas en el Castillo Marrian. Decidí hacer algo diferente —añadí.
Su atención se detuvo en mi cara unos segundos más.
—Estoy seguro de que triunfarás en lo que te propongas. —Luego me dedicó una sonrisa de un millón de dólares, sin dejar de evaluarme.
Contemplé sus rasgos eslavos, sus pómulos marcados y su pelo dorado. ¿Eran imaginaciones mías, o Jake Caldwell estaba flirteando conmigo? ¡Maldita sea! Tenía tan poca práctica con este tipo de cosas que me daba vergüenza.
Ahora le tocaba a Jake Caldwell aplaudir sin motivo aparente. Debía de ser contagioso, como la gripe.
—Bien. Bueno, ya me voy. —Caminó hacia la puerta y se detuvo. Me estudió por encima del hombro, con una mirada cálida—. Creo que tendré que pasarme cuando abras. Me vendría bien una tetera nueva.
La chispa traviesa de sus ojos me hizo sonreír.
—Por favor, hazlo. No será nada lujoso, pero celebraré la inauguración con bollos recién hechos y té.
Los ojos de Jake se clavaron en los míos.
—¿Cómo puedo rechazar una invitación así? Cuenta conmigo.
Se metió una mano en la chaqueta de cuero, sacó una tarjeta de visita y la deslizó por el mostrador pintado de blanco.
—Ya tengo tu número —dije.

La sonrisa de Jake era burlona.

—Esto es una copia de seguridad. No me gustaría que lo perdieras. —Los ojos le bailaron—. Y tendrás que averiguar de qué sabor me gustan los bollos.

Luego salió con un contoneo lleno de confianza en sí mismo.

20

3 de julio de 1970, Briar Glen

Las últimas dos semanas habían pasado volando para Helena.
Siguió como de costumbre, preparando a Marnie y llevándola al colegio, antes de salir corriendo calle abajo, dejando atrás el bullicio del patio de recreo, para ir a trabajar.
Los martes y jueves, cuando no trabajaba, esperaba con impaciencia el día siguiente. Se le ocurrían trucos promocionales que sugerirle a la señora Auld o ideas para la vajilla.
Un par de veces Marnie evaluó a su madre con unos interrogantes ojos azules.
—Estás muy guapa, mamá. ¿Adónde vas?
Helena se alisaba el vestido de flores o la camisa de cuello alto y murmuraba algo sobre ir de compras.
Sintió una punzada de culpabilidad por no haberle dicho la verdad a su hijita, pero sabía que bastaría un desliz de Marnie delante de Donald para que su secreto se descubriera.
Había caído un chaparrón de verano, que había decorado los árboles y las aceras, y la dorada luz del sol se abría paso ahora sobre todo, como un delicado pincel.
La señora Auld, cuyo nombre de pila según descubrió Helena por una de las facturas presentadas era Catherine, había ido al banco a pagar un par de facturas.
Helena no estaba segura de que pareciera una Catherine —parecía más bien una Alexandra o una Victoria—, pero, aunque la señora Auld hubiera insistido en que Helena la llamara por su nombre de pila, le habría resultado difícil. Aunque era amable con ella y con los clientes, la señora Auld tenía un perpetuo aire de au-

toridad, y Helena consideró que lo correcto era seguir dirigiéndose por su nombre oficial.

Mientras su jefa debía de estar atrapada en la cola del banco, Helena trajinaba en Regalos Chispeantes, engalanando los juegos de té y atendiendo a una señora mayor y a su hija, que estaban de visita en la zona.

—Esperábamos ver la rosa de brezo azul —admitió la anciana mientras rebuscaba en su bolso.

La suave sonrisa de Helena era comprensiva.

—Que yo sepa, señora, hace años que no se ve florecer la rosa por aquí, pero nunca se sabe si habrá suerte —respondió Helena.

Helena envolvió la compra de la señora y su hija —un tarro de miel de Briar Glen y un par de postales del pueblo— y las despidió alegremente.

Estar en el acogedor ambiente de Regalos Chispeantes hizo volar su fantasía. Imaginó que la tienda le pertenecía y que era su nombre el que aparecía en el cartel de la puerta.

El transistor marrón y cromado de la señora Auld emitía una versión de «Love Grows (Where My Rosemary Goes)» de Edison Lighthouse. Helena notó que se mecía al ritmo de la música.

Si fuera propietaria de Regalos Chispeantes, organizaría concursos periódicos en el periódico local para promocionar el nuevo negocio. ¿Debería sugerírselo a la señora Auld? No quería dar la impresión de estar tratando de decirle a la mujer lo que tenía que hacer, ni parecer una entrometida. Briar Glen ya tenía su cuota de gente de ese tipo y no necesitaba más. Solo quería que la tienda alcanzara todo su potencial, eso era todo.

El agudo sonido del timbre hizo que Helena, desde detrás del pesado mostrador de madera, se diera la vuelta. Debía de ser la señora Auld. ¡Oh, Dios! Llevaba fuera unos veinte minutos y sin duda estaría deseando tomarse una taza de té. Helena sonrió, dispuesta a decirle a su ajetreada jefa que iba a poner la tetera.

Pero no era la señora Auld. Era un par de ojos leonados que pertenecían a un hombre que la hizo frenar en seco.

El hombre, de unos treinta y cinco años, tenía el pelo rubio oscuro y el pelo le llegaba hasta el cuello. Le dedicó una amplia sonrisa.

Helena se encontró revolviéndose el pelo sin saber por qué.

—¿En qué puedo ayudarle? —le saludó.

—Me preguntaba si Catherine estaría por aquí.

Helena tardó unos instantes en darse cuenta de que se refería a la señora Auld. La forma en que pronunció el nombre de su jefa, con tanta confianza, la desconcertó.

—La señora Auld —comenzó— se encuentra fuera en este momento. ¿Quiere que le dé algún recado?

La sonrisa del hombre aumentó.

—No, está bien, gracias. La esperaré. Es decir, si no le importa.

Helena notó que se había vuelto más cohibida bajo su mirada. Santo cielo, ¿acaso pretendía él saturar el lugar hasta que volviera la señora Auld?

Helena pensó en las frustrantes colas que se solían formar en el banco local. Los cajeros no solían destacar por su rapidez ni por su atención al cliente.

—Podría tardar un rato —dijo.

Lo vio contonearse de un lado a otro entre sus nuevas adquisiciones de cajas de dulce de leche de Briar Glen y alfileteros de tartán.

Bueno, confianza no le faltaba. Hizo que ella se enderezase el cuello alado de la blusa. Helena se reprendió a sí misma y dejó caer las manos. Se aclaró la garganta, contenta de que en la radio de la tienda estuviera sonando Mungo Jerry.

El hombre era alto y vestía unos vaqueros de campana y una camisa vaquera, que parecían realzar su personalidad lujuriosa. También tenía labios carnosos y un hoyuelo en la barbilla, como Kirk Douglas. Helena se dio cuenta de que le estaba mirando fijamente y apartó los ojos. No parecía llevar maletín, y la ropa informal que vestía no era el traje elegante y la corbata que solían llevar los demás comerciales.

¿Había venido a buscar trabajo? No daba la impresión de querer trabajar en una tienda de regalos, pero nunca se sabía.

Sin embargo, la forma en que se paseaba por la tienda, levantando y examinando cosas, la inquietaba. Sí. Era eso lo que la alteraba. No tenía nada que ver con el hecho de que fuera muy atractivo.

—No hace falta que se quede a esperarla —dijo Helena con más firmeza—. Si deja su nombre y sus datos, le diré a la señora Auld que ha venido.

Para recalcarlo, Helena cogió un bloc de notas y un lápiz del mostrador.

El hombre cogió una de las diminutas figuras de cristal con forma de West Highland terrier y la observó, antes de volver a colocarla sobre su caja de regalo. Se giró hacia Helena y no respondió nada por un momento. Sus bellos ojos castaño claro la miraron.

—Gracias por la invitación, pero de repente no tengo mucha prisa.

Helena tragó saliva y jugueteó con el cambio en la caja registradora.

Se sintió aliviada cuando el timbre de la tienda anunció la llegada de un par de turistas. Esperó a que los nuevos clientes se distrajeran con el estante de plástico lleno de postales.

—Mire, por favor, no piense que estoy siendo maleducada, pero, si es usted vendedor, ¿podría dejar sus datos? A la señora Auld no le gustan mucho los vendedores.

La sonrisa del hombre era burlona, lo que la enfureció.

—Oh, ya lo sé. La vieja es una tradicionalista.

La columna vertebral de Helena se puso rígida por lealtad.

—No creo que deba referirse a la señora Auld de esa forma. No es muy profesional. —Helena salió de detrás del mostrador. Quería que se fuera. La estaba incomodando y no le gustaba la forma en que hablaba de la señora Auld—. Creo que debería darme su nombre y la razón por la que está aquí, por favor, y se lo comunicaré a ella.

Una exclamación de sorpresa procedente de la puerta de la tienda hizo que Helena se sobresaltara.

—¡Christopher! ¡No me lo puedo creer! ¿Qué demonios estás haciendo aquí?

Helena observó cómo la señora Auld casi se cae al entrar por la puerta al ver al hombre rubio. Se llevó una mano a la boca. Se detuvo un momento antes de volver a acelerar el paso y envolver al desconocido en un prolongado y fuerte abrazo. Se aferraba a él como si luchara por convencerse de que él estaba allí en carne y hueso.

—¿Por qué no me has avisado de que venías?

—Quería darte una sorpresa —respondió él.

—¡Bueno, la verdad es que lo has conseguido! Ven aquí. —Le plantó una ristra de besos frenéticos en la mejilla—. ¿Has adelgazado? Parece que estás un poco más delgado desde la última vez que te vi. —Le acarició con los dedos las puntas del pelo, que le serpenteaban por encima del cuello—. Te diría que necesitas un corte de pelo, pero...

El hombre puso los ojos en blanco y sonrió.

—¿Pero? —la imitó.

La señora Auld le miró fijamente.

—Pero te queda bien así. —La señora Auld volvió a centrar su atención en Helena, como si acabara de recordar que su empleada lo estaba presenciando todo. Estaba sonrojada de felicidad—. Veo que ya os conocéis —añadió.

Helena se sintió avergonzada. Oh, no... Ella lo conocía..., y él la conocía a ella, y muy bien, por lo que parecía. Helena se dio cuenta de que el hombre había deslizado el brazo alrededor de la amplia cintura de la señora Auld. El pavor se apoderó de su estómago.

—Este es Christopher. —Sonrió la señora Auld.

El hombre le guiñó un ojo a Helena, que se sonrojó aún más.

—Es Chris —dijo—, pero mamá siempre insiste en llamarme de manera formal...

¿Mamá?

Al leer la expresión de sorpresa de Helena, la señora Auld dejó escapar una risita traviesa.

—Helena, permíteme presentarte a mi hijo.

Mis nuevas cortinas de tartán moradas del Clan Cunningham llegaron poco después de que se marchara de Jake Caldwell.

Procedí a colgarlas en las barras de las cortinas blancas que papá me había instalado, las recogí con sus lazos de cinta morada y enmarqué con ellas la ventana, como cuando un marco dorado realza un cuadro. Complementaban las estanterías blancas y las paredes lilas y darían un toque de elegancia a los distintos temas de escaparate que se me fueran ocurriendo.

Llamé a papá para preguntarle si podía venir a ayudarme a colocar el nuevo cuadro de Jake Caldwell en la pared del fondo. Dijo que estaría allí en unos diez minutos. También quería preguntarle a papá por una lámpara que no funcionaba bien. Se había soltado y colgaba como una enredadera en el centro de la tienda.

Momentos después, llamaron a la puerta de la tienda.

Dejé de admirar mi nueva adquisición pictórica, que había apoyado contra el rodapié de la pared donde quería colocarla.

—Caray, papá. ¡Qué rápido has venido! —exclamé.

Abrí la puerta de un tirón y no me encontré con mi padre, de pelo plateado y cara angulosa, sino con Xander North.

—Puede que haya tenido una noche un poco dura, señorita Harkness, pero espero no parecerme a su padre. —Su mirada oscura e intensa permaneció impasible.

Lo invité a entrar en la tienda.

—No. No, claro que no —balbuceé. Me había pillado desprevenida—. Estoy esperando que llegue en breve mi padre para que me ayude a colocar esa obra de arte de ahí.

Xander se adentró más en la tienda, mirándome y sin percatarse de la luz que colgaba del techo.

—¡Xander! ¡Cuidado!

Pero ya era demasiado tarde. Giró la cabeza y se golpeó la frente contra la lámpara blanca y plateada.

—¡Maldita sea! ¡Ay! —gritó.

—¡Oh, Dios! ¿Está bien?

Xander tenía una mano en la frente.

—Sí, estoy genial. Estupendo, incluso. Me acabo de golpear la frente con esta maldita cosa.

Lo guie hasta detrás del mostrador y le ordené que se sentara en uno de los dos taburetes.

—A ver, ¿dónde le duele? —En qué hora le pregunté. Podría haberme mordido la lengua.

—En la rodilla izquierda —gruñó, mirando por su ojo turquesa—. ¿Dónde demonios cree que me va a doler?

Contuve una carcajada.

—Tengo un botiquín en el almacén —dije.

Le hice un gesto para que se quedara allí sentado y fui a buscar el botiquín. Volví corriendo con él. Xander seguía sentado y refunfuñando para sí. Continuaba con la mano derecha en la frente.

Puse la caja de plástico rojo —un regalo de mamá— sobre el mostrador y la abrí. Solté una carcajada. ¿Esperaba mamá que me sometiera a una operación a corazón abierto? Dentro había de todo, desde tiritas y vendas impermeables hasta imperdibles, desinfectante, repelente de insectos y crema de árnica.

—Una vez que haya terminado de examinar el contenido, señorita Harkness, no me importaría un poco de atención aquí...

Sentí que se me enrojecían las mejillas. Cogí un paquete de compresas frías que mamá había comprado en la farmacia y envolví una en una de las pequeñas toallas de mano que también había colocado en la bandeja inferior. ¿Acaso creía que iba a atender un parto?

—Tome —dije, apartando la mano de Xander de su frente—. Póngase esto.

—Gracias.

Cuando el frío entró en contacto con su piel, se estremeció.

Me acerqué un poco más y recibí una oleada de su *aftershave*, que me recordó a las olas saladas que rompen. Sus pestañas eran largas y rizadas. Me centré en su frente.

—Creo que más tarde le va a salir un pequeño chichón ahí.

—¡No! ¿De verdad? ¿Qué le hace pensar eso?

—No hay necesidad de ser sarcástico. Intento ayudar.

—Lo que habría ayudado es que no hubiera dejado colgada esa trampa mortal.

—¡Y si hubiera tenido usted más cuidado de por dónde iba, no se habría dado ese golpe!

Xander abrió la boca para decir algo más, pero decidió no hacerlo y la cerró en seco.

—Tome —murmuré, cogiendo el tubo de crema de árnica—. Póngase un poco de esto.

—¿Qué es?

—Cianuro —dije—. ¿Qué cree que es?

Sus ojos se encendieron.

—Por eso se lo pregunto.

¡Oh, santo cielo!

—Es crema de árnica. Es muy buena para los golpes y magulladuras. —Le miré fijamente—. ¿Cómo se siente ahora?

—Como un completo idiota. Ahora, ¿me da la crema, por favor?

Entonces, la conmoción cerebral parece poco probable, pensé.

Cogí el tubo y apreté el extremo.

—Deme la otra mano y le pondré crema de árnica en el dedo.

Xander retiró la compresa fría un segundo. Su rostro apuesto pero pétreo examinó el mío.

—Puede que se le haya escapado, pero no soy un cíclope. Me cuesta ver lo que estoy haciendo. —Apartó los ojos de mí un segundo—. ¿Le importaría ponerme un poco de eso en mi enorme bulto del tamaño de un melón, por favor?

Me puse una mano en la cadera.

—Puedo asegurarle que no hay ningún melón ahí. Bueno, aparte del que está sentado en el taburete.

Xander puso cara sarcástica.

—Muy graciosa.

Le pedí que se bajara la compresa azul brillante de la frente. Si había un chichón allí, era diminuto. La zona estaba enrojecida y empezaba a transformarse en atractivas tonalidades de clarete y púrpura.

—Tome. Quédese quieto, por favor.

Xander inclinó la barbilla hacia arriba y yo intenté no quedarme mirando su perfil de mandíbula cuadrada y la forma en que las oscuras ondas de su cabello caían unas sobre otras. Carraspeé y apliqué un poco de crema sobre el hematoma. Mis dedos se movieron sobre la piel de Xander, frotando la crema de árnica en pequeños círculos deliberados. Dio un pequeño respingo.

—Si se porta bien, a lo mejor le doy una pegatina.

Xander levantó los ojos hacia mí. Una extraña sensación me recorrió y me hizo apartar los dedos, como si me hubieran enchufado a un juego de cables. Me di la vuelta, cogí el tubo de árnica y jugueteé unos segundos con la tapa. ¡Por el amor de Dios, Sophie! ¿Qué te pasa? Conseguí enroscar la tapa y la volví a meter en el botiquín.

—Ya está —exclamé demasiado alto—. Listo.

Me giré y vi que Xander me estaba estudiando.

—Gracias —dijo.

—De nada. —Recogí la caja de primeros auxilios, deseosa de poner un poco de distancia entre nosotros—. ¿Por qué la vajilla es lo suyo? ¿Por qué le interesó tanto? —quise saber.

Xander me miró fijamente.

—A mi difunto padre siempre le fascinaron las antigüedades y a menudo traía a casa objetos raros y maravillosos. A mi madre le sacaba de quicio. —Hubo un atisbo de sonrisa—. Un día regresó de una subasta con un montón de vajilla. Un juego en particular: era un diseño Royal Porzellan, de porcelana perlada. Bueno, eso fue todo. Me cautivó. —Me lanzó otra mirada mientras seguía hablando—. Representaba a tres chicas misteriosas. Parecían ninfas del bosque. Yo debía de tener unos ocho años, pero la artesanía y la belleza de aquellas piezas desbordaron mi imaginación. —Volvió a mover ligeramente la boca, insinuando una sonrisa—. Entonces empecé a preguntarme a quién había pertenecido y de dónde había salido. En mi opinión, lo habían usado desde piratas hasta príncipes.

Xander explicó que sus padres y él vivían en Jedburgh, una bonita ciudad comercial de los Scottish Borders, y que su madre aún residía allí.

—Es una gran paisajista, así que el campo le sirve de inspiración. Me aseguro de ir a verla tan a menudo como puedo. —Se encogió de hombros—. He estado rodeado de arte desde que era muy pequeño. Creo que mi futuro en el arte estaba predestinado.

—Así que ¿estudió arte en la universidad? —le pregunté.

—Bellas Artes en Oxford y luego seguí estudiando cerámica y vidrio durante otros tres años en Glasgow. La alfarería y la cerámica siempre fueron mi debilidad. —Parecía más relajado—. Eso es lo que me gusta de vivir en esta parte del mundo, que hay tantos museos y galerías de arte cerca del centro en los que puedes perderte... —Xander se llevó los dedos a la frente—. Creo que ha perdido su vocación —bromeó hablándole a mi espalda en retirada—. Ya me siento mejor.

Devolví el botiquín al almacén y me quedé allí unos instantes para tranquilizarme.

Me alisé el pelo antes de levantar la barbilla y volver caminando donde se encontraba Xander, que seguía sentado detrás del mostrador. Su atención estaba fija en el cuadro que había detrás de mí. Era como si el aire de la tienda se hubiera congelado a su alrededor. Su mandíbula cuadrada se tensó mientras lo examinaba.

—¿Es un Jake Caldwell? —preguntó.

—Sí, lo es. ¿Es fan de su obra?

La expresión de Xander se ensombreció.

—No. —Siguió mirando el cuadro con tal ferocidad que casi esperaba que estallara en llamas en cualquier momento. Se volvió hacia mí—. ¿De dónde lo ha sacado?

Tardé unos segundos en reconciliar al hombre casi coqueto de hacía dos minutos con el que ahora miraba con ceño fruncido el cuadro de Jake.

—De su página web. Me fijé en el cuadro...

—¿Le conoce?

Parpadeé al notar el tono áspero que había tomado de repente su voz.

—No, pero me he encontrado con él antes. Insistió en traer el cuadro en persona.

Se permitió volver a fruncir el ceño ante el cuadro. ¿Por qué había cambiado así, de encantador a malhumorado? Miré por encima del hombro el cuadro de acuarela. Tenía algo que ver con Jake Caldwell. Eso estaba claro. Pero, fuera lo que fuese, Xander no estaba dispuesto a hablar de ello conmigo.

—Tengo algunas novedades que iba a contarle antes de mi pequeño accidente. —Se levantó del taburete y se metió las manos en los bolsillos de sus vaqueros azul marino—. No tiene aquí el juego de té en este momento, ¿verdad? —Xander había vuelto a su habitual actitud distante.

Moví mi rubia trenza.

—Lo siento, no. Lo he dejado a buen recaudo en mi apartamento. —Se me ocurrió una idea y me acerqué al mostrador para coger el móvil—. Pero le hice un par de fotos. Me concentré en primeros planos del emblema de la rosa.

Localicé las dos fotografías que había tomado y le pasé mi teléfono.

Las largas y espigadas pestañas de Xander se agitaron mientras estudiaba las imágenes del grabado de la rosa apenas visible en la parte inferior del asa de la tetera.

—Es tal y como esperaba —confesó.

El corazón se me aceleró.

—Entonces, ¿cree que es un original de Ernest Telfer?

Xander asintió con su oscura cabeza.

—Todo apunta en esa dirección.

Me llevé la mano al pecho.

—Maldita sea. Ojalá mi difunta abuela estuviera aquí ahora mismo. Le encantaría todo esto. —Tragué saliva y me recompuse.

Xander me lanzó una mirada indescifrable.

—Tengo una noticia —anunció tras una pausa—. Tiene que ver más con la carta que con el juego de té en sí. —Podía sentir cómo los ojos se me abrían de par en par—. Ahora, por favor, no se emocione —advirtió—. Todo podría quedar en nada.

Antes de que Xander pudiera terminar lo que estaba diciendo, me apresuré a ir a mi despacho y cogí las dos sillas plegables que mamá me había dejado. Le hice un gesto para que se sentara.

Xander miró la tela a rayas verde lima, negro y amarillo narciso como si estuviera a punto de arrancarle un buen trozo de pierna. Yo disimulé una sonrisa mientras me sentaba en la mía. Habría pensado que nunca se había sentado en una silla así.

Xander se pasó una mano por encima del pelo oscuro, con cuidado de no agravar el atractivo moratón que ahora le salía encima de la ceja derecha. ¿Tan pijo era que nunca había puesto los ojos en una silla plegable? Era todo piernas en ella.

—Bueno, parece que podemos tener una pista positiva en la búsqueda de más información sobre Ernest Telfer, a través de un contacto artístico mío. —Asentí con la cabeza, animándole a explicarse—. Y —continuó—, aunque Saffy (Saffron Clements) no es de esta zona, conocía muy bien a alguien que sí lo era.

Me incliné aún más hacia delante en mi silla color limón salpicada de margaritas. Intenté leer su expresión, pero lo único que recibí a cambio fue una mirada de soslayo.

—Santo cielo, señorita Harkness. Será mejor que se lo diga antes de que se desmaye. —También se inclinó hacia delante y juntó las manos. Su silla emitió un crujido de indignación—.

El bisabuelo de Saffy nació y creció cerca de aquí, en Darroch. Era bibliotecario y le fascinaba la historia local. Supongo que así fue como conoció la obra de Ernest Telfer.

Mi optimismo iba en aumento. Después de todo, quizá pudiéramos averiguar algo más sobre la carta.

—Bueno, me avergüenza decir que, aunque soy de aquí, no sé mucho de la historia de Briar Glen —confesé—, aparte de que el pueblo recibió su nombre por la rosa azul de brezo que se decía que crecía por aquí.

La expresión de Xander North se nubló de escepticismo.

—Ah, sí. La escurridiza flor azul. Saffron la mencionó.

Le miré con el ceño fruncido.

—¿Así que no cree en ello? —le pregunté.

—Saffy indagó un poco por mí en las investigaciones y diarios de su bisabuelo sobre Briar Glen. Por lo que escribió, él creía que existía ese inusual tono azul de rosa que crecía por aquí, pero yo soy escéptico al respecto.

¿Por qué no me sorprendió demasiado?

Me crucé de brazos, sintiéndome protectora del bonito pueblo donde había nacido y crecido.

—Por supuesto, tiene derecho a opinar, señor North. Admito que podría ser un cuento perpetuado para atraer a los turistas; aun así..., bueno, a veces, es bueno dejar volar la imaginación y evadirse un rato.

Xander me miraba desde su silla.

—¿Siempre está tan obnubilada, señorita Harkness?

Ahora me tocaba a mí enarcar una ceja.

—¿Y es usted siempre tan exasperante, señor North?

Su boca se elevó un momento.

—No siempre. —Se levantó de la silla y se estiró, como si hubiera estado seis horas atrapado en un aparato de tortura medieval—. Dependiendo de lo ocupada que esté con este lugar, me preguntaba si le gustaría conocer a Saffy Clements.

—Creí que no estaba usted interesado en saber más sobre esa carta.

La luz que entraba por los escaparates bañaba el pelo de Xander, descubriendo mechones de un rojo intenso.

—Tiene razón. No lo estoy. Mi interés reside en el juego de té.

¿Cómo podía ser tan despectivo con esa carta? Xander señaló las estanterías vacías y pintadas que rodeaban las paredes.

—¿Cuándo llegan las existencias?

—El jueves.

—Entonces, ¿está todo organizado y adelantado?

—Sí —respondí, preguntándome adónde quería ir a parar—. Estoy esperando a que llegue mi padre para que me ayude a colocar el cuadro. ¿Por qué?

Xander North se acercó a la puerta de la tienda La Taza Que Alegra, con cuidado de evitar la lámpara colgante, y la abrió de un tirón.

—¿Por qué no llama a su padre y le retrasa un rato? No hay mejor momento que el presente para ir a hablar con Saffy, ¿a que no?

21

El estudio de cerámica de Saffron Clements estaba en la frondosa zona sur de Glasgow, en el sótano de un antiguo despacho de abogados eduardiano.

Era de majestuosa piedra gris y había unos robustos escalones que bajaban hasta él, con dos helechos puntiagudos a cada lado de una puerta negra brillante. Una placa de cerámica junto a la gran ventana de guillotina proclamaba CERÁMICAS CLEMENTS.

Xander me abrió paso, pulsó el interfono y dijo su nombre por el altavoz. Se oyó una carcajada y la puerta se abrió para dejarnos entrar.

Era un despacho de planta abierta con sillas desparejadas, un escritorio desordenado a la derecha y un par de armarios iluminados, en los que destacaba un surtido de vajilla esmaltada de bella factura, presumiblemente fabricada por la propia señora.

Al fondo había otra puerta, que supuse que conduciría al estudio de Saffy Clements. La puerta se abrió y salió una atractiva morena con curvas, piel lechosa y pecas color canela. Llevaba una camiseta holgada, salpicada de arcilla, y unos vaqueros ajustados.

Sus ojos oscuros brillaron ante Xander.

—Hola, guapo. ¿A qué debo el placer? —saludó. Al acercarse a Xander, se fijó en el moratón de su frente—. ¡Dios mío, Xan! ¿Qué te ha pasado?

Xander hizo caso omiso a sus adulaciones.

—No he perdido un ojo, Saffy. No miraba por dónde iba.

Tuvo la delicadeza de mirarme de reojo.

Ella levantó la mano y le rozó el moratón con los dedos.

—¿Te duele? —preguntó con voz ronca.

Entonces, al notar mi presencia, la gran sonrisa coqueta de Saffy se marchitó. ¿Era cosa mía, o se había enfriado el ambiente?

Xander no se dio cuenta.

—Saffy, esta es la mujer de la que te hablé: Sophie Harkness.

Esbozó una sonrisa tensa que no acompañaron sus ojos y tendió la mano.

—Encantada de conocerla —dijo.

—Lo mismo digo —respondí, estrechándole la mano—. Espero que no la molestemos.

Su mirada se dirigió de nuevo a Xander.

—Oh, estoy acostumbrada a que este se pasee por aquí como si fuera su casa.

Sin embargo, Xander estaba demasiado centrado en uno de los jarrones que Saffy tenía en la vitrina para contestar.

La mirada de adoración que Saffy le dirigía era como la de una flor tomando el sol en un día de primavera.

Xander volvió a centrar su atención en Saffy.

—Me preguntaba si podrías dedicarnos unos minutos para echar un vistazo a las notas de los diarios de tu bisabuelo. Son las que tomó sobre la zona de Briar Glen las que nos interesan especialmente —explicó Xander.

—Por supuesto. Venid conmigo.

Se recogió unos mechones de sus rizos oscuros y salvajes detrás de las orejas y nos llevó detrás de su mostrador de recepción, donde había un ordenador de oficina entre facturas y bocetos. La puerta por la que Saffy había entrado se había abierto un poco más y pude ver que era su estudio. Se oía el sonido de una radio. Había una larga mesa de madera en el centro de la habitación y un torno de cerámica eléctrico, junto con un surtido de cubos, un viejo frigorífico, un fregadero macizo y un horno de cerámica en un rincón.

Saffy abrió un par de archivos electrónicos en la pantalla y, al cabo de unos instantes, aparecieron imágenes de una escritura pulcra y reflexiva. El nombre de su bisabuelo, Victor George Prentice, salía impreso en negrita en las portadas de cada uno de los tres diarios.

—No sé hasta qué punto os será útil algo de esto —admitió, aumentando el tamaño de las páginas para que pudiéramos leerlas mejor—. Lo que sí me pareció extraño, no obstante, es que mi bisabuelo siempre fue un hombre muy meticuloso (era bibliotecario, así que estaba acostumbrado a mantener los registros en buen orden), y, sin embargo, hay secciones de sus notas que parecen haber desaparecido. —Su mano pecosa se cerró alrededor del ratón.

Xander y yo nos inclinamos un poco más hacia la pantalla. Los ojos de Saffy se entrecerraron al vernos tan cerca.

—He leído algunos fragmentos, pero no he avanzado tanto como me gustaría. Es una de esas cosas que siempre me prometo hacer en los descansos, pero el trabajo se interpone.

Había varios párrafos que el bisabuelo de Saffy había escrito sobre la población y el trazado de Briar Glen, junto con notas esbozadas acerca de la rosa azul de la que se rumoreaba. Fue cuando estábamos a punto de pasar a la siguiente página cuando un suspiro de excitación se alojó en mi garganta.

—¿Podría volver hacia atrás, por favor? —le pedí a Saffy.

Xander se giró para mirarme.

—¿Qué pasa? ¿Ha visto que se mencione a Briar Forsyth? —me preguntó.

Negué con la cabeza y mi trenza se sacudió.

—No —aclaré—. No es su nombre lo que he leído.

Volví a repasar las pocas líneas para asegurarme de que no me lo había imaginado. Señalé la sección que aparecía en la pantalla, escrita con la pulcra y segura letra negra del bisabuelo de Saffy.

—¿Ven el nombre que menciona el señor Prentice y por qué? —Me volví hacia Xander, con la esperanza y la emoción tirando de mí—. Jonathan. Jonathan Gray.

Xander se encogió de hombros.

—¿Perdón?
Apunté con el dedo a la pantalla del ordenador.
—Jonathan era el nombre del hombre al que escribió Briar Forsyth. —Mi atención volvió a centrarse en las imágenes de la pantalla—. Creo que este Jonathan Gray mencionado aquí podría ser él.

22

Saffy echó un vistazo al escrito de su bisabuelo y leyó lo que decía de Jonathan Gray.

—Victor no está cantando sus alabanzas, ¿verdad? —dijo.

Xander se frotó la barbilla. Me di cuenta de que tenía una leve capa de barba negra. Con la luz de la pantalla resaltando su expresión concentrada, empezó a leer las notas del diario para sí.

24 de diciembre de 1899

Es Nochebuena y, sin embargo, el espíritu festivo parece haber eludido a ciertas personas.

Tuve la desgracia de cruzarme con el señor Jonathan Gray cuando venía de la biblioteca de Briar Glen, en mi viaje de regreso a Darroch.

La nieve se arremolinaba con frenesí y los árboles parecían tan desamparados, con sus copas pesadas, llenas de hielo.

Me disponía a subir al carruaje cuando Gray apareció con una mujer. No se dio cuenta de que yo subía las escaleras del carruaje. Estaba demasiado preocupado; parecía acusar de algo a aquella joven delgada y angustiada.

Recuerdo el inquietante dolor en los ojos de ella y las faldas de su vestido azotadas a la altura de los tobillos por el frío implacable.

El cochero insistió en que esperáramos un poco con la esperanza de conseguir algunos viajeros más, y así pude sentarme en el interior del coche y presenciar el lamentable espectáculo que estaba dando Gray con aquella joven acongojada con la que discutía en la nieve.

No pude oír lo que decía, pero detecté, por su expresión, la furia de él y el visible desasosiego de ella. En un momento de la discusión, él le cogió el brazo y se lo apretó con fuerza con su mano enguantada.

Indignado al ver este comportamiento agresivo, empecé a levantarme del asiento con la intención de intervenir y poner fin a lo que estaba presenciando, cuando el cochero anunció que debíamos marcharnos. Le preocupaba que las inclemencias del tiempo empeoraran y él, sus caballos y yo pudiéramos ser víctimas de las circunstancias.

Mientras atravesábamos la plaza empedrada del pueblo, con la luna como una astilla helada en el cielo y los chillidos de niños excitados resonando por las calles, oí la voz de Gray, estridente y aguda:

—¡Cuéntale esto a alguien, ramera, y os arruinaré a ti y a esa chabacana familia tuya!

Estiré la cabeza y me sujeté el pañuelo a la garganta para protegerme del viento helado. La mujer agarraba la cinta que sujetaba su gorro bajo la barbilla. Sus ojos, casi infantiles, nadaban en lágrimas.

Extendió su mano enguantada en un esfuerzo por apaciguarle; tal vez para hacerle comprender.

—Pero, Jonathan, no quiero nada de ti, excepto que reconozcas lo que ha pasado —imploraba.

Nuestro carruaje empezó a girar hacia la derecha, con los cascos de los caballos surcando la nieve fresca.

Las figuras de Jonathan Gray y la joven se alejaban de mí, sombras siluetadas en la oscuridad que lo iba invadiendo todo, como piezas colocadas sobre un tablero de ajedrez.

Pero, cuando el cochero nos sacó a la carretera, Gray se alejaba de su acompañante. El sombrero de copa le bam-

boleaba furiosamente mientras se movía. Ella pareció decir algo más, antes de salir corriendo tras él con sus raídos botines.

Fuera lo que fuese lo que ella le dijo, él se detuvo y su rostro se contorsionó con furia. Se giró para enfrentarse a ella, con su bastón dorado parpadeando, como los adornos que cuelgan del árbol de Navidad de Briar Glen en los terrenos de la iglesia.

—¡Aléjate de mí, libertina! Y no te acerques a mis padres, o me vengaré de ti de una forma que ni te imaginas —gritó.

La última imagen que resonó en mi cabeza cuando mi carruaje partió, dejando atrás esa dolorosa escena, fue la de Jonathan Gray alejándose a grandes zancadas hacia su carruaje y los caballos que le esperaban, y la de la angustiada joven, hundiéndose de rodillas en la alfombra de nieve.

Exhalé un largo y lento suspiro. Leer la versión de Victor Prentice sobre esos acontecimientos fue como ser arrastrada yo misma a la chispeante escena de Nochebuena. Podía ver a la desolada joven, el viento helado mordiéndole los huesos, y al joven insensible y bien vestido reprendiéndola verbalmente antes de alejarse a grandes zancadas, dejándola de rodillas con el vestido pegado a ella hundida en la crujiente nieve.

Incluso Xander guardó silencio un momento. Se volvió hacia mí.

—¿Así que cree que el Jonathan de la carta que ha encontrado es este Jonathan Gray?

—Creo que hay bastantes posibilidades de que lo sea. Y, si lo es, esta pobre joven a la que abandonó en la nieve bien podría ser Briar Forsyth, la dama que le escribió la carta —respondí.

De pie, detrás de Xander, Saffy nos observaba a los dos.

—Hay más información en sus otros diarios —comentó—. Era un anotador muy prolífico. —Se colocó frente a Xander y le dedicó una sonrisa deslumbrante—. ¿Qué tal si te los envío por correo electrónico, y, si tienes alguna pregunta, me llamas?

—Gracias, Saffy. Sería de gran ayuda. Ah, y, si Sophie te da su dirección de correo electrónico, ¿puedes enviárselos a ella también, por favor? Es algo que estamos comprobando juntos.

Sentí que me encogía bajo la mirada furiosa de Saffy.

—Claro —dijo ella al cabo de un momento. Sus labios rosa pálido se dibujaron en una fría sonrisa—. Supongo que todo Sherlock necesita un doctor Watson.

23

25 de septiembre de 1970, Briar Glen

El amor de Helena por su trabajo fue en aumento.

Vale, Regalos Chispeantes no tenía el mismo glamur tradicional que Carter's o Drury's, pero ella se levantaba esas tres mañanas cada semana con ganas de ver caras amigas de la comunidad local y conocer a nuevos clientes.

Se convenció de que su entusiasmo por la pequeña tienda de regalos no tenía nada que ver con Chris Auld.

Él se dejaba caer un par de veces por semana, en días y momentos que siempre coincidían con el turno de Helena. Charlaba con ella sobre su madre, la vida en general y los tres negocios de moda masculina en los que acababa de invertir.

Helena cada vez esperaba con más impaciencia las visitas de Chris. Hacía un esfuerzo extra con el pelo y elegía uno de sus vestidos más elegantes o bonitas camisas con flores y pantalones de campana.

Se decía a sí misma que era porque quería estar bien arreglada, ya que representaba a la señora Auld y a Regalos Chispeantes. A pesar de sus afirmaciones, sabía que no era así.

La señora Auld le había explicado a Helena que Chris había decidido quedarse un tiempo en Briar Glen, en lugar de regresar a su apartamento de alquiler de Londres.

—Ha dicho que hay más oportunidades de negocio aquí en este momento —le contó la señora Auld.

Helena había asentido con la cabeza, y un cálido resplandor de placer se encendió en su interior. No quería ni imaginarse lo vacía y frágil que sería su vida sin Chris.

Siguieron una rutina fácil. Chris pasaba por allí y programaba sus visitas de modo que pudiera acompañar a Helena al parque situado frente al pueblo para tomar el té. Se sentaban en un banco, tomando tazas de poliestireno con té aguado y echaban la cabeza hacia atrás, riéndose de alguna tontería que hubiera ocurrido en la tienda, o Chris la obsequiaba con historias sobre su infancia con su indomable madre y su despreocupado padre.

—Menos mal que papá era bastante maleable —reflexionó Chris, haciendo una mueca mientras bebía un sorbo de té—. Dios sabe cómo habría sido la vida si hubiera sido una fuerza de la naturaleza, como mi madre.

El sol de septiembre jugaba al escondite detrás de los árboles y las hojas cobrizas se agitaban a sus pies. Helena miró el reloj. Su pausa para el té siempre terminaba demasiado rápido. Se acurrucó más en su chaqueta de piel sintética.

—¿Qué quieres hacer con tu vida, Helena?

Ella apuró los restos de su té y tiró la taza a la papelera que había junto al banco.

—¡Vaya! ¡Qué gran pregunta! —respondió.

Chris arqueó las cejas.

—¿Y bien?

Cuando él la miraba así, todo interés, ardiente mirada leonada, ella luchaba por tener pensamientos coherentes.

—Quiero ser una buena madre para Marnie. Quiero que me vea como una amiga cuando crezca, y no solo como su madre.

—Ya lo estás haciendo —respondió él con su seguro pero extraño acento—. Quiero decir, ¿qué quieres hacer por ti?

Ella le lanzó una mirada.

—Te vas a reír —se excusó.

—Apuesto a que no. Bueno, a menos que me digas que quieres ser futbolista profesional.

Helena le sonrió.

—Podría ser muy buena en el fútbol.

—Podrías serlo. Hay tantas cosas que quiero averiguar sobre ti.

El calor se apoderó de ella y se encontró deseando tener todavía aquel tonto vaso de poliestireno para hacer algo con las manos.

Chris se acercó un poco más en el banco. Su flequillo rubio se levantaba con la brisa.

—Anda. Cuéntame.

Ella hizo una mueca.

—De acuerdo —dijo—. Tú me lo has preguntado. Bueno, me encantaría tener mi propia tienda de vajilla algún día. Sé que no suena emocionante ni grandioso, pero siempre ha sido una ambición mía. —Como Chris no dijo nada, ella soltó una carcajada avergonzada—. ¿Ves? Te dije que era una tontería.

Helena dejó que su mirada se desviara del horizonte otoñal y volviera a Chris, que estaba a su lado.

—No me río y no me parece ninguna tontería —repuso él. Se ajustó la americana de cuero—. Creo que, si hicieras algo así, tendría mucho éxito. —Acarició su taza vacía—. ¿Qué opina tu marido al respecto?

Helena parpadeó. Era un pensamiento horrible, pero sentía que Donald se estaba entrometiendo en su conversación.

—Oh, no hablo mucho de eso con él. Bueno, no hablo de eso con él en absoluto. Lo mencioné una o dos veces cuando nos casamos, pero él lo descartó.

—¿Por qué?

Helena se movió.

—Es un poco anticuado. Cree que, una vez que una mujer se casa, debe quedarse en casa.

Chris procesó esto.

—Bien. Bueno, todo el mundo tiene derecho a tener su propia opinión, por supuesto, pero yo no estoy de acuerdo con él.

Ella se habría sorprendido mucho si él hubiera estado de acuerdo. Se encontró sonriendo.

Al mirar su reloj, se levantó del banco.

—¡Maldita sea! Será mejor que vuelva a la tienda, o tu madre me descontará parte del sueldo.

—Helena. —La mano de Chris se extendió y se apoyó en su esponjosa manga blanca—. *No debes dejar que te corte las alas. Eres inteligente, eres ambiciosa y eres hermosa...*

Helena no podía mirarlo. Todos estos momentos se estaban moldeando juntos en algo que ella estaba atesorando y no quería parar.

—Chris... —Se miraron fijamente, con el perezoso sol dorado reflejándose en sus rostros—. *No es más que una quimera* —le explicó mientras se ponían uno al lado del otro, con las botas blancas altas de cordones de Helena pegadas a los mocasines abrochados de Chris—. Ya te lo he dicho: Donald ni siquiera sabe que tengo este trabajo. No sé cuánto tiempo más podré mantenerlo en secreto, y, cuando se entere, que no dudo que lo hará, se pondrá furioso.

El rostro apuesto de Chris se tensó.

—No deberías tener que mantener en secreto que tienes trabajo —observó.

Ella apretó el bolso contra su costado.

—Sí. Bueno... Casi me descubre la semana pasada. Uno de los compañeros de trabajo de Donald vino al pueblo para una cita con el médico y le dijo a Donald que estaba seguro de haberme visto trabajando detrás del mostrador en la tienda de regalos. Por suerte, Donald no le creyó.

Chris miró de reojo a Helena cuando salieron por las puertas del parque y cruzaron la carretera.

—Apuesto a que tu marido no se opondría si tuvieras tu propio negocio que te reportara buenos ingresos. —Ella se encogió de hombros. Las luces de Regalos Chispeantes se derramaban sobre la acera—. ¿A qué hora terminas aquí hoy, Helena? ¿A las dos y media, como siempre?

—Sí. ¿Por qué?

—Encuéntrate conmigo de nuevo a la entrada del parque en cuanto termines.

El corazón de Helena se le aceleró en el pecho.

—Pero tengo que recoger a Marnie de la escuela.

—No te preocupes. No te entretendré demasiado. ¿Por favor?

Helena no pudo resistirse.

—Está bien, pero no puedo llegar tarde por ella. ¿De qué se trata?

Pero Chris se limitó a guiñar un ojo, a sacudir su chaqueta de cuero y marcharse.

Lo único que Helena pudo hacer era mirarle.

Xander me observó con el ceño fruncido mientras regresábamos a Briar Glen.

—No debería leer en un vehículo en movimiento. Le dará náuseas.

Levanté la vista de la pantalla de mi teléfono cuando el paisaje de elegantes bloques de oficinas y restaurantes caros con cristales ahumados dio paso al familiar bosque de Briar Glen, que me recordaba a macizos de brócoli. Carteles turísticos marrones anunciaban: BIENVENIDOS A NUESTRO PUEBLO, DONDE SE DICE QUE CRECE EN ABUNDANCIA LA FAMOSA ROSA AZUL DE BREZO Y SIEMPRE SE GARANTIZA UNA CÁLIDA BIENVENIDA ESCOCESA.

—Gracias, papá. Lo tendré en cuenta —bromeé.

Xander frunció el ceño.

—¿No puede dejar toda esa lectura para cuando llegue a casa?

Seguí hojeando el correo electrónico de documentos que Saffy nos había enviado a los dos, aunque a mí me lo había enviado a regañadientes.

—Podría —admití; mi frustración iba en aumento—, pero tengo ganas de ver si el bisabuelo de Saffy da más detalles sobre ese canalla de Jonathan Gray.

Xander puso el intermitente a la derecha y la luz chispeó contra el parabrisas de su pequeño Mazda deportivo.

—¿«Canalla»?

—Bueno, ¿cómo describiría a un hombre que abandona a una mujer en la nieve en Nochebuena?

Xander me miró de reojo.

—No conocemos toda la historia —replicó.
—No, se me olvidaba —añadí secamente—. Es habitual discutir en la calle en Nochebuena y amenazar a la otra persona, antes de dejarla a la intemperie.

Me lanzó una mirada fulminante, pero no dijo nada.

Dejé de leer las copiosas entradas del diario y eché un vistazo a mi galería de fotografías. Aparecieron las que había tomado del juego de té del pavo real y las amplié para verlas más de cerca. ¿Qué papel desempeñaba la vajilla en toda esta historia? ¿Tenía algo que ver? ¿O simplemente alguien había metido la carta de Briar en el estuche de la vajilla para ocultarla?

Xander me devolvió al aparcamiento situado detrás de La Taza Que Alegra y me miró mientras yo cogía mi bolso del hueco para los pies del asiento del acompañante.

—Gracias por llevarme a casa de Saffy —le dije.

Él se encogió de hombros.

—No hay de qué.

Salí del coche. Fueran cuales fueran sus razones para ayudarme a desenterrar el trasfondo de la carta de Briar, me estaba ayudando. Agaché la cabeza para hablarle a través de la puerta abierta del coche.

—La inauguración oficial de la tienda es el día 30 a las 10 de la mañana. Habrá bollos recién hechos y té, además de todas mis novedades expuestas. Puede que le guste algo. —Me di cuenta de lo que había dicho y me aclaré la garganta—. Me refería a la vajilla.

Me escocían las mejillas mientras los ojos de Xander permanecían fijos en los míos.

—La he entendido.

—Bueno, de todos modos... —dije, esperando sonar despreocupada—. Siéntase libre de pasar.

Se puso unas gafas de sol de espejo que sacó de la guantera.

—Puede que lo haga, señorita Harkness. Y acordemos mantenernos mutuamente informados de cualquier novedad con esa carta, ¿de acuerdo? Más adelante podemos pasar a la subasta.

Salió por el camino hacia la carretera principal, mientras yo lo observaba con irritación y decepción renovadas. ¿Era eso lo único que le preocupaba? ¿Conseguir su comisión y espacio mediático sobre la vajilla del pavo real, en lugar de descubrir la historia que había detrás y por qué aquella mujer se había empeñado en tirármela encima?

Rebusqué en el bolso las llaves de la puerta de la tienda, enfadada conmigo misma por pensar que Xander podría haber tenido un mínimo de interés en la carta de Briar, en lugar de estar simplemente preocupado por cuánto dinero ganaría con el juego de té. Ese era el problema de algunas personas, me gruñí. No tienen alma.

Era como el día de Navidad.

El suelo de La Taza Que Alegra estaba repleto de tesoros. Con piezas que iban desde divertidos diseños de lunares hasta de flores tradicionales de Wedgwood, juegos de porcelana Aynsley, de jardines acuáticos de Portmeirion y titanio europeo en oro oscuro.

Esperaba haber cubierto todas las posibilidades, para todos los gustos y presupuestos. A medida que vislumbraba caños arqueados, asas doradas y platillos brillantes, mi corazón cantaba de agradecimiento y miedo. A la abuela le habría encantado todo aquello.

Hacía un rato que Ewan había entregado el rótulo de la tienda, que papá y uno de sus colegas carpinteros iban a colocarme esa tarde.

Tal como imaginaba, estaba pintado a mano, con la leyenda LA TAZA QUE ALEGRA en letras blancas sobre un fondo lila intenso, con una tetera y una taza de té y un plato a cada lado. Tenía un aspecto tan artístico y elegante que nadie diría que las pinturas eran tintas de PVC resistentes al agua.

La versión más pequeña del rótulo, también creada con tintas ultravioletas resistentes al agua, debía suspenderse del riel situado justo encima de la puerta de la tienda.

Después de colocar los carteles, papá se ofreció a poner una barra de cortinas en la puerta principal de la tienda para instalar el juego de cortinas más pequeño que yo había comprado. Estaban confeccionadas con el mismo tartán morado del Clan Cunningham. En cuanto las vi en internet, supe que quedarían perfectas, igual que en el escaparate. Daban al interior de la tienda un toque muy acogedor.

Todo el concepto y el ambiente de La Taza Que Alegra, con su escaparate, su surtido de vajillas y su aire de disfrute, por fin estaba cuajando.

Cass estaba entusiasmada ayudando a mamá a colocar algunas teteras de Day-Glo y tazas a juego en un estante central.

—Eso sí que es tener donde elegir —dijo con una sonrisa.

Mamá le sonrió.

—Lo sé. Creo que vais a tener muchos clientes a los que les va a costar decidirse por lo que quieren.

—Con suerte, estarán tan indecisos que se decantarán por más de un juego —dije, y me reí.

Me limpié las manos y me puse a medir el hueco del escaparate. Tenía una idea aproximada de cómo quería que fuera mi primer escaparate y había forrado las ventanas con grandes hojas de lona morada para no desvelar nada y proteger mis esfuerzos artísticos hasta la gran inauguración del lunes.

Santo cielo. No me podía creer que ya fuera casi la hora. Solo esperaba no haber olvidado nada.

Mientras mamá y Cass tarareaban una canción de Carly Simon que sonaba en la radio, yo eché un vistazo a algunas de las cajas que tenía a mi lado. La adrenalina y la expectación, combinadas con una profunda sensación de agotamiento, me invadían.

En los últimos días, no solo había estado preocupada con los últimos preparativos para la tienda, sino que también había estado ocupada leyendo de nuevo las sustanciosas notas del bisabuelo de Saffy Clements, con la esperanza de descubrir algo más sobre Jonathan Gray y Briar Forsyth. ¿Habría alguna otra pista sobre lo que había ocurrido entre ellos que yo hubiera pasado por alto?

Estaba convencida de que debía de haber más pistas en aquellos diarios. Solo había que tener paciencia, buscarlas y encontrarlas.

Xander me había llamado y enviado mensajes de texto en varias ocasiones, explicándome que su trabajo de crítico de arte y evaluación le había ocupado mucho tiempo, pero asegurándome que seguía trabajando en su investigación sobre la vajilla y los diarios con la esperanza de descubrir algo importante. En cuanto a Jake, no había vuelto a ponerse en contacto conmigo. Había llegado a la conclusión de que su flirteo se había debido a que le había comprado un cuadro. Mi orgullo se resintió un poco, pero, bueno, tenía cosas mucho más importantes en las que concentrarme.

Me tapé la boca con la mano y solté un bostezo muy poco femenino.

Mamá se acercó a mí con sus zapatos náuticos.

—Espero que te lo estés tomando con calma, jovencita —me aconsejó—. Estas dos semanas previas a la inauguración has estado corriendo de aquí para allá como una demente. —Debí de delatarme sin querer, porque se puso las manos en la cadera y frunció el ceño—. En cuanto acabemos aquí, quiero que te vayas a casa y te relajes con un buen baño. Nada de asuntos de la tienda, ni de leer diarios durante el resto del día. Es una orden.

Cogí un juego de té lila y blanco, pintado con salpicado de nomeolvides moradas, y empecé a colocarlo en la ventana sobre un paño de cuadros a juego que había encargado a la empresa de telas que suministraba el lienzo para las ventanas. Había comprado unas rosas azules preciosas que parecían naturales en una floristería *on-line* que me había recomendado Cass, y empecé a colocarlas alrededor de la vajilla. Pensé que sería un bonito homenaje a mi pueblo natal..., si la historia de las rosas era cierta después de todo. ¡Caramba! Empezaba a sonar como Xander North.

—Mamá, me lo voy a tomar con calma el resto del día —prometí.

Me dirigió una de sus miradas torvas.

—Por favor, asegúrate de que así sea. —Asintió con la cabeza, apreciando la combinación de colores de mi escaparate.

Cass se acercó con una tetera a rayas rojas y blancas.

—Va a quedar preciosa —observó.

Me enderecé.

—Gracias. Pensé que nuestro primer escaparate debía ser sencillo, siguiendo la combinación de colores lavanda y blanco de la tienda —dije.

Cuando llegara el juego de té de rosas azules de Briar Glen, pensaba colocarlo en primer plano y ponerle un par de rosas azules artificiales a cada lado. Entusiasmándome con mi tema, pasé a explicar mis ideas sobre los escaparates temáticos.

—He pensado que podríamos exhibir juegos de té rojos, rojizos y ámbar a principios de otoño, tonos anaranjados para Halloween, e ir a por todas en Navidad con vajillas de tonos rubí y verde, espumillón, luces de hadas... ¡Todo!

—Y, para la primavera, tonos amarillos limón pálidos y cremas para un tema de narcisos con huevos de Pascua, y luego, para el verano, tal vez vajilla con amarillos y azules marinos fuertes, con un cubo quizá y una pala y un barco de vela de juguete al lado —sugirió Cass.

Le devolví la sonrisa.

—¡Claro que sí! —exclamé—. Ya me lo estoy imaginando.

Cass asintió con la cabeza, moviéndose su ondulada coleta castaña.

—Apuesto a que el juego de té de Briar Glen quedará precioso. Espero recibir muchas preguntas sobre él —comentó.

Volví a inclinarme hacia el hueco de la ventana para juguetear con dos de las rosas que había colocado allí.

—Eso espero. Apuesto a que también genera encargos extras para el artista, Noah. Por lo que me ha contado Ewan, el pobre muchacho es la personificación de un artista luchador. Está en el tercer año de su curso de cerámica.

—Bueno, estoy segura de que os irá bien a los dos —opinó mamá, y se giró al oír un golpe seco en la puerta de la tienda, que se cerraba—. ¡Oh! Debe de ser el juego de té de Briar Glen, que están entregando ahora.

—Sería ideal que llegase en este momento —dije—. Será más fácil terminar el resto del escaparate con ese juego.

Pero no era el juego de té que había encargado. Era Xander.

Cass y mamá admiraron al desconocido alto y moreno mientras entraba.

Xander les saludó con la cabeza e indicó la vajilla que empezaba a ocupar las estanterías.

—¿Están ocupadas, por lo que veo? ¿Cómo va todo? —preguntó.

—Estamos avanzando poco a poco. Mi padre se va a pasar esta tarde para instalar un par de pequeños focos encima de cada estantería —respondí.

Miró por encima del hombro a mamá y Cass, que se habían alejado un poco para recoger el plástico de burbujas.

—Solo he venido a ver cómo iba todo. Tiene buena pinta. Me gusta la mezcla ecléctica de... —Dejó de hablar y su atención se posó de nuevo en el cuadro de Jake Caldwell, que ahora adornaba la pared del fondo. Un punto de pulso palpitaba en su mandíbula apretada—. Tengo que decir que no coincido con su gusto artístico.

Miré el cuadro, con su maltrecha mesa de granja, su robusta tetera y sus tazas pintadas con una miríada de acuarelas. ¿Qué tenía aquel cuadro, o Jake Caldwell, que disgustaba tanto a Xander?

—¿Qué pasa? —pregunté, confusa y recordando su reacción inicial cuando lo vio apoyado contra la pared—. ¿Por qué no le gusta ese cuadro?

Xander alargó la mano y cogió una taza de té azul petróleo de la estantería que tenía a su lado. La estudió un momento y le dio vueltas entre las manos antes de volver a dejarla en su sitio.

—No es el cuadro —dijo después de unos instantes.

—Entonces, si no son sus pinceladas, ¿qué es? Lo mira como si quisiera arrancarlo de la pared.

Xander me lanzó una mirada cargada.

—No es nada. No hablemos más de Caldwell ni de sus bonitos cuadros. —Cambió de conversación—: ¿Tiene un momento?

Parpadeé, no muy convencida.

—Sí, claro.

Animé a Xander a que me siguiera al despacho. Mamá y Cass fingieron estar ocupadas cuando pasamos por delante de ellas.

Cerré la puerta mientras Xander se hundía en una de las dos nuevas sillas negras y cromadas. Seguía sintiendo curiosidad por su problema con Jake, pero me senté detrás del escritorio. No estaba dispuesto a hablar de ello, fuera cual fuera el problema.

Xander me encadenó a la silla con su expresión pensativa.

—Las cosas han estado bastante agitadas desde el punto de vista de mis intereses artísticos las últimas dos semanas, pero he conseguido leer más de las notas del bisabuelo de Saffy —dijo.

Me removí en la silla, intrigada.

—¡Qué bien! —exclamé—. ¿Ha descubierto algo?

Él asintió brevemente, lo que hizo que el flequillo oscuro se le moviera contra la frente.

—Creo que sí. —También se inclinó hacia delante—. Es sobre el Castillo Marrian.

Mis ojos se agrandaron.

—Guau. Vale. Eso es un poco raro. Trabajé allí como organizadora de bodas.

—¿En serio? Bueno, en ese caso puede que esto le interese especialmente.

—¿Por qué? ¿Qué pasa?

Xander estiró sus largas piernas.

—Tendremos que investigarlo, por supuesto, para asegurarnos de que es cierto, pero, según las notas que escribió Victor Prentice en sus diarios, el Castillo Marrian pasó por las manos de varias familias ricas de la zona a finales del siglo XIX y principios del XX.

—Así es. —Arrugué la nariz al recordarlo—. Sé que hubo dos familias prominentes, los Masters y los Dayell, que la poseyeron en el pasado.

A Xander le brillaron los ojos.

—En efecto, pero ¿sabe por casualidad quién fue uno de los efímeros propietarios?

Negué con la cabeza.

Xander avanzó aún más y la luz del sol, que entraba por la ventana del despacho que tenía a mi espalda, se reflejó en la parte superior de mi escritorio de caoba.

—El apellido de la familia era Gray —dijo con énfasis—, Leonora y Chadwick Gray.

—¿Gray? —repetí, con la boca abierta—. ¿Está diciendo que Jonathan Gray era el dueño del Castillo Marrian?

—Esa era mi intención. Leonora y Chadwick Gray compraron la propiedad para que la heredara su hijo mayor Jonathan.

Me hundí de nuevo en la silla.

—¿Eran los dueños del Castillo Marrian? ¿Sus padres?

—Dejé escapar una carcajada, sorprendida—. Bueno, no se menciona que la familia Gray forme parte de su historia. Cuando empecé a trabajar allí, quise documentarme sobre su historia y no se les mencionaba.

—No es demasiado sorprendente, dado que estuvieron allí unos cinco minutos, según las notas de Victor —respondió Xander.

—¿Qué quiere decir?
—Por lo que parece, vivir en el Castillo Marrian no funcionó para la familia Gray y lo vendieron.

Volví a pensar en la carta escrita por Briar Forsyth, con su suplicante dolor y angustia grabados en cada frase.

Mi boca se volvió una mueca lúgubre.

—¿Y qué se apuesta a que hubo algún escándalo o problema en el que se vio envuelto el tal Jonathan y por eso tuvieron que abandonar el Castillo Marrian con tanta prisa? —sugerí.

Xander se dispuso a hablar, pero nuestra conversación se vio interrumpida por un enérgico golpe en la puerta del despacho cuando apareció mamá.

—Siento interrumpir, cariño —se excusó—, pero tu padre acaba de llegar para arreglarte las luces de las estanterías.

24

Aunque el jueves por la noche me dolían los músculos de tanto agacharme, estirarme, ir a buscar cosas y cargar con ellas, también sentí una sensación de logro y orgullo.

Tras ducharme y ponerme uno de mis jerséis de hombros descubiertos y un pijama, me preparé un sándwich de queso a la plancha con tomate y un poco de ensalada crujiente.

Entonces empecé a mirar el fragmento de los diarios de Victor Prentice que Xander me había marcado.

Me froté los ojos arenosos y cansados y perseveré en la lectura de la pantalla de mi portátil.

Le di un mordisco al sándwich.

—Creo que podrías tener razón, Victor —reflexioné en voz alta, con mi voz solitaria rebotando contra las paredes de mi salón—. Yo estaba pensando lo mismo.

El lunes amaneció con un sol tímido y un cielo inundado de azul, salpicado de alguna nube. Me sentí aliviada.

La Taza Que Alegra, aunque era una tienda de tamaño decente, no era enorme, y me preocupaba que no cupieran todos los curiosos que llegarían, dedos cruzaos. ¿O quizá era solo mi deseo?

Así que decidimos dividir las dos mesas de caballete que mamá había pedido prestadas a Jill, una de sus amigas del Instituto de la Mujer, para colocar una fuera, a la entrada de la tienda, y la otra dentro.

Había preparado las dos mesas con manteles de cerezas para la entrega de los bollos variados de Innes, el panadero local. También había reservado algunos de los juegos de té más baratos pero atractivos para servir el té de cortesía a mis clientes. Pensé que, si a alguno de mis primeros clientes le llamaban la atención, tenían un precio razonable, así que eso les atraería...

Las lonas moradas permanecían en los escaparates, ocultando mi expositor. Todas las estanterías crujían bajo el peso de las vajillas en venta, con tarjetas de precios lilas colocadas junto a cada una de ellas.

Junto al mostrador, papá había colocado un gancho del que colgaban las bolsas de regalo que había mandado hacer para La Taza Que Alegra con el nombre de la tienda en relieve y la imagen de una tetera pequeña, y atadas con el tartán lila del Clan Cunningham, a juego con las cortinas del escaparate y la puerta de la tienda.

Mamá, papá, Cass y yo llevábamos allí desde las siete de la mañana, comprobando, ordenando y ultimando los últimos detalles.

Miré a mi alrededor, observando cada detalle, desde las brillantes teteras hasta el cuadro de Jake Caldwell en la pared, pasando por la caja registradora electrónica que brillaba en el mostrador. Me había preparado mentalmente para lidiar con mi nueva tecnología.

Mis pensamientos se dirigieron hacia la abuela, y en la base de mi garganta se formó una bola de emociones de agradecimiento. No podría haber hecho nada de esto sin ella. Si ella no hubiera hecho lo que hizo y no hubiera tenido tanta fe en mí, no estaba para nada segura de lo que habría hecho después de decidir dejar mi trabajo en el Castillo Marrian.

Observé alrededor. Algo me decía que la abuela habría aprobado La Taza Que Alegra. De hecho, con su toque retrochic, creía que le habría encantado.

Innes tenía que entregar el pedido de bollos calientes: de cereza y coco, normales, de fruta, de manzana y canela, y de queso y melaza; no podía decidirme y, al final, opté por la precaución y pedí unos cuantos de cada.

Me metí en el aseo de la tienda y me cambié los pantalones negros raídos y la camiseta vieja por la ropa más elegante que me había traído.

Me puse mi bonito vestido azul cielo salpicado de margaritas y mis cómodas bailarinas blancas, antes de soltarme el pelo de la coleta y recogerlo en una trenza lateral.

Después de rociarme con mi perfume favorito Jo Malone y aplicarme sombra de ojos beis, rímel negro, un toque de colorete rosa y mi pintalabios rosa caramelo favorito, le cedí el uso del baño del personal a Cass, que también se había traído una muda de ropa.

Mamá y papá habían salido disparados a su casa en el coche para refrescarse y regresaron justo cuando Innes aparecía en el aparcamiento trasero y descargaba enormes recipientes de Tupperware de bollos que humeaban por los lados de sus envases de plástico. Mi estómago emitió un sonoro gruñido de agradecimiento.

Cass apareció con una falda beis vaporosa, un top de encaje color crema y con su pelo castaño peinado hacia arriba, lo que resaltaba sus grandes ojos.

—¡Dios mío! —Se rio al ver a Innes entrando por la puerta de atrás de La Taza Que Alegra, agarrando las cajas de bollos. Impregnaban el aire con un aroma cálido, dulce y harinoso—. ¿Crees que tendremos suficientes?

Papá puso los ojos en blanco y se pasó los dedos de forma cohibida por su sedosa corbata clarete.

—Es igual que su madre —explicó—. *Catering* para diez mil cuando para cincuenta sería suficiente.

—No hacía falta que llevaras corbata, papá —le dije con una sonrisa, sabiendo que se sentía mucho más cómodo con sus polos.

Papá puso cara de disgusto.

—Intenta decirle eso a tu madre —contestó—. Tuvo que meterme a palanca en este traje.

—Bueno, estás muy elegante.

Un tintineo llegó hasta el aparcamiento desde el interior de la tienda y apareció mamá, con su vestido melocotón y su chaqueta de lino a juego. La melena pelirroja se le balanceaba alrededor de la cara.

—Dora, del Instituto de la Mujer, acaba de traer esos enormes dispensadores de agua caliente —dijo. Esbozó una amplia pero algo nerviosa sonrisa—. Ya casi es hora de que abras esa puerta, cariño.

Hice un gesto a Cass, y sentí como un nido de mariposas en el estómago. Las manecillas de mi reloj se acercaban a las diez de la mañana. Este era el día por el que había estado trabajando. Era el momento que mi abuela había deseado para ella y ahora para mí. Respiré hondo.

—Bien, damas y caballeros, adelante —propuse.

La afluencia de público fue entusiasta y enérgica, una vez que quité la lona del escaparate para mostrar el expositor, con el juego de té Briar Glen especialmente encargado como protagonista.

Se devoraron bollos, se agitaron tazas de té y se entabló una conversación cortés pero entusiasta.

Me alegré de ver a algunos de mis antiguos compañeros de trabajo de Castillo Marrian, habían venido a apoyarme y me saludaron desde el fondo de la multitud. Les había enviado un correo electrónico invitándoles a la inauguración de La Taza Que Alegra y, efectivamente, Derek, Connie, Ivy y Stacey aplaudieron y sonrieron junto con el resto de los vecinos mientras la tienda abría sus puertas por primera vez.

También vi a Xander entre la multitud, mucho más alto que los demás, pero aún no había ni rastro de Jake. Menos mal. Esperaba que, fuera cual fuera el problema entre él y Xander, no estallara en una pelea a gritos en nuestra inauguración. Como no había tenido noticias de Jake últimamente, tal vez no viniera o se hubiera olvidado de que la inauguración de la tienda era hoy.

Estaba terminando de atender a otra clienta, que compraba el juego de té Astley en oro rosa como regalo de compromiso para su sobrina, cuando Xander apareció en el interior de la tienda con una taza y un platito en la mano.

—Enhorabuena —dijo.

Cass se puso al frente del mostrador y yo me hice a un lado. Me di cuenta de que mamá había puesto su música favorita en el iPod: Michael Bublé. Mientras sus tonos aterciopelados cantaban sobre tener ojos solo para ti, Xander dio un sorbo a su té.

De vez en cuando, Cass le lanzaba una discreta mirada de reconocimiento teñida de rosa mientras revisaba las compras. Tenía que admitir que estaba muy guapo con la camisa limón de cuello abierto y el chaleco de seda negro, aunque fuera un cascarrabias.

Me había fijado en cómo arqueaba las cejas cuando hablaba de algo serio...

—Así que —anuncié, tratando de mantener la concentración— voy a seguir leyendo los diarios de Victor Prentice esta noche. Sé que piensa que tengo una imaginación fértil, pero, desde mi punto de vista, creo que este Jonathan Gray debe de haber hecho algo horrible para que su familia se fuera y vendiera el Castillo Marrian de esa manera.

Xander me clavó la mirada en el sitio.

—Una mujer con una misión, ¿eh?

Sentí que se me erizaba la espalda.

—¿Me está tomando el pelo?

Los ojos de Xander eran difíciles de leer. Abrió la boca para añadir algo, cuando noté un movimiento en mi hombro. La boca de Xander se aplanó.

—¡Hola! Sophie. Siento llegar tarde. Cosas que hacer, gente que ver, ¿sabes?

Soterré un gesto de fastidio ante las lánguidas excusas de Jake. Sonaba como si pensara que apenas merecía la pena acompañarme. A mi lado, la expresión de Xander era atronadora.

Demasiado para que no se detectaran el uno al otro.

La sonrisa fácil de Jake se alejó de mí. Cuando se dio cuenta de con quién estaba charlando, sonrió más ampliamente y recorrió a Xander de pies a cabeza con una expresión de regodeo.

—¡Vaya, mira quién está aquí! Hola, Xander. ¿Cómo te va? —dijo.

Xander dejó la taza y el plato sobre el mostrador. No se atrevía a mirar a Jake a los ojos.

—Bien, gracias. ¿Y tú?

Había algo provocativo en el comportamiento de Jake.

—Oh, ya sabes. Los encargos van bien. Muy ocupado. ¿Cómo es el mundo de la crítica de arte?

Xander levantó los ojos hacia Jake al cabo de un momento.

—Muy gratificante. Bueno, lo es cuando te enfrentas a un hermoso trabajo que es auténtico y sincero. —Xander dejó que su mirada recorriera las cabezas oscilantes de los clientes que admiraban las estanterías llenas de vajilla y se posara en el cuadro de Jake—. Aun así, no podemos ser afortunados todo el tiempo, ¿verdad?

¡Guau! ¡Vaya! Si la temperatura bajara más aquí dentro, habría osos polares y pingüinos.

Me quedé de pie entre los dos, girando la cabeza como si estuviera en un partido de tenis. Mi diminuta estatura se veía empequeñecida por sus imponentes cuerpos. ¿Qué demonios pasaba entre ellos?

Xander se alisó el sedoso chaleco negro y sacó el móvil del bolsillo trasero del pantalón. Volvió a ignorar a Jake y centró toda su atención en mí.

—Gracias por la invitación, Sophie. Tu tienda tiene una pinta estupenda y te deseo mucho éxito.

Sentí una punzada de algo que habría jurado que era decepción.

—¿Ya te vas?

—Voy a la inauguración de la exposición de un nuevo artista en una galería de Edimburgo. —Pasó junto a Jake, con un parpadeo de desaprobación en la boca, y lo ignoró—. Me pondré al día contigo más adelante.

Jake esbozó una sonrisa de satisfacción.

—Adiós, Xander. Me alegro de volver a verte.

Noté que los hombros de Xander, que se retiraba, se tensaban bajo la camisa cuando se marchó.

Me volví hacia el presumido de Jake.

—¿Cómo han ido las cosas? ¿Ocupado?

—Bastante, muchos encargos —respondió él con ligereza—. Siento no haber estado en contacto las dos últimas semanas, pero ya sabes cómo es esto.

Le miré con el ceño fruncido. Era una explicación vaga. Señalé a Xander por encima del hombro.

—¿Qué pasa? —pregunté.

Los ojos de Jake se abrieron de par en par con falsa inocencia.

—No sé a qué te refieres —contestó.

La caja registradora emitió una serie de satisfactorios timbrazos y pitidos detrás de mí. Lo estudié.

—Por favor, no penséis que soy una entrometida, pero el ambiente entre vosotros dos era espantoso. ¿Qué ha pasado?

Jake se apoyó en la esquina del mostrador como si fuera el dueño del lugar. Se sirvió una taza de té de la mesa de caballete que había al lado y me miró mientras daba un lánguido sorbo.

—No sabía que conocías a Helado North.

—He conocido a Xander a través de un conocido de mi difunta abuela. Y ¿cómo le acabas de llamar?

Jake tenía la boca crispada por el desprecio.

—Helado North. El tipo es incapaz de mostrar emoción alguna. No me digas que no te habías dado cuenta...

Me sorprendí a mí misma saliendo en defensa de Xander:

—Creo que eso es injusto. Quiero decir..., vale..., puede ser un poco reservado, pero...

Jake soltó una carcajada que hizo girar sorprendidas a un par de señoras que revoloteaban junto al Wedgwood.

—Eso es quedarse corto —dijo. Se acercó un poco más a mí—. Este tío es un vacío emocional. —Una sonrisa cargada apareció en su rostro—. Entonces, ¿cuál es la historia entre vosotros?

—No hay ninguna historia —insistí en tono quebradizo—. Xander y yo hemos estado trabajando en un...

Me incorporé. No quería contarle a Jake lo del juego de té del pavo real ni lo de la carta. Era algo privado. Cuanta menos gente lo supiera, mejor. Me encogí de hombros como si nada.

—Xander me ha ayudado con un par de viejos juegos de té de mi abuela. Ya sabes, para valorarlos.

—Ah, claro. —Jake aceptó mi apresurada explicación. Me miró de reojo—. Solo ten cuidado con el viejo Helado, ¿de acuerdo?

—¿Qué quieres decir?

Jake se pasó una mano pensativa por encima de su corte de pelo, que brillaba como oro hilado bajo la luz del sol que se colaba por el escaparate.

—Oh, olvídalo. No debería haber dicho nada.

Una sensación inquietante me recorrió.

—No, venga. Dímelo, por favor. ¿A qué te refieres? —No decía nada—. Jake, no puedes sacarte algo así de la nada y luego no explicarlo.

Se frotó la barbilla afeitada.

—Mira, aquí no podemos hablar. ¿Qué haces esta tarde?

—¿Esta tarde? —repetí como un loro, mientras mamá pasaba a mi lado con una caja que contenía una de las teteras de girasol para una joven mamá y el bebé que llevaba en un cochecito.

—Sí. Podríamos ir a cenar. Puedo contarte todo sobre el viejo Northy.

Consideré la invitación de Jake.

—Mira, gracias por la invitación, pero, después de un día

tan agitado, voy a estar agotada. Lo único que querré es relajarme con una copa de vino.

—Bueno, en ese caso, iré a tu casa con comida para llevar. —La blanca sonrisa de Jake deslumbraba—. Dame una nota con tu dirección y te veré sobre las siete de la tarde.

Una vocecita dentro de mi cabeza insistía en que, fuera lo que fuera lo que Xander debía de haber hecho, no quería saberlo, pero eso no satisfacía mi ardiente curiosidad. No podía dejar las cosas así.

25

—Entonces, ¿de qué va todo esto? —le pregunté a Jake, echando unos trozos de pollo al limón y trozos de piña en mi plato calentado en la cocina.
—¿Perdón?
—¿De qué querías hablar conmigo? ¿De Xander?
Jake se sirvió una cucharada colmada de arroz frito con huevo y una porción de crujiente ternera desmenuzada.
—Ah, sí. Eso. —Estábamos sentados uno frente al otro en la mesa de la cocina. Tomó un sorbo de vino blanco con cara de preocupación—. Bueno, es un poco delicado.
Apoyé el cuchillo y el tenedor en un lado del plato.
—Mira, Jake. Por favor, dímelo, sea lo que sea. Puedes confiar en mí.
Dejó de comer y se hundió en la silla.
—Hace un par de años el mundo del arte empezaba a fijarse en mí. Fue un infierno interminable. En fin, conocí a una chica y me enamoré de ella. Lo que no sabía era que era la novia de Xander North. —Jake dejó escapar un doloroso suspiro y continuó—: Su relación estaba casi acabada. Ella era desgraciada con él. Pero, en cuanto él se enteró, se empeñó en arruinar mi carrera incluso antes de que esta empezara. —Debió de notar que fruncí el ceño—. Sé que te costará verlo como un cabrón rencoroso, pero se le da bien lo del doctor Jekyll y *mister* Hyde. —Bebió otro sorbo de vino.
—Entonces, ¿qué pasó? —pregunté, sintiendo inquietud.
Los hombros de Jake se hundieron bajo su camisa oscura.
—La crítica que me hizo fue maliciosa, llena de virulencia. Luego hubo otras. Si tenemos en cuenta la cantidad de

contactos importantes que tiene en el mundo del arte, seguro que no hace falta que te diga que mi carrera cayó en picado.

Empujé la comida por el plato con el tenedor. Mi apetito empezaba a disminuir.

—¿Y después? —pregunté.

—No tuve más remedio que presentar una denuncia, al periódico en el que él trabajaba en aquel momento.

—¿Y Xander admitió lo que había hecho?

Jake asintió brevemente.

—Tuvo que hacerlo —confirmó.

Mi cabeza luchaba por encajar y deslizar todo esto en su sitio. Pensé en Xander. Me di cuenta de que no lo conocía muy bien, pero perseguir maliciosamente a alguien con la esperanza de destruir su carrera... No parecía propio de él.

—¿Qué pasó con su trabajo en el periódico? ¿Y con la chica? —pregunté.

La boca de Jake se contorsionó en una mueca.

—El trabajo era una especie de club de viejos amigos. Le dejaron conservar su columna de crítico de arte en el periódico, una vez que se disculpó conmigo y me aseguró que su estúpida venganza cesaría. En cuanto a la chica (se llamaba Nadia), bueno, después de todo aquello, creo que se hartó de los dos y decidió volver a Croacia.

Tomé un trozo de pollo al limón. Mi idea de Xander, o al menos lo que sabía de él, se trastocó. No parecía capaz de hacer algo tan rencoroso y poco profesional. Era comprensible que le doliera que su novia se hubiera enamorado de otro. Pero ir a por Jake de una forma tan salvaje y pública no era algo de lo que nadie debiera sentirse orgulloso. Luego recordé su actitud despectiva hacia la carta de Briar Forsyth y sus comentarios sobre que solo le interesaba el valor del juego de té del pavo real. Tal vez había en él un lado despiadado que yo desconocía.

Volví a bajar el tenedor y bebí un sorbo de agua, con los pensamientos desbocados.

Jake ladeó la cabeza.
—¿Sophie? ¿Estás bien?
Forcé una sonrisa.
—Sí. Sí, estoy bien, gracias. Solo un poco sorprendida.
Jake se frotó la frente.
—¡Mierda! Sabía que no debía haber dicho nada.
—No —vacilé; mi voz se hizo más insistente—. No, me alegro de que lo hicieras. Y siento lo de Nadia.
Jake se resignó.
—Creo en que las cosas suceden por alguna razón. No me malinterpretes. Me dolió mucho cuando Nadia me dijo que iba a volver a Croacia. Pero ahora... —Dejó que sus manos subieran y bajaran—. Sigo adelante con mi vida.
Y sentí que me ruborizaba cuando, asomando por entre los restos de cartones de comida china para llevar, me guiñó un ojo.

Pensé en lo que Jake me había contado sobre Xander, mientras enjuagaba los envases de plástico de la comida para llevar y los apilaba en uno de los armarios de la cocina.
Aunque Jake después se puso a hablar de sus próximos encargos, yo solo le había escuchado a medias. La confusión me corroía. Veía en mi mente la expresión de Xander cuando descubrió el cuadro de Jake en la pared de la tienda. Oía el gruñido en que su voz se había convertido cuando pronunció su nombre.
—¿Café? —pregunté en voz alta para que llegara a la sala de estar, distraída.
Jake respondió con un entusiasta:
—Sí, por favor.
Mientras llenaba la tetera, me pareció oír el reconocible timbre agudo de mi móvil en el salón. Dejé las dos tazas y fui a contestar. Jake estaba tumbado en el sofá, con la cabeza echada hacia atrás.

—¿Todo bien? —preguntó.
Miré mi móvil, que estaba sobre la mesita.
—Me ha parecido oír sonar mi móvil.
Jake se dio la vuelta.
—Oh, era el mío. Debemos de tener un tono similar.
—Ah, vale.
Jake me sonrió triunfal.
—No era nada importante.

—Gracias por una velada encantadora —dijo.
Me sonrojé al ver a Jake mientras se quedaba en la puerta, todo pómulos marcados y fanfarronería confiada.
—De nada.
Acercó sus labios a los míos y los rozó con un beso. Luego saltó hacia atrás, controlándose.
—Lo siento. Espero no haber sido demasiado atrevido.
—No hay necesidad de disculparse —repuse.
Hizo ademán de marcharse, haciendo una seña al taxista que le esperaba. Se le ocurrió una idea.
—Sé que tienes mucho trabajo con la tienda, pero ¿podríamos salir el fin de semana? Hay un bar de tapas precioso en el pueblo —propuso.
En mi cabeza apareció una imagen fugaz de Xander. La alejé.
—Eso estaría bien.
—Estupendo. Te llamaré durante la semana —concluyó.
Cerré la puerta tras él y se borró de mi vista el fragmento de luna mantecosa y la oscuridad de junio, impregnada del aroma fresco y atrayente del verano.
Jake era muy atractivo y aquel beso había sido agradable. ¡Oh, Dios! ¡¿Agradable?! Así es como se describiría el tiempo.
Cuando me había besado, no sentí esa excitante vibración, no se me doblaron las rodillas, ni me retumbó el corazón en

los oídos. Puse los ojos en blanco. Parecía una de las novelas románticas que la abuela devoraba.

Pero eso era lo que sentía por Callum al principio, y cómo había acabado. Lo estaba haciendo otra vez: dándole demasiadas vueltas a todo y analizándolo con mi microscopio emocional.

26

25 de septiembre de 1970, parque de Briar Glen

—Repítelo otra vez.

Los ojos ámbar de Chris la miraron.

—He dicho que quiero que administres mi nuevo negocio —dijo.

Las arqueadas cejas negras de Helena volaron hasta la raya en medio del pelo del chico. El sol de la tarde se movía por el pelo de Chris, levantando el caleidoscopio de tonos rubios, mientras cruzaban las puertas de hierro forjado del parque. Le daba un aspecto casi angelical, aunque Helena sabía que era cualquier cosa menos eso.

—Pero ¿qué negocio? —consiguió preguntar.

Paseaban juntos, uno al lado del otro. La brisa era fresca y agitaba la hierba.

Mientras caminaban, Helena se dio cuenta de que sus pasos reflejaban los del otro. Levantó la mano y jugueteó con la chaqueta. Se había asegurado de que su delineador de ojos y su pintalabios rosa bebé estuvieran perfectos antes de despedirse de la señora Auld por ese día y apresurarse a reunirse con Chris.

Oh, Dios. No podía apartar los ojos de él. Esto era absurdo. Se le agarraron los nervios al estómago. Tenía un lío que no se aclaraba. Era una mujer casada con una niña pequeña y, sin embargo, en las últimas semanas, Helena no había sido capaz de contener el hormigueo de la excitación cada lunes, miércoles y viernes. Se encontraba con que se preocupaba por su atuendo para cada día de trabajo y experimentaba con su cabello.

Una parte de ella odiaba sentirse así, en estado de alerta, mientras intentaba no mirar fijamente los escaparates de Regalos Chispeantes, preguntándose si Chris pasaría por allí.

Recordó la punzada de miedo que sintió cuando la señora Auld comentó que Chris podría regresar a Londres en algún momento. Un vacío repentino se le formó entonces en el corazón y se vio obligada a apartar los ojos para disimular el dolor.

—¿Helena? ¿Me estás escuchando? Estás a kilómetros de distancia.

Ella se acurrucó más en su chaqueta rosa mullida.

—Lo siento —contestó.

Chris le dedicó una de sus encantadoras sonrisas ladeadas, que le hizo burbujear el pecho.

—Digo que me gustaría que dirigieras mi nuevo negocio. Bueno, una vez que esté en marcha.

Helena parpadeó. Así que no se lo había imaginado. Eso era lo que él había dicho, después de todo.

—Pero no lo entiendo. Trabajo para tu madre. —Sintió que se encogía: ¿por qué estaba diciendo lo obvio?

Chris les indicó que volvieran a sentarse en otro banco. En cuanto lo hicieron, se acercó y le cogió la mano. La sensación le provocó a Helena un grito ahogado que intentó disimular con una risa forzada.

—Ya tengo trabajo —consiguió decir.

Si Chris se dio cuenta de lo incómoda que estaba, no lo demostró. Su pelo rubio oscuro se alborotó.

—Ya lo sé. Pero, sin faltarle el respeto a mi madre, estás allí desaprovechada.

Helena lo observó acercarse un poco más. En realidad, ella estaba deseando que lo hiciera. Su rodilla rozó su muslo. Ella se estabilizó. ¡Oh, por el amor de Dios! Contrólate, se reprendió a sí misma. Tienes un marido y una hija de seis años.

—Pero tu madre ha sido tan buena conmigo. —Ella se encontró deleitándose en cada detalle de la buena apariencia de Chris—. ¿De qué estás hablando? Quiero decir, me siento muy halagada y me encanta la ropa, pero no soy experta en moda...

Chris levantó una mano, con una sonrisa en la boca.

—Mi nuevo negocio no tiene nada que ver con la moda.

—Lo siento. Me he perdido —respondió Helena.

Sintió que empezaba a sumergirse en la mirada de Chris. Puso su columna vertebral recta. Aquello era una locura. Ni siquiera debería estar allí, mucho menos escuchando la oferta de trabajo de Chris. Sabía lo que debía hacer. Debía darle las gracias por pensar en ella y marcharse; levantarse de ese banco del parque, donde las hojas empezaban a hacer piruetas alrededor de sus botas altas de cordones, e irse a casa.

Sabía que se estaba enamorando de él. Cada vez que lo veía, el corazón se le encogía. Tenía que detener aquello. Tenía que pensar en Marnie. Pero ¿qué era esto? Susurró otra voz. No era una aventura. De solo pensarlo, las mejillas de Helena, llenas de pecas, se encendieron de color. No estaba haciendo nada malo, ¿verdad?

Antes de que pudiera contenerse, Helena se sonrojó hasta la punta de la nariz.

—¿Qué clase de negocio es, si no tiene que ver con la moda?

Chris buscó una reacción en su rostro.

—De vajilla —dijo.

Helena se incorporó.

—¿Estás bromeando?

—¿Te parece que estoy bromeando?

Helena notó que el ceño se le fruncía de la confusión.

—Pero ¿por qué ibas a hacer eso? Tu madre ya tiene vajilla.

—Bueno, en cierto modo —concedió Chris con esa sonrisa traviesa suya con la que a ella siempre le daba un vuelco el corazón. Un niño pequeño pasó con su patinete, seguido de su madre, que parecía agobiada—. Y ella ya lo sabe, así que no hace falta que te pongas así.

Helena se quedó con la boca abierta.

—¿Qué ha dicho?

Chris se encogió de hombros.

—Le pareció bien, sobre todo cuando le señalé que, como yo iba a empezar un nuevo negocio aquí, eso significaría que no volvería a Londres durante un tiempo.

Helena estaba segura de que había un énfasis cargado en su voz. Sus pensamientos iban en todas direcciones. Esto era bueno.

Esto era genial. ¿Verdad que sí? El sol otoñal bañaba el césped, derramándose sobre los columpios y la rotonda vacíos.

—Ya he comprado un local aquí, en Briar Glen. De hecho, está muy cerca. El dueño lo vendía y no costará mucho ponerlo al día.

La cabeza de Helena estaba en piloto automático. Se sentía como si se hubiera subido a la rotonda de los niños y hubiera dado varias vueltas sobre sí misma.

—Caray. Entonces te has puesto las pilas.

—Mamá piensa que haces un gran trabajo, Helena. Por favor, no creas que no lo valora, pero me ha confesado que el espacio en Regalos Chispeantes es limitado, y sabe que a veces te frustras, que no puedes ampliar esa parte del negocio para ella. —Chris esbozó una deliciosa sonrisa que, de haber estado Helena de pie, la habría hecho caer de bruces—. Así que le he propuesto que, si abríamos una tienda de vajillas, ella podría volver a concentrarse en su stock habitual y podría cedernos la vajilla que tiene ahora.

Una sensación de emoción le recorrió la espina dorsal. Luego, el frío de la realidad, mezclado con una oleada de culpa, se apoderó de ella.

—Pero Marnie... Yo...

Chris no le dio importancia.

—Voy a contratar personal. Tú serás la gerente, así que no te preocupes por Marnie. Eso no va a ser un problema.

Helena sucumbió. Le gustaba trabajar en Regalos Chispeantes y se había encariñado con la señora Auld, con su personalidad acorazada, que encerraba una actitud amable y cariñosa bajo la fanfarronería. Pero la perspectiva de trabajar con Chris... Era como si hubiera encendido algo en ella que ni siquiera sabía que existía.

Helena tragó saliva y sintió que no le cabía la lengua en la boca.

—Esa tienda —consiguió decir, con las mejillas sonrojadas— ¿cuál es?

Me puse el pijama y me acurruqué en la cama, después ajusté el portátil encima de una bandeja de desayuno. Sorbí un poco de manzanilla mientras empezaba a leer las siguientes páginas de los diarios de Victor Prentice, en lugar de continuar dando vueltas a lo que Jake me había contado sobre Xander. No quería creer que fuera capaz de ser tan rencoroso.

Dejé a un lado los enconados sentimientos de decepción hacia Xander y me concentré en los diarios de Prentice (serían una buena distracción).

1 de febrero de 1900

En la biblioteca la mañana estuvo bastante tranquila hasta que llegó el agente de policía Doolan.

La señora Mortimer corrió hacia mí, muy nerviosa, cuando me encontró ordenando la sección de botica.

—Oh, señor Prentice —dijo—. Ha venido P. C. Doolan. Quiere hablar con usted sobre un delito.

Cuando la miré y me dispuse a defender mi inocencia de cualquier delito que se rumoreara que yo hubiera cometido, ella agitó sus pálidas manos.

—No me ha entendido, lo que investiga no tiene que ver con usted. —Bajó la voz—. El agente Doolan me ha informado de que se ha cometido un delito en el Castillo Marrian.

—¿Qué tipo de delito?

—Un robo —dijo la señora Mortimer, con las mejillas tan sonrosadas por la excitación como el broche de camafeo que llevaba en la garganta.

Me hizo señas para que la siguiera y obedecí.

El agente Doolan estaba en posición de firmes delante del escritorio, con sus grandes manos carnosas entrelazadas a la espalda. Las lámparas de aceite resaltaban el impresionante brillo de su uniforme abotonado.

Tras intercambiar unas pocas palabras de cortesía, el

agente Doolan me explicó el motivo de su visita a la biblioteca.

—¿Un juego de té? —repetí—. ¿Ha desaparecido un juego de té de la finca del Castillo Marrian?

La señora Mortimer seguía detrás de la mesa, con sus rizos repeinados y bruñidos. Fingía ocuparse de un asunto del libro mayor, pero, a un discreto gesto de mis ojos, desapareció para seguir atendiendo la sección de botica en mi lugar. Aunque era una colega fiable y trabajadora, tenía propensión a cotillear.

Vi a la señora Mortimer alejarse con su vestido hasta los tobillos de color rosa salmón.

Le indiqué al agente Doolan que me siguiera hasta el despacho de la biblioteca, donde tomamos asiento. El aire desprendía un aroma a cera de abeja y contemplar las estanterías de libros, cuyos lomos brillaban de expectación, no dejaba de levantarme el ánimo.

Llevábamos un total de dos mil volúmenes, lo cual, a pesar de ser una cifra respetable para tratarse de un pueblo de Escocia, quedaba muy lejos de los ocho mil que se rumoreaba que poseía la Biblioteca Pública de Dundalk.

Tengo que reconocer que cuando leí esto último experimenté un ardiente sentimiento de envidia. Mi intención era animar al mayor número posible de personas a acudir a la biblioteca de préstamo gratuito de Briar Glen. En mi humilde opinión, el placer de leer y la educación y evasión que proporcionan los libros no son ni deben ser exclusivos de las personas más educadas y privilegiadas de la sociedad.

Todo el mundo merecía saborear y disfrutar de la belleza de la lectura. Por eso les estaba tan agradecido a Leonora y Chadwick Gray por las generosas donaciones que habían realizado a la biblioteca.

Aunque el aforo no estaba completo, tres de las cabinas de caoba estaban ocupadas, y las pesadas pisadas de las botas de un agente de policía sobre el pulido suelo de madera habían llamado la atención del público.

Por lo tanto, era mucho mejor mantener aquella conversación en privado.

—El señor y la señora Gray denunciaron el robo ayer por la tarde —explicó el agente Doolan, con su impresionante bigote gris—. Tiene un gran valor sentimental para ellos, especialmente para la señora Gray. Tengo entendido que el señor Gray encargó el juego de té al artista local Ernest Telfer como regalo de cumpleaños para ella el año pasado. Por lo tanto, es valiosísimo. —Escuché con interés, sintiendo resentimiento y rabia. El agente Doolan me miró con ojos inquisitivos—. Señor Prentice, usted es un miembro muy respetado de la comunidad de Briar Glen. También posee un conocimiento considerable sobre la gente que vive aquí. Esperaba que tal vez haya sido usted testigo de algo inusual relacionado con este delito. ¿O tal vez de algún cotilleo o información acerca de la vajilla desaparecida?

Negué con la cabeza.

—Mis disculpas, agente Doolan, pero es la primera vez que oigo hablar de ello. ¿Tiene la familia sospechas de quién puede haber sido el responsable de llevárselo?

El agente Doolan dijo que no con la cabeza, sobre la que llevaba su casco de policía de estilo militar.

—No. Bueno, no en esta coyuntura. Sin embargo, en mi opinión, la explicación más plausible es que algún miembro de su personal debía de encontrarse en un aprieto financiero y sintió que la única vía que se le abría era coger el juego de té con la esperanza de venderlo.

Fruncí el ceño ante la hipótesis del agente Doolan. Leonora y Chadwick Gray eran una respetada pareja. En las pocas ocasiones en que me habían invitado a Castillo Marrian para atender su biblioteca privada, era evidente que trataban a sus empleados con la mayor consideración, y que su personal los miraba con cariño y respeto.

> —Me doy cuenta de que no conozco los detalles como usted, agente Doolan —empecé a decir con todo el tacto que pude—, pero, por lo que sé del señor y la señora Gray y de la relación que tienen con su personal, me resulta difícil imaginar a alguno de sus empleados emprendiendo algo tan desagradable.

Solté un grito ahogado y me incorporé contra las almohadas, casi vuelco mi taza de manzanilla. Así que tenía razón... Habían robado el juego de té del pavo real.

Me quedé boquiabierta mirando la pantalla de mi portátil, mientras la luz de la mesilla de noche proyectaba un resplandor melocotón en mi dormitorio. Pero ¿quién lo había cogido y por qué?

Volví a leer los últimos párrafos, con la letra de Victor Prentice recorriendo la página. El agente Doolan había supuesto en aquel momento que había sido un miembro del personal de Castillo Marrian el culpable de haberlo cogido. Pero ¿y si no lo fue? ¿Y si eso era lo que alguien quería que pensara la policía?

Pasé a otro extracto del diario:

> *2 de abril de 1900*
>
> *En el pueblo, corren rumores de que el Castillo Marrian podría volver a cambiar de manos en cuestión de meses.*
>
> *Puede que sean habladurías, pero circulan rumores de que Leonora y Chadwick Gray, los actuales propietarios de la mansión, han experimentado un repentino e inesperado cambio de opinión, no solo sobre el hecho de permanecer en Briar Glen, sino también sobre residir en el Castillo Marrian.*
>
> *Se rumorea que su intención ahora es vender la propiedad y establecerse en otro lugar.*

No puedo evitar reflexionar sobre la fea escena que presencié en Nochebuena, con su hijo reprendiendo verbalmente a aquella pobre joven y abandonándola a la intemperie.

Quizá esté dejando que mi imaginación domine mi sentido común; sin embargo, no puedo evitar especular con que su abrupta decisión bien podría estar relacionada de algún modo con aquella noche de Nochebuena, con Jonathan Gray y con cualquier fechoría que él parece más que capaz de cometer.

Volví a pensar en la carta escrita a Jonathan Gray por la angustiada Briar Forsyth, en la que insistía en que no quería ningún tesoro, sino que la reconocieran y la trataran con respeto. ¿El tesoro al que se refería era el propio juego de té?

Y ¿por qué la repentina decisión de la familia Gray de alejarse de Briar Glen y dejar atrás el Castillo Marrian? Todo parecía bastante precipitado e impetuoso.

Mi imaginación se disparó. ¿Y si el supuesto robo del juego de té se había orquestado de manera deliberada? ¿Y si, al final, no había sido un empleado quien había robado el juego de té, sino alguien más cercano?

Una idea tiró de mis pensamientos y no me soltaba.

¿Y si el hijo, Jonathan, había sido el responsable?

27

A la mañana siguiente al llegar a La Taza Que Alegra mi mente seguía dando vueltas.

Fui andando hasta la tienda para disfrutar del paseo desde mi apartamento, y, cuando llegué, vi que ya había movimiento dentro.

Cass deambulaba por la tienda, preparándose para abrir a las nueve de la mañana.

—Buenos días, jefa —me saludó con energía—. Ayer estuvo genial, ¿verdad?

—Desde luego que sí. Mucho mejor de lo que pudiéramos esperar.

Saludaba a una señora mayor y a su hija, que iba muy bien vestida, cuando mi móvil despertó desde las profundidades de mi bandolera.

Era Xander.

Señalé hacia mi despacho, indicando a Cass que atendería la llamada allí, y ella asintió con la cabeza.

Cerré la puerta y abrí de un tirón la ventana abatible. Entró una brisa fresca y de repente se oyó el canto de los pájaros. Era el primer día de julio y el aire auguraba vacaciones de verano.

Encendí el ordenador.

—¿Cómo estás? —le pregunté a Xander, repasando mentalmente lo que Jake había dicho de él la noche anterior.

—Estoy bien, gracias. —Me di cuenta de que su voz ronca y profunda parecía algo alterada esa mañana. No parecía estar bien.

—Entonces, ¿en qué puedo ayudarte? —pregunté, y me di cuenta de que sonaba tan rara como él.

Xander pareció detectar la repentina inflexión de mi voz. Hubo una pausa ponderada antes de que se aclarara la garganta.

—He estado leyendo más del diario del bisabuelo de Saffy. Creo que tenías razón en lo del juego de té...

Daba vueltas por mi despacho con el móvil pegado a la oreja. Empezó a crecer un atisbo de optimismo.

—Parece que uno de los empleados del Castillo Marrian lo cogió para empezar, y luego Dios sabe qué pasó con él después.

Me indigné, Xander había leído las mismas entradas del diario que yo y, sin embargo, lo veía todo desde una posición más elevada y opuesta.

—Ah, ¿sí? —repuse.

—¿Qué quieres decir?

—Estás haciendo suposiciones, Xander.

Soltó un gruñido.

—Es mucho más probable que lo haya cogido un miembro del personal —observó—. Quizá tuvieran problemas de dinero.

Dije que no con la cabeza y, al hacerlo, se sacudió mi coleta alta, aunque Xander no podía verme.

—Admito que no tiene buena pinta, pero no es seguro. —Entusiasmándome con mi tema, continué hablando. Mi voz estaba cargada de decepción—. A menudo la gente puede sorprenderte, y no en el buen sentido.

Xander escuchó mis comentarios cargados, pero no contestó.

—Creo que es bastante concebible que cualquiera, no solo un miembro del personal del Castillo Marrian, sea capaz de robar ese juego de té. —Xander empezó a discrepar, pero yo continué—: No digo que fuera eso lo que pasó, pero no me sorprendería nada que así fuera.

—Supongamos que tienes razón y que no fue uno de los empleados de los Gray quien robó el juego de té —concedió

Xander—, ¿quién más podría ser y qué motivo podría tener para hacerlo?

Recordé la carta de Briar Forsyth.

—Sea quien sea esta Briar —contesté—, su carta sugiere que Jonathan Gray la trató muy mal, así que, si fue capaz de dejar tirada a una mujer en la nieve, estoy bastante segura de que pudo robar un juego de té delante de las narices de sus padres sin pestañear. Y no sabemos de qué discutían cuando Victor Prentice los vio en Nochebuena.

Xander digirió esto.

—Supongo que es posible, pero poco probable. Algo bastante arriesgado para alguien como Jonathan Gray. Sigo pensando que fue un miembro de la casa quien lo robó.

Hice una mueca al teléfono. Bueno, con suerte podríamos averiguarlo con certeza. Realmente quería refutar su teoría. Mientras reflexionaba, la voz de Xander se coló en mis pensamientos.

—Tengo que confesarte algo, Sophie —dijo.

Mis ojos se abrieron de par en par.

—¿Sí?

—La verdadera razón por la que te he llamado ha sido para disculparme por haber salido corriendo ayer justo después de la apertura de tu tienda.

Froté el borde de mi escritorio con un dedo.

—Me sorprendió un poco que te fueras así —reconocí. ¿Iba Xander a contarme lo que había le ocurrido con Jake?

—Sí. Bueno —dijo. Se le escapó un gruñido de frustración—. La verdad es que no puedo soportar estar en la misma habitación que Jake Caldwell.

Mis cejas se alzaron hasta el cielo. Esperaba parecer sorprendida. No quería que Xander se diera cuenta de que Jake me había contado lo que había pasado entre ellos. Me dio un vuelco el corazón.

—¿Sí? ¿Por qué? —pregunté.

Era como si oyera a Xander deliberar consigo mismo sobre si debía contármelo o no. Al final, decidió no hacerlo. Dejó escapar un suspiro de resignación.

—Digamos que en el pasado nuestros caminos se cruzaron —se limitó a decir.

Una parte de mí esperaba que lo que Jake me había contado de Xander fuera una exageración, o incluso que fuera mentira. Pero la reticencia de Xander a hablar de lo que les había pasado avivó mis crecientes sospechas.

Agarré el teléfono con más fuerza, con los dedos flexionados. ¿Por qué era tan importante para mí saber que Xander no era como me lo había descrito Jake? ¿Era Xander realmente vengativo? ¿Era egoísta? ¿Había intentado sabotear la carrera de otra persona de forma deliberada?

Aquella descripción no encajaba con el Xander que yo creía estar conociendo. Y, sin embargo, no podía ignorar mi historial de confiar en gente que no merecía confianza. La forma en que Callum me dejó y siguió con su vida como si nada me había ahogado en mentiras e historias escabrosas. Con el fin de «superarse», Callum siempre tuvo la vista puesta en estar con alguien que tuviera una casa en propiedad de cinco dormitorios y un saldo bancario boyante... Yo sospechaba que algo no iba bien, pero pensaba que, si no hacía caso, se acabaría pasando y resolviendo solo.

Me juré a mí misma que nunca volvería a cometer el mismo error.

—¿Sophie? ¿Sophie? ¿Sigues ahí? —me llamó.

Salí de mis propios profundos pensamientos.

—Sí. Lo siento. —Volví a frotar con el dedo la mancha imaginaria de mi escritorio—. Estaba pensando en el juego de té. Voy a colgar un par de fotos en las redes sociales de la tienda. Nunca se sabe. A lo mejor alguien de aquí sepa algo más del tema.

—Es una buena idea —convino Xander—. Cuanto antes tengamos más información sobre la vajilla, mejor.

Sabía lo que estaba insinuando de nuevo. También sabía

que mi voz había adoptado un tono más agudo, pero no me importó.

—Lo que quieres decir —repliqué— es que, cuanto antes lleguemos al fondo de su historia y de la carta de Briar, antes podrás organizar su venta en subasta. —Xander empezó a decir algo más, pero terminé la llamada—: Te haré saber cómo me va.

Pareció sorprendido.

—Oh. Vale —dijo.

Me senté en la silla de mi escritorio con la sensación de hundimiento de un niño al que acaban de decirle que Papá Noel no existe.

28

Incluso después de un flujo constante de clientes y un autobús lleno de entusiastas excursionistas, deseosos de ver la zona donde se rumoreaba que había florecido la rosa de brezo azul, me fui a casa desanimada.

Cass había hecho un trabajo estupendo al vender dos raros juegos de té de Kate Spade a una clienta indecisa, así como un montón de nuestros juegos modernos a precios más razonables a un grupo de estudiantes amigos que se preparaban para ir a la universidad. Le estaba muy agradecida por su duro trabajo, pero me encontré volviendo a mi apartamento, cambiándome y comiendo mi salteado como un robot.

Los comentarios de Jake sobre Xander me habían afectado mucho. Me sentí engañada de alguna manera, también decepcionada. Y el hecho de sentirme así me molestaba.

Después de devorar un cuenco de helado de crema de cacahuetes que no me apetecía, me senté en el sofá con las piernas cruzadas y encendí el portátil. Primero entré en la página web de La Taza Que Alegra, en todo su esplendor blanco y morado, y publiqué dos de las mejores fotos que había hecho del juego de té del pavo real, así como en las cuentas de Twitter, Facebook e Instagram de la tienda. También incluí el siguiente mensaje para acompañar las fotos:

¿Sabe alguien algo del juego de té del pavo real que aparece en estas dos fotografías?
Todas las respuestas serán tratadas con la más estricta confidencialidad. Envíen un correo electrónico a Sophie Harkness, a la dirección del sitio web de la tienda.

Cualquier información, por insignificante que parezca, será muy apreciada.
Gracias.

Lamí la cuchara de postre, que goteaba restos de helado, y la volví a meter en el cuenco. En mi petición de información, decidí no mencionar a la señora bien vestida que decidió dejarme el juego de té. Pensé que, si no me refería a ella y ella leía mi petición, tal vez cambiaría de opinión, se daría cuenta de que podía confiar en mí y decidiría ponerse en contacto conmigo. Si la mencionaba, podría hacerla recapacitar y causarle vergüenza.

Entré en mi dormitorio y saqué el juego de té del fondo del armario. Coloqué el ya familiar estuche de cuero blanco descolorido encima de la cama y lo abrí.

Sonreí brevemente a la vajilla, como si saludara a un viejo amigo, antes de meter la mano en la bolsa cosida a la tapa y sacar la carta. Era extraño. Al principio, había considerado que el diseño del pavo real y la mezcla de azules y verdes eran bastante chillones; sin embargo, cuanto más miraba el juego de té, más apreciaba las pinceladas de color y el suntuoso detalle de la cola del pavo real.

Volví a abrir la carta y miré su contenido. Briar Forsyth y yo teníamos algo en común, concluí mientras doblaba la carta y la volvía a deslizar dentro de la tapa del estuche. Las dos habíamos confiado en alguien que al final no era la persona que creíamos que era.

Jake llamó a la mañana siguiente cuando me iba a trabajar, y quedamos para el sábado. Mientras conducía por entre los jardines sembrados de flores y las entrañables casitas de Briar Glen, me di cuenta de que debería estar deseando salir a cenar con él, e incluso estar emocionada. Era un artista de éxito, con talento y guapo como un vikingo.

Sin embargo, no lo estaba. No es que no estuviera deseando salir a cenar con él. Estaba segura de que iba a ser muy agradable. Pero tampoco era que me muriese de ganas.

«Entonces, ¿por qué dijiste que saldrías con él?», siseó una voz dentro de mí. «¿No lo encuentras atractivo?».

Parpadeé mientras ponía el intermitente a la derecha, más allá de una hilera de robles de pesada copa. Por supuesto, Jake era atractivo. Era inteligente. Era coqueto. Era solo... solo...

Ordené a la voz murmurante que se largara. Me negué a examinar por qué mi estómago no daba volteretas cada vez que pensaba en él. Estaba preocupada por La Taza Que Alegra, decidí.

No, el sábado lo pasaría bien, me convencí con una negativa mental. Jake era divertido, encantador y le gustaban mucho las tapas. ¿Qué había en ello que no fuera a gustarme? Era mucho mejor salir a cenar con alguien como él que con un malhumorado amante de la cerámica.

Otro día de intenso negocio, con tres solicitudes más para el juego de té conmemorativo de Briar Glen.

Noah, amigo estudiante de Ewan y ceramista de talento, se mostró encantado cuando le envié por correo electrónico los tres encargos adicionales después de comer.

Recibí un «¡Yuju! ¡Yuju!» en respuesta, seguido de tres emojis de celebración.

A media tarde le estaba enseñando a Cass un juego de té inspirado en *Alicia en el País de las Maravillas* que me había llamado la atención en el catálogo de un proveedor cuando sonó el teléfono de la tienda. Cass se apresuró a contestar detrás del mostrador. Me miró con un gesto de las cejas mientras hablaba con la persona al otro lado de la línea.

—¿Le importa que le pregunte su nombre, señora? —dijo. Me hizo un gesto—. Está bien, señora Dunsmuir. Ahora le paso a Sophie. —Cass puso una mano sobre el auricular y sus ojos color avellana brillaron de optimismo—. Es la señora Ivy

Dunsmuir. Dice que cree tener información sobre el juego de té del pavo real.

—¿Ivy? —Me alejé corriendo del mostrador—. Oh, eso está genial. Gracias, Cass.

Acepté el auricular con impaciencia. En ese momento no había clientes en la tienda, así que Cass se puso a limpiar las estanterías y la vajilla mientras yo atendía la llamada.

—Hola, Ivy. ¿Qué tal estás? ¡Qué agradable sorpresa!

—Sí que lo es —respondió ella—. Espero que te vaya bien. Se te echa mucho de menos en el Castillo Marrian, ya lo sabes. —Vaciló—. En realidad, te llamo por otra cosa, cariño. Es por ese juego de té del que publicaste fotos en Facebook.

El corazón empezó a latirme más deprisa.

—¿Qué sucede, Ivy? ¿Es que lo reconoces? —pregunté.

—¿Algo interesante? —preguntó Cass cuando terminé de hablar con Ivy y colgué el teléfono.

—Puede ser. Trabajé con Ivy en el Castillo Marrian y dice que ha reconocido el juego de té por mis fotos en Facebook.

Cass bajó el plumero.

—Estupendo —dijo—. Pero ¿ella no es la señora que dejó el juego de té aquí?

Negué con la cabeza y se sacudió mi trenza.

—No, no es ella —golpeé el borde del mostrador con el bolígrafo, intentando contener la oleada de optimismo que crecía en mi interior—, pero me ha dicho que cree saber quién lo hizo.

29

Quedé en ir a hablar con Ivy cuando cerrara la tienda.

La afluencia empezó a disminuir a las seis menos cuarto, así que Cass y yo decidimos cerrar diez minutos antes de lo habitual.

Insistió en hacerlo ella para que yo pudiera irme. Creo que se dio cuenta de que yo estaba rebosante de esperanza, por la forma en que saltaba de un pie a otro como un niño de cinco años inquieto que necesita una visita urgente al baño.

Ivy vivía en una de las casitas de campo que había junto a las colinas de Briar Glen.

La casa era muy compacta y presentable, construida de ladrillo color crema y caramelo, con una puerta de haya e hileras de árboles en el cuidado jardín delantero.

Ivy se acercó a la puerta y me hizo señas para que entrara, con su inquisitivo y simpático *cockapoo* de color chocolate amargo pisándole los talones. Me condujo a un salón con paredes color miel y robustos muebles de color tostado cubiertos de cojines de arpillera.

Cuando nos sentamos frente a frente, yo en el sofá e Ivy en el sillón, se disculpó por su perro.

—Siento mucho lo de Cooper. Es muy sociable.

—Por favor, no te disculpes. —Sonreí, mientras Cooper se tumbaba a mis pies para que le frotara las orejas—. Es monísimo.

Señaló a su cocina tipo galera a través del salón.

—Dame un segundo. Voy a hacer un poco de té.

Unos minutos más tarde, Ivy volvió con una bandeja llena de vajilla de Cath Kidston, que reconocí enseguida. Sonreí, señalando la porcelana blanca salpicada de imágenes de flores silvestres en colores primarios.

—Me suena —bromeé.

Ivy sirvió el té de la tetera a juego.

—No pude resistirme cuando entré en tu encantadora tienda el otro día.

—Gracias. —Estudié su rostro abierto y amable de Ivy—. No fui yo quien te la vendió. Te habría hecho un descuento muy generoso.

Ivy se rio y explicó que no.

—Fue una entusiasta joven con un lazo en el pelo.

—Cass —respondí—. Sí, es genial.

Hubo una pausa en nuestra conversación mientras tomábamos un sorbo de su excelente té.

—Ivy —empecé—. Comentaste que conocías el...

Sin embargo, antes de que pudiera continuar, ella se adelantó, arrastrando los pies, equilibró su platito sobre el regazo. Su blusa de flores brillaba. Y dijo:

—Creo que sé quién puede haberte dejado ese juego de té.

Mi corazón dio un salto de esperanza.

Ivy dejó la taza y el platito encima de una mesita colocada junto a su silla.

—Tengo una amiga íntima. Se llama Ophelia Walker. Vive a las afueras de Briar Glen. —Juntó las manos sobre el regazo. Su anillo de casada brillaba—. Ophelia fue maestra en la escuela primaria de Briar Glen durante años. Se jubiló el año pasado. Había visto un par de programas de televisión sobre cómo rastrear tu árbol genealógico y me comentó que quería hacerlo, ahora que tenía más tiempo. —Asentí con la cabeza, tomando otro sorbo de té. Ivy sonrió—. Lo siento. Estoy divagando un poco. —Bebió otro sorbo de té—. El caso es que he visto ese juego de té antes, en casa de Ophelia.

Me incliné hacia delante en el sillón; mi expectación iba en aumento.

—Así que tu amiga, Ophelia Walker, ¿era la dueña del juego de té?

Ivy asintió.

—Su hermana Annabel, sí. Cuando murió el año pasado, Ophelia descubrió el juego de té escondido en el desván. Recuerdo que me lo contó en su momento. —Ivy frunció el ceño—. Eso es lo que no entiendo: ¿por qué de repente ha decidido que no lo quiere? —Me lanzó una mirada—. Cuando vi tu *post* en Facebook y reconocí la vajilla, dudé si ponerme en contacto con Ophelia inmediatamente y preguntarle por ella, pero le ha costado mucho superar la pérdida de su hermana, y no quería avergonzarla ni que pensara que yo era una cotilla. —Ivy me estudió con sus ojos grises empañados. Tenía finas líneas en las comisuras—. Cuando lo encontró por primera vez, se enamoró de aquel juego. Entonces, ¿por qué intentar regalarlo ahora? —Parecía confusa—. Cuando vi las fotografías del juego y leí tu petición de información sobre él, me quedé desconcertada. Solo Dios sabe por qué Ophelia cambió de opinión y decidió deshacerse de él. Especialmente con una vieja carta dentro...

Le estaba dando a Cooper otro masaje detrás de sus orejas de terciopelo. Dejó escapar un gruñido de satisfacción, justo cuando mi mano dejó de acariciarlo, sorprendida.

—Entonces, ¿la señora Walker descubrió la carta que va con el juego de té?

Ivy asintió con la cabeza.

—Sí. Bueno, al principio no. Creo que fue uno o dos días después de encontrar el juego de té cuando lo miró con más detenimiento. No entró en muchos detalles sobre el contenido de la carta. Era un poco reservada al respecto, lo cual no es propio de ella.

Entonces, ¿fue por la carta y su contenido por lo que Ophelia Walker decidió que no quería quedarse el juego de té? ¿Quizá sabía más sobre la carta de lo que le había hecho creer a Ivy?

Me desplacé más hacia delante en el sofá, ansiosa por obtener tantas respuestas como pudiera.

—Has dicho que la señora Walker quería investigar su árbol genealógico. ¿Alguna vez te ha dicho si había logrado hacerlo o si había descubierto algo interesante?

Ivy volvió a coger la taza y el platito.

—Eso es lo extraño —me contestó—. Estaba tan entusiasmada con la idea de ahondar en su pasado que me comentaba continuamente cómo iba a hacerlo y lo emocionada que estaba por ello.

—¿Y ahora?

—Lleva semanas sin mencionarlo: ni el juego de té, ni la carta, ni su árbol genealógico..., nada. —Ivy frunció el ceño—. Intenté preguntárselo todo la última vez que quedamos para tomar un café hace un par de semanas, pero se mostró muy evasiva. Esquivó mis preguntas y cambió de tema. —Ivy le dedicó una sonrisa cariñosa a Cooper mientras seguía deleitándose con mi atención—. No quería parecer entrometida ni disgustarla, así que no he vuelto a mencionarlo.

Acaricié el pelaje rizado de Cooper. Lo sentí sólido y cálido bajo mi mano.

—¿Podrías darme los datos de la señora Walker, por favor? Me gustaría mucho hablar con ella.

Ivy pensó en mi petición, mientras la luz del atardecer se derramaba por las colinas a las que daba la ventana del salón.

Tras unos instantes, aceptó:

—Sí. Por supuesto. Sea lo que sea lo que le preocupa de ese juego de té o de la carta, Ophelia necesita afrontarlo. Odio pensar que está preocupada.

Ivy se levantó de la butaca y se acercó a la cómoda que había junto a la ventana. Buscó un bolígrafo y un papel y anotó la dirección y el número de teléfono de su amiga.

—Toma, Sophie. Que tengas suerte. Creo que vas a necesitarla.

30

Mis pensamientos daban vueltas en mi cabeza, mientras le agradecía a Ivy toda su ayuda y regresaba a mi coche.

A pesar de que mi estómago reclamaba la cena con un gruñido, decidí no poner rumbo a casa de inmediato. El factor sorpresa en este caso podría ser la mejor opción.

Si llamaba a Ophelia Walker, la estaba previniendo, y era muy probable que se negara a hablar conmigo por teléfono. En cambio, si me presentaba en su casa e intentaba hablar con ella cara a cara, quizá se mostrara un poco más dispuesta.

Seguramente fue ella la que me dejó el juego de té y luego desapareció.

Volví a comprobar la dirección que me había escrito Ivy en un papel y me puse en camino hacia la casa de Ophelia Walker.

Estaba cada vez más cerca de descubrir la historia del juego de té y la carta de Briar Forsyth. Podía sentirlo.

Ophelia Walker vivía en una de las viejas casas de campo de las afueras del pueblo.

Estaba en una urbanización, en una calle sin salida, mirando hacia el nido de colinas que acunaba Briar Glen.

El cielo del atardecer se estaba transformando en un bonito caleidoscopio nocturno mandarina y violeta cuando me detuve delante de la casita de Ophelia. Tenía brillantes ventanas de guillotina con sedosas cortinas de color ranúnculo, cestas colgantes y un pequeño jardín cuadrado y exuberante, salpicado de flores.

Encima de la pesada puerta burdeos descansaba un grabado de la rosa azul de brezo que un albañil de antaño había tallado en la mampostería. Un perro de otro jardín lanzaba una serie de ladridos desganados.

Subí por el camino de adoquines y llamé a la puerta. Me pareció oír un movimiento en el interior y, efectivamente, un distinguido hombre mayor abrió la puerta con expresión expectante.

—¿En qué puedo ayudarla?

—Buenas noches, señor. Me preguntaba si podría hablar un momento con la señora Ophelia Walker, por favor. Soy Sophie Harkness y soy dueña de la nueva tienda de vajilla del pueblo.

Él asintió con su melena plateada peinada hacia un lado, pero había algo en su actitud que cambió en un parpadeo cuando descubrió quién era yo.

—¿Ophelia? —llamó por encima del hombro—. Hay una joven que quiere hablar contigo.

—¿Quién es? —Viajó una voz inquisitiva desde algún lugar del pasillo.

El señor Walker le respondió quién era yo. Ella no contestó.

—Le prometo que no le robaré demasiado tiempo —insistí; mi voz se arrastraba por su pasillo—. Por favor. Estoy intentando conseguir información sobre un inusual juego de té del pavo real que...

Se asomó al hombro de su marido.

Era ella. La reconocí enseguida. Era la misma mujer que había llegado a La Taza Que Alegra con un caro abrigo burdeos y el juego de té agarrado contra su cuerpo, la misma mujer que me lo había dejado, antes de salir corriendo.

Nos miramos con ojos interrogantes. Ella se recogió detrás de la oreja un mechón de pelo blanco que le caía por los hombros. Su expresión era tensa.

Lanzó una mirada cargada a su marido, antes de rodearse con los brazos en un gesto protector.

—¿De qué quiere hablar conmigo? —dijo.

Esto era absurdo. Era obvio, por su expresión, que me reconocía.

Una semilla de preocupación empezó a crecer dentro de mí. Aquella señora no estaba encantada de verme merodeando por su puerta. En cualquier momento podría darme con la puerta en las narices. ¿Qué había dicho Ivy? «Que tengas suerte. Creo que vas a necesitarla».

Le sonreí con la esperanza de aliviar su preocupación.

—Vengo de hablar con una amiga suya, la señora Ivy Dunsmuir. Me ha dicho que usted podría saber algo de un juego de té del pavo real que me dejaron hace poco.

Ophelia Walker mantuvo la compostura.

—Lo siento, no sé de qué me habla —contestó.

Cierto. Así que, por alguna razón, había decidido no ponérmelo fácil. Le brindé lo que esperaba que fuera una sonrisa amable. Su pobre marido, de pie junto a ella en la puerta, nos observaba con el ceño fruncido.

—Señora Walker, me preguntaba por qué llevó el juego de té a mi tienda. O, tal vez, si no sabe nada del juego de té, señora Walker, ¿podría saber algo más sobre la carta que he encontrado en él? —Sus labios cerúleos se crisparon. Tragó saliva—. Había una carta de marzo de 1900 que encontré metida dentro del estuche en el que venía el juego de té.

Ophelia Walker se serenó. Levantó la barbilla en un acto de desafío.

—No sé nada de juegos de té, tampoco de cartas antiguas. Quien le haya dicho que sí, no tiene ni idea de lo que habla. Ahora, si me disculpa...

Comenzó a ahogarme el pánico.

Ophelia Walker estaba mintiendo. Pero ¿por qué?

La miré parpadeando, pensando en qué decir a continuación. Tenía que convencerla de que hablara conmigo, de que fuera sincera conmigo.

—Señora Walker —empecé, con desesperación—, creo que la vajilla y la carta podrían estar relacionadas. —Su marido le lanzó una mirada cargada, pero Ophelia Walker fingió no darse cuenta—. Su amiga, la señora Dunsmuir, mencionó que encontró un juego de té entre las pertenencias de su difunta hermana cuando esta falleció, y que usted estaba investigando su árbol genealógico. ¿Podría hablar un momento con usted, por favor? —Ella no contestó—. Esa carta fue escrita por una señora llamada Briar Forsyth... y creo que esta pobre mujer quizá fue acusada de algo que no hizo...

Retrocedí un paso, sorprendida, cuando Ophelia Walker pasó junto a su marido. Tenía la cara contorsionada por la frustración y la ira.

—Parece que no necesita hablar conmigo. Parece que ya sabe mucho sobre mí.

—Ophelia —advirtió su marido.

Ella no hizo caso.

—No puedo ayudarla. Ahora, ¿puede marcharse, por favor? —añadió.

Y, con eso, me cerró con la puerta de paneles color burdeos en las narices, de golpe.

31

11 de diciembre de 1970, Taza de la Alegría, Briar Glen

La tienda parecía una gruta navideña.

Helena sabía que se había vuelto un poco loca con la decoración, pero quería impresionar a Chris y hacerle ver que iba en serio con lo de que el negocio fuera un éxito.

Había decorado las ventanas biseladas con espumillón dorado y plateado de Woolworths, a juego con los adornos del árbol que había allí. Incluso había colocado espumillón en los bordes de las estanterías. Sus existencias de vajilla brillaban casi tanto como el montón de adornos de Helena; las había de todo tipo, desde Denby vintage hasta tazas de té y platillos de Kilncraft Bacchus, así como diseños más inusuales y caros como el Royal Copenhagen.

La señora Auld había apoyado mucho la decisión de Helena cuando le dijo que aceptaba la oferta de trabajo de Chris. No pareció sorprendida en absoluto. De hecho, admitió que se lo esperaba. También se mostró muy servicial y le cedió a Chris las escasas existencias de vajilla que tenía, encantada de que su único hijo se quedara en Briar Glen por el momento.

Todo el proceso había sido apasionante y desconcertante, desde que Chris le enseñó la tienda (antaño un negocio de reparación de bicicletas, ahora transformado en esta cornucopia festiva) hasta la contratación de personal, pasando por su apertura el 1 de diciembre, justo a tiempo para la Navidad.

Helena no había podido ocultarle a Donald su nuevo trabajo. Se había reprendido por no habérselo dicho desde el principio. En un primer momento, él le lanzó una diatriba, diciendo que él era el sostén de la familia y Helena el ama de casa. Así eran las cosas.

Helena cerró los puños mientras comparaba mentalmente a su poco ambicioso marido con el carismático Chris.

Solo cuando ella descubrió su voz, después de los últimos meses de haber sido lanzada a lo más hondo del negocio, Donald observó con asombro que su esposa se había transformado en otra mujer. Se dio cuenta con una admiración silenciosa pero a regañadientes.

—Todavía voy a estar aquí para cuidar de Marnie —señaló Helena—. Mi decisión está tomada. No es negociable.

A través de su salón lleno de cretona, Donald había mirado fijamente a su mujer, con su bonita nariz respingona y su aire desafiante. Nunca la había visto así. Para ser sincero, le resultaba bastante atractiva.

Pero, antes de que pudiera decírselo, ella giró sobre su tacón de aguja y desapareció en la cocina para preparar la cena y ver Crackerjack con Marnie.

Helena había cambiado. Pero ¿para mejor?

Ahora mismo, no estaba seguro.

No obstante, tanto si su marido estaba contento con su nueva condición de madre trabajadora como si no, Helena deliraba demasiado de felicidad como para preocuparse. Aunque no había pasado nada entre ella y Chris, notaba que la tensión y el ambiente iban en aumento.

Estaba mal querer que pasara algo entre ellos. Ella lo sabía. En cierto modo, se sentía aliviada cuando Barbara y Angela, sus dos empleadas, estaban en la tienda. Ello mantenía las cosas seguras y controladas.

Helena y Chris ya habían intercambiado anécdotas de su pasado; aun así, ahora que trabajaba para él en Taza de la Alegría, sentía como si cada día descubriera algo nuevo sobre él. Era hincha del Rangers y del Arsenal. Le gustaban Elvis y Sweet. Le encantaban los spaghetti westerns. Estaban descubriendo capas más profundas de sus vidas y compartiendo momentos que ella atesoraba.

Era solo cuestión de tiempo que ocurriera algo. Ambos lo sabían y se negaban a ignorarlo. No querían hacerlo.

Había sido una frenética tarde de viernes de compras y en

el centro de Briar Glen estaba lloviznando una ligera ráfaga de nieve. Los vecinos habían decidido no aventurarse a acercarse al centro del pueblo, por lo que los comercios locales habían podido sacar provecho de los ávidos compradores navideños.

Marnie había ido a merendar a casa de su amiga Joanne nada más salir del colegio. Gracias a ello, Helena pudo trabajar unas horas más y echar una mano a Angela y Barbara en Taza de la Alegría.

Helena estaba enrollándose al cuello su bufanda de ganchillo carmesí, cuando Chris apareció saliendo del almacén.

—¿Te vas corriendo? —dijo—. Creía que Marnie estaba en casa de su amiga.

—Así es.

—Pues bien, ¿me dejas que te invite a una copa de Navidad?

Helena jugueteó con un mechón de pelo.

—Oh.

Chris ladeó la cabeza.

—Esa no era exactamente la respuesta que esperaba —bromeó él.

Helena esbozó una sonrisa.

—¿Y qué esperabas? ¿Campanas? ¿Silbatos?

—Una banda de música completa, al menos.

Helena vio cómo las luces de hadas retro colgadas contra la pared del fondo proyectaban un resplandor angelical alrededor de la cabeza de Chris. Quería reírse. «Angelical» no era como ella lo describiría.

—¿Y la respuesta es? Tengo que darte tu regalo de Navidad, Helena.

Helena se alegró de llevar bufanda. Podía sentir el calor subiendo por su cuello.

—Si no es un diamante rosa, no me interesa —contestó.

Chris sonrió y metió la mano en su chaqueta, que colgaba de un gancho cercano. De ella sacó un pequeño joyero de brillante madera granate rematado con un lazo verde lima.

—Toma. Esto es para ti.

Helena se llevó los dedos al cuello. Su bufanda la envolvía como una cobra y no tenía ni idea de qué hacer con las manos.

—¿Qué es? —quiso saber.
—No te lo voy a decir. Tienes que abrirlo.

Helena lanzó una mirada cargada a Chris. Se dio la vuelta y metió la mano bajo el mostrador. Le había comprado un regalo a Chris hacía unas semanas y lo había escondido en uno de los cajones del compartimento cerrado del que tenía llave. Ni siquiera estaba segura de que fuera a dárselo, pero ahora se alegraba de haberle comprado algo.

Lo había envuelto en papel de aluminio azul eléctrico salpicado de árboles de Navidad y le había hecho un lazo azul marino. Llevaba una bonita etiqueta de regalo en forma de copo de nieve brillante.

Los dos soltaron carcajadas coquetas, mientras las farolas del exterior proyectan un resplandor dulzón.

—Tú primero —insistió Chris.

Intercambiaron sonrisas juguetonas, antes de que Helena se quitara la gruesa bufanda y la depositara encima del mostrador. Se sintió cohibida bajo la atenta mirada de ojos avellana de Chris.

Se concentró en su regalo y sus dedos tantearon y tiraron de la cinta. Abrió la tapa con cuidado.

Acurrucado contra el cojín crema del interior había un broche hecho a mano con forma de taza de té y platillo, de porcelana y decorado con las rosas de té rosas más delicadas. Helena no podía apartar los ojos de su delicada belleza.

—Chris. —Respiró después de lo que pareció una eternidad—. Es... Es impresionante.

—¿Te gusta?

—Me encanta. Muchas gracias. —Dejó que sus dedos trazaran una y otra vez su decoración floral. Levantó la cabeza—. Bien. Ahora te toca a ti.

Había tanta intimidad entre ellos en ese momento. Los dos juntos, solos en Taza de la Alegría, con el clima navideño arremolinándose fuera, los compradores acurrucados frente a los elementos y agarrando sus compras mientras se dirigían a casa.

Chris volvió a sonreírle mientras arrancaba el papel de regalo y lo depositaba en el mostrador junto a su bufanda. Abrió la caja blanca y alargada y admiró la pluma negra y dorada que Helena le había comprado.

—Siempre las pierdes —dijo a toda prisa, sintiéndose embobada y cohibida.

La expresión de Chris se derritió de agradecimiento.

—Bueno, te puedo asegurar que esta no lo voy a perder. Gracias. Es preciosa. —A Helena se le hizo un nudo en la garganta al ver cómo las yemas de los dedos de Chris recorrían la pluma de arriba abajo—. Entonces, ¿qué hay de esa bebida navideña?

Las luces que parpadeaban a su alrededor, el atractivo físico de Chris y el hecho de saber que Marnie estaba a salvo, divirtiéndose en casa de su amiga del colegio Joanne —sin duda comiendo sándwiches de pasta de atún y viendo Scooby-Doo— hicieron que Helena se preguntara qué hacer.

Una copa. Una copa con ese hombre tan guapo para celebrar la Taza de la Alegría y las inminentes vacaciones de Navidad, y luego podría coger un taxi para volver a casa.

—De acuerdo —convino, antes de permitirse sopesar lo que estaba haciendo—. Dame un momento.

Chris esbozó una sonrisa de satisfacción.

—Estupendo. Voy a apagar todo.

Helena se apresuró a pasar junto a él hacia el baño del personal, situado en la parte trasera de la tienda. Cerró la puerta tras de sí y se desplomó contra ella. La adrenalina y el deseo se apoderaron de ella.

Negándose a analizar lo que estaba haciendo, rebuscó en su bolso de flecos y cogió su pintalabios rosa escarchado. Se los pintó, y sus ojos celestes le hicieron preguntas que se empeñó en ignorar.

Expulsó una nube de aire, se echó el pelo liso hacia atrás por encima de los hombros y cogió el pomo de la puerta. Se dirigía hacia la planta baja cuando unas voces apagadas se dirigieron hacia ella.

Helena se detuvo y se ciñó el abrigo de invierno con cinturón. ¿Era un cliente de última hora? Fue cuando la otra persona volvió a hablar cuando se dio cuenta. No. No podía ser. No podía ser Donald.

Helena apretó su rígida columna contra la pared más cercana. La bandolera se le clavaba en el costado.

—Así que... me preguntaba si podrías reservar el... Oh, espera un segundo... —Se oyó que revolvían y arrugaban papel—. Es el juego de té de J & G Meakin Poppy.

¿Qué hacía Donald allí, en Taza de la Alegría, y por qué preguntaba por aquel juego de té? La cabeza de Helena bullía de culpa y confusión. Se obligó a respirar hondo. Desde el taller, la conversación continuó, para horror de Helena y su sentimiento de culpa.

—Disculpa —siguió diciendo Donald—, debería haberme presentado. Soy el marido de Helena.

Ella se obligó a cerrar los ojos. Ojalá esta situación loca e incómoda desapareciera. ¿Qué se creía él que estaba haciendo? ¿Por qué estaba aquí? ¿Sospechaba que algo estaba pasando entre ella y Chris?

El silencio de Chris desgarró a Helena.

—¿Eres su marido? —logró preguntar Chris después de una pausa—. Ah, claro. Me alegro de conocerte por fin. Soy Chris Auld. Soy el dueño de este sitio.

Helena se separó de la pared y se arriesgó a asomarse un poco para ver. Los dos hombres intercambiaban amables sonrisas y apretones de manos.

—Helena es un activo para esta tienda —dijo Chris—. Realmente ha hecho maravillas.

Donald observó las estanterías de vajilla y los montones de adornos navideños que había en la tienda, por todas partes.

—Helena siempre ha estado obsesionada con la vajilla. Yo nunca lo entendí, pero... —Como si detectara que Chris lo examinaba, se corrigió—: Disculpa. Es solo que ella ha mencionado este juego de té en particular tantas veces en casa desde que llegó que me gustaría comprárselo para Navidad.

Helena sintió como si estuviera viendo los acontecimientos a través de una especie de niebla envolvente. Agarró el bolso con más fuerza. Donald lanzó su fantasmal mirada gris a su alrededor.

—¿Todavía está aquí? Lo digo porque esa es su bufanda y quería que fuera una sorpresa.

—Está en la parte de atrás —respondió Chris—. No tardará mucho.

—Bien.

Helena se frotó la cara. Ojalá estuviera en cualquier sitio menos allí. Esto era horrible. Y ese juego de té de Meakin que Donald había mencionado... No podía permitírselo, así que ¿por qué preguntaba siquiera por él? Helena se sintió tan avergonzada y torpe que se escondió detrás de la puerta comunicante. Recostó la cabeza contra la pared...

—El precio no es un problema —insistió Donald, su voz picándola una y otra vez—. He estado ahorrando para ello.

No. ¡No! Todo esto estaba mal. La culpa la carcomía. No podía dejarle hacer esto.

Levantando la barbilla temblorosa, Helena regresó a la tienda. Le temblaban las piernas, con sus botas altas. Recurrió a todas sus reservas de actuación para parecer sorprendida al ver a su marido allí de pie.

No se atrevió a mirar a Chris, al menos no de inmediato.

Ella se esforzó por esbozar una sonrisa a su marido.

—Donald. ¿Qué haces aquí?

Chris miraba con la mandíbula apretada y una sonrisa forzada.

—Oh, solo pensé en pasarme y llevarte a casa. Podemos recoger a Marnie de casa de Joanne de camino. Hace muy malo.

Helena cogió su bobina de bufanda roja, que descansaba encima del mostrador, como una serpiente dormida.

Estaba atrapada en un agonizante limbo. Chris estaba a su izquierda, con una expresión de dolor grabada en los ángulos de su atractivo rostro. A la derecha, Donald merodeaba por allí con las manos metidas en los bolsillos y los hombros encorvados, como de costumbre.

La nieve caía en espiral.

¿Por qué quería Donald comprarle ese juego de té? Ella había estado hablando de lo bonito que era en casa, pero le había dado la clara impresión de que él ni siquiera la escuchaba. Cada vez que hablaba de Taza de la Alegría o de vajilla a Donald se le ponían los ojos vidriosos.

La mano de Helena llegó a la parte superior de su bolso y rozó la caja que contenía el broche que Chris acababa de regalarle. Él se dio cuenta. Su boca se deslizó en una sonrisa fantasma de resignación.

Cuando Helena y Donald llegaron a la puerta de la tienda, Donald la abrió de un tirón y una ráfaga de aire frío de diciembre le golpeó las mejillas. Casi se choca contra la espalda de su marido, que llevaba una chaqueta de lanilla de trabajo.

—Lo que estábamos hablando —dijo Donald en tono críptico a Chris—. ¿Puedes apartarlo para mí?

—Claro. No hay problema —respondió Chris, y dirigiéndose a ella—: Buenas noches, Helena. Nos vemos el lunes.

Chris le entregó el juego de té de Meakin Poppy el sábado en su domicilio, como le había pedido Donald. Ella y Marnie estaban en el jardín trasero, haciendo un muñeco de nieve y prometiéndose un chocolate caliente después.

Lo que Helena no sabía era que Chris se negaba a cobrarle a Donald por el Meakin del que se había enamorado el primer día que llegó a la tienda. Había vislumbrado su estampado de amapolas rojo rubí estampado sobre él como corazones que explotan. Era irónico, porque así era como se sentía ahora su propio corazón.

Mientras Helena escuchaba la excitada charla de Marnie sobre ponerle uno de los viejos gorros de su padre encima de la cabeza torcida del muñeco de nieve, una creciente sensación de realización invadió a Helena una y otra vez.

¿En qué estaba pensando? La visión de su hija pelirroja bailando delante de ella le hizo comprender toda la situación.

Visiones de Donald de pie en Taza de la Alegría frente a Chris, dispuesto a arruinarse para comprarle ese juego de té.

Chris era todo lo que su marido no era: seguro de sí mismo, carismático, peligroso, pero ¿y Marnie?

Sintió que sus manos enguantadas en cuero trabajaban solas, incorpóreas, moldeando y palmeando la nieve hasta formar un cuerpo rotundo.
—Estás haciendo un gran trabajo, mamá —le dijo Marnie, sonriente, con las pestañas encrespadas por el frío.

Helena no volvió a Taza de la Alegría el lunes por la mañana. La explicación que le dio a Donald fue que había cambiado de opinión por no estar tanto en casa y que sentía que Marnie sufría. Sabía que era mentira, pero era la única excusa que tenía.

La sorpresa inicial de Donald ante su decisión pronto dio paso a la secreta alegría de que su mujer hubiera entrado en razón al fin. Él era consciente de que no podría apagar los sentimientos de su mujer por el idiota de Chris Auld de la noche a la mañana, pero presentarse en aquella ridícula tienda como saliendo de la nada había sido un golpe de genialidad por su parte.

Donald volvió a felicitarse al recordar a su atónita esposa allí de pie. También había sido una gran idea mencionar el juego de té que tanto le había gustado. Y resultó que ni siquiera había tenido que meterse la mano en el bolsillo para conseguirlo. Ese imbécil de Auld había insistido en que era un regalo de despedida para Helena. Aunque no había necesidad de revelárselo a su mujer.

Si lo supiera, se sentiría aún más atraída por él, y él no podía arriesgarse.

Donald sonrió con satisfacción. Había terminado antes de empezar, gracias a él. Y tenía a su mujer donde debía estar: en casa.

Helena evitó el centro del pueblo a partir de entonces. No podía enfrentarse a la perspectiva de ver Taza de la Alegría, y, mucho menos, a Chris. Solo de pensarlo su corazón se desinflaba.

Tres semanas más tarde, la señora Docherty le comunicó en la tienda de la esquina que Taza de la Alegría cerraba, que la tienda se vendía y que Chris regresaba a Londres.

—*No creo que le vaya bien aquí* —*comentó la señora Docherty con un resoplido desdeñoso*—. *Sin duda, es un lugar demasiado tranquilo y provinciano para gente como él.*

Helena metió sus compras en su bolsa de cordón y salió corriendo de los sofocantes confines de la tienda antes de que las lágrimas empezaran a rodar por su rostro.

Nunca volvió a ver a Chris, pero su regalo de despedida fueron cuatro de los juegos de té más caros de sus existencias, con una nota que solo decía: «Para ti - de mi parte X».

Eso fue todo lo que él le dejó, junto con los recuerdos que ella guardaba en la cabeza y rememoraba constantemente.

Taza de la Alegría se vendió en cuestión de semanas y se convirtió en una floristería...

No me sorprendió que Ophelia Walker no intentara ponerse en contacto conmigo y me costó decidir qué hacer a continuación.

Pensé en ponerme en contacto con Xander para pedirle consejo, pero se mostraba más distante de lo normal desde nuestra última conversación telefónica. Yo tampoco quería decir nada por miedo a que volvieran a estallar los problemas entre él y Jake. Solo me hubiera gustado que Xander me lo hubiera contado él mismo, en lugar de dejar que Jake me contara todos los detalles.

Lo que sí me agradó fue la sensación de estar cada vez más cerca de desentrañar el misterio del juego de té y la carta. Sabía que estaba llegando a alguna parte, aunque más despacio de lo que esperaba y sin la ayuda de Ophelia Walker. Todos los pequeños hilos que me llevaban al juego de té y a la carta de Briar Forsyth se habían separado y deshilachado, pero era como si ahora pudiera ver cuál podría ser su destino y cómo podrían enlazarse.

Sin embargo, sabía que tenía que volver a intentar hablar con Ophelia Walker. El reconocimiento de su rostro al verme en su puerta había sido evidente, pero no quería hablar del juego de té, de la carta ni de por qué se había sentido obligada a dejármelo y desaparecer.

No obstante, sin hablar con ella, sabía que faltaban piezas vitales del rompecabezas y que ella poseía muchos más conocimientos de los que yo tenía a mi disposición.

Llegó el sábado y, antes de que me diera cuenta, era la hora de mi cena con Jake.

—¿Te hace ilusión? —me preguntó mamá, asomando la cabeza por la puerta de la tienda aquella tarde.

Asentí con la cabeza.

—Sí. Por supuesto —contesté.

Sería agradable, me aseguré a mí misma. Una cena un sábado por la noche con un hombre muy atractivo. Por supuesto que me hacía ilusión. ¿Por qué no? Saqué mi vestido veraniego azul hielo hasta los tobillos, con el estampado de rosas rosas, y me recogí el pelo en un moño desordenado.

Jake llegó media hora tarde a recogerme. Yo esperaba una disculpa, pero no llegó. En su lugar, cuando abrí la puerta de mi apartamento, me recibió con una sonrisa lacónica.

—Tuve una llamada urgente, pero ya estoy aquí —dijo.

Arqueé las cejas con desaprobación. Podía haberme llamado para avisarme. Reprimí mi irritación. Pensé que debía concederle el beneficio de la duda.

Mientras nos dirigíamos a Glasgow, dejando atrás las ensenadas de casas de campo y jardines cuidados, que daban paso a las torres relucientes y los bloques imponentes de la ciudad, puse a Jake al corriente de la situación de Ophelia Walker.

—Yo no le daría más vueltas a la vieja —dijo levantando despectivamente una mano—. Si no quiere hablar contigo, tendrás que aguantarte. —Su perfil rubio se concentró en la carretera—. Si yo fuera tú, vendería esa vajilla y me embolsaría el dinero. Esta mujer, quienquiera que sea, te ha dejado el juego de té a ti.

Si pierde el dinero, es su problema. —Me dedicó una sonrisa encantadora—. Para empezar, no debería habértelo dejado.

Estudié su perfil sonriente. «Pero yo no soy tú», pensé.

—De todos modos, olvídate de eso esta noche y disfrutemos de este restaurante de pescado. Acaba de recibir otra crítica de cinco estrellas en ese suplemento de gran tirada.

—¿Pescado? Creía que íbamos al bar de tapas.

Jake metió su Audi TT blanco en una plaza de aparcamiento que había delante de un restaurante iluminado con cristales ahumados que se anunciaba como ESCAPDA MARINA.

Su voz fue enérgica.

—Cambio de planes. Pensé que este lugar sería mejor. —Encendió su sonrisa de megavatios—. Es más caro, pero tú lo vales.

Salió disparado del lado del conductor, dejándome mirando su asiento de cuero negro vacío.

Nos recibió un amable *maître*, que nos llevó hasta una mesa que había junto a la ventana que daba al extenso Jardín Botánico y su mar de impresionantes invernaderos abovedados. Los colores ondeaban en el cielo y los tejados inclinados se confundían con la luz pastel de la tarde de julio.

El menú era sensacional, una elaborada relación que incluía un poco de todo, desde tallarines de marisco y caldo de almejas hasta estofado de bacalao y chorizo y ensalada de trucha ahumada.

—¿Qué me recomiendas, ya que has estado aquí antes? —le pregunté—. No me decido.

Miré a Jake, al otro lado de la mesa, distraído. Sostenía su menú encuadernado en cuero, pero no le prestaba atención. Parecía preocupado, moviéndose en su silla de respaldo alto para ver mejor el aparcamiento del restaurante.

—¿Jake?

Se ajustó el cuello de su camisa a rayas Paul Smith.

—¿Perdona?

Seguí su mirada ausente por las ventanas que teníamos al lado.

—Te he preguntado qué me recomiendas de la carta.

—Oh. Sí. Lo siento. —Volvió a centrar su atención en el menú y echó un vistazo superficial a las páginas—. ¿Qué tal las gambas salteadas con pimientos y espinacas, o el pescado al vapor al estilo tailandés?

Luego volvió a centrar su atención en el aparcamiento, escudriñando los vehículos que ya estaban allí con sus incisivos ojos claros.

Bajé mi carta. A nuestro alrededor, había mesas ocupadas por parejas que conversaban, discutían sobre lo que querían comer o compartían un momento íntimo.

—¿Jake? ¿Estás bien?

Me devolvió el parpadeo desde el otro lado de la mesa, con el resplandor parpadeante del centro de mesa con velas oscilando como una bailarina exótica.

—¿Qué? Ah, sí. Lo siento.

Me revolví en el asiento y seguí su mirada por la ventana hasta el anodino aparcamiento.

—Pareces muy distraído.

Jake volvió a coger su menú.

—No. Estoy bien. De verdad. Solo luchando por decidir lo que voy a pedir.

—Bueno, creo que la carta ayudará más que el aparcamiento.

Jake soltó una sonora carcajada teatral que atrajo las miradas curiosas de un par de mesas más. ¿Qué demonios le pasaba? Lo examiné a través de la parte superior de mi menú. «¡Oh, por Dios!». Lo estaba haciendo otra vez, mirando boquiabierto por la ventana y sin comunicarse conmigo en absoluto. Podría haberme cambiado por la escultura de cera de Madame Tussauds de Kylie Minogue y no se habría dado cuenta.

Seguí sentada unos instantes más antes de que su grosero comportamiento encendiera mi indignación. Dejé el menú junto a los cubiertos lustrados y me incliné aún más en la silla.

Pero esta vez Jake alargó la mano y agarró la mía. Me sobresalté por la sorpresa que casi me hace golpearme las rodillas contra la parte inferior de la mesa. Su expresión cargada alternaba entre la entrada del restaurante y yo.

Oí al efusivo *maître* detrás de mí, saludando a más invitados que habían llegado. Jake seguía sujetándome la mano con fuerza por encima de la mesa. Empezaba a sentirme bastante incómoda. Creo que prefería cuando me ignoraba y contemplaba el aparcamiento.

—Jake, ¿crees que podrías soltarme la mano, por favor?

Pero no me prestaba atención. Otra vez. Su expresión se contorsionaba pasando de la anticipación a la expectativa petulante. Estaba concentrado en algo que había por encima de mi hombro derecho.

¿Qué estaba mirando? Hice un movimiento para seguir su mirada y me preparé para girar de nuevo en mi silla, pero Jake me sorprendió por segunda vez inclinándose sobre la mesa y tomando mis labios con los suyos en un prolongado beso.

Mi cerebro y mis labios tardaron unos segundos en darse cuenta de lo que estaba ocurriendo. Cuando me di cuenta de la extraña situación, retrocedí de un salto, sin aliento y aturdida. Mis mejillas estaban ardiendo de calor.

Me aferré al dobladillo del vestido, consciente de las miradas desconcertadas de los comensales.

Entonces, noté un leve y rápido toque en el codo.

Levanté la vista, esperando ver a un miembro del personal de espera merodeando por allí. Pero no era tal.

Era Xander.

32

Jake sonrió a Xander con cara de triunfo.

Detrás de Xander flotaba una Saffy Clements de aspecto severo, vestida con un vestido de tirantes rojo, con los rizos oscuros como tirabuzones sobre los hombros. Estaba guapísima.

Con Xander luciendo un elegante chaleco de satén negro, camisa y pantalones color carbón, los dos formaban una pareja muy atractiva en una noche de marcha juntos. Ese pensamiento me revolvió las entrañas.

Tragué saliva.

—Buenas noches, Xander —saludó Jake y sonrió—. ¡Qué coincidencia!

La forma en que lo dijo —sus palabras cargadas de sarcasmo— me hizo sentarme más erguida. Lo miré fijamente a través del adorno de la vela parpadeante. Mis ojos se entrecerraron con desconfianza.

La fría expresión de Xander cayó sobre mí.

—¿Verdad que sí? —me preguntó. Ignoró a Jake—. ¿Una cita?

Abrí la boca para hablar; mi mente zigzagueaba.

—Sí. No. Bueno. Algo así —contesté.

La atención de Saffy pasó de forma alternativa de mí a Jake. Me miró con extrañeza cuando empezó a pasar delante de nosotros con sus tacones de punta.

—Bueno, que paséis buena noche. Vamos, Xander. Vamos a nuestra mesa —dijo ella.

Pero Xander no se movió. Se quedó de pie junto a mi hombro, sus ojos escrutando los míos. Tenían un eco parecido a la decepción. Los apartó y volvió a centrar su atención en Jake, que estaba allí sentado, con la boca crispada por la diversión.

—Vayamos a otro sitio —le propuso Xander a su acompañante al cabo de unos instantes.

Saffy se mordió su labio inferior.

—Pero pensé que querías probar este lugar —replicó.

Xander tenía la mandíbula rígida.

—Siempre podemos venir otro día.

Puso una mano en la parte baja de la espalda de Saffy, y aquel simple movimiento íntimo hizo que se me desinflara el corazón. Nos dio la espalda a Jake y a mí y, por encima del hombro, nos soltó:

—Disfrutad de la velada.

Me giré en el asiento para verlos salir del restaurante, con el confuso *maître* corriendo tras ellos, preguntándoles si estaban bien e insistiendo en que podía encontrarles una mesa alternativa más cerca del rincón, si lo preferían.

Me giré hacia atrás para mirar a Jake, que sonreía como un tiburón blanco.

—Bueno, ¿qué te parece? El mundo es un pañuelo, ¿no? —dijo. Su actitud era victoriosa. Atrás había quedado el lenguaje corporal tenso y la fascinación por el aparcamiento del restaurante—. Siento haberme distraído tanto antes —rezongó—. Ahora, vamos a echar un vistazo a este magnífico menú, ¿de acuerdo?

Mientras él seguía con su cháchara y exclamando sobre la variedad de platos de marisco que se ofrecían, yo me llevé los dedos a los labios. Jake estaba describiendo lo maravilloso que decían que era el salmón escocés, pero mi cerebro estaba demasiado ocupado con lo que acababa de ocurrir. El repentino e inesperado cambio de restaurante; la constante vigilancia de Jake en el aparcamiento; su subrepticia observación de la entrada del restaurante; luego ese beso teatral y el repentino apretón de manos, que casualmente se produjo cuando Xander y Saffy entraban por la puerta... Jake señalaba otra cosa en el menú.

—Yo también tengo debilidad por las gambas. ¿Qué piensas, Soph?

La forma en que me llamó «Soph» hizo que se me hicieran bolas los dedos en el regazo del vestido. Era todo tan obvio y artificioso. Me había utilizado para vengarse de Xander. Me esforcé por mantener el tono de voz.

—Debes de pensar que soy tonta.

—¿Perdón? —dijo.

Me incliné más hacia el borde de la mesa.

—Tú has planeado esto, Jake.

Estaba sentado en su silla, con el pecho hinchado de autocomplacencia, como si hubiera descubierto una cura para el resfriado común.

—¿Planeado qué? No te entiendo.

—Sí —dije—. Querías molestar a Xander, así que lo has arreglado para que viniéramos aquí.

Crucé los brazos sobre el pecho, lo que hizo crujir el sedoso tejido de mi vestido.

Un camarero apareció en la mesa para tomar nuestro pedido, pero Jake lo despidió con un arrogante movimiento de cabeza.

—Ahora no. En un minuto. —El camarero le miró fríamente y volvió a desaparecer. Jake volvió a su ofensiva de encanto—: Oh, no seas tonta. Solo ha sido una coincidencia, nada más.

Extendió una mano sobre el reluciente mantel blanco, haciéndome un gesto para que cogiera la suya, pero no lo hice. En lugar de eso, apreté los dientes.

Mis pulseras sonaron contra mi muñeca, mientras apretaba los brazos cruzados.

—Por eso estabas tan nervioso y por eso me has besado. Has hecho todo esto para irritar a Xander —continué diciendo.

Jake dejó escapar una risa poco convincente.

—Claro que no. ¿Cómo iba a saber que Helado North y su amiga iban a pasearse por aquí?

—Dímelo tú. Es muy raro que cambiaras el lugar de nuestro restaurante en el último minuto. —Los hombros de Jake se endurecieron bajo su camisa a rayas—. ¿Por eso has llegado tarde a recogerme esta noche, porque estabas ocupado averiguando a dónde iban Xander y Saffy y querías asegurarte de que fuéramos al mismo sitio?

Jake se revolvió en la silla, como un niño travieso. Abrió la boca para protestar y luego se retractó de la excusa que estaba a punto de poner, cuando se dio cuenta de mi ardiente enfado. Soltó un suspiro de resignación, que avivó aún más mi vergüenza y mi enfado.

—Sí, de acuerdo. Me has pillado —reconoció.

Luché por controlar mi enfado. No quería montar una escena divertida para los comensales de alrededor.

—Ya me lo imaginaba. Sé que tuviste un incidente con él. Tú mismo me lo has dicho.

Mis pensamientos volvieron al momento en que los ojos de Xander buscaron los míos cuando nos vio allí sentados. Debió de ver cómo Jake me besaba. Habría sido difícil que no lo viera, por la forma en que Jake se abalanzó sobre la mesa. Al pensar que lo había visto, se me encogió el corazón.

—No había necesidad de involucrarme en tus estúpidos juegos.

—Solo era un poco de diversión. —Resopló Jake—. El tipo es tan engreído que se merece que le bajen los humos. —Volvió a inclinarse hacia delante en su silla, con un tono suplicante en sus facciones—. Mira, admito que cronometré ese beso para que North lo viera, pero, si te sirve de consuelo, lo disfruté. —Ahí estaba de nuevo esa sonrisa llena de testosterona—. Ahora que lo pienso, no me importaría repetirlo, si no tienes inconveniente.

Tenía que estar bromeando. ¿De verdad era así de idiota? ¿No se daba cuenta de lo idiota que era? Era como si no tuviera filtro. ¿Qué demonios estaba yo haciendo ahí, todavía sentada frente a él?

Al ver un taxi que entraba en el aparcamiento, me levanté de un salto y cogí el bolso de la mesa. Una familia de cuatro miembros se disponía a bajar del taxi. Fui consciente de las miradas inquisitivas de un par de mesas a nuestro alrededor, pero no me importó.

Quería salir de ese restaurante y alejarme de ese imbécil. Jake me miró fijamente.

—¿Qué haces? ¿Adónde vas? Siéntate, Soph.

—Deja de llamarme Soph —siseé—. Sean cuales sean los juegos juveniles a los que quieras jugar, Jake, te aseguro que no me vas a involucrar en ellos.

—Auu, vamos. No pasa nada.

«Ahí es donde te equivocas. Hubo daño. La reacción de Xander fue prueba de ello».

Mis dedos se hundieron más en el suave cuero de mi pequeño bolso.

—Bueno, si no eres capaz de darte cuenta de eso, entonces, te compadezco, Jake. —Cogí mi copia del menú y me volví hacia donde había una descripción de las especialidades del chef. En la mesa de al lado, una señora mayor contemplaba la escena, con el tenedor de ensalada medio suspendido ante los labios. Me volví hacia Jake y agité el menú ante él—. Te recomiendo la lubina. Parece deliciosa.

Y entonces salí del restaurante dando tumbos y bajé los escalones hacia el taxi con mis tacones, llena del dolor y la vergüenza de lo que había pasado.

Llegué a casa ansiosa por meterme en la cama y dormir toda la noche.

Dios, ¡qué desastre! Jake había resultado ser un manipulador y tenía la madurez de un niño de cinco años.

Estuve tentada de llamar a Xander y explicarle lo que había pasado, pero mi orgullo me lo impidió. ¿Qué demonios iba a decirle? De todas formas, esa noche él había salido con Saffy, y estaba segura de que ella no querría que yo interrumpiera su velada con Xander. Además, intuía que yo no le caía muy bien a ella.

Quizá fuera mejor dejar las cosas como estaban. Entre Jake y Xander había una maraña de rivalidad y resentimiento, y si yo me metía tal vez empeorase aún más las cosas.

Me puse el pijama y removí enérgicamente las alubias en la sartén, antes de coger un trozo enorme de queso Cornish Cove de la nevera. Una vez doradas las tostadas, las llené de las alubias y las completé espolvoreando queso rallado por encima. Nunca se tiene demasiado queso cuando una se siente como una completa imbécil y necesita un plato de comida reconfortante.

Me senté a la mesa de la cocina y comí sin dejar de preguntarme cómo había podido ser tan tonta de bajar la guardia. Corté una tostada. Después de lo de Callum, juré que no volverían a manipularme. ¡Qué *déjà vu*!

Seguía recibiendo imágenes mentales de la expresión herida de Xander cuando me vio con Jake. ¿Por qué parecía tan dolido? Tal vez aquello le había recordado a su ex.

Para distraerme, intenté pensar en el juego de té y en la carta de Briar, pero, en cuanto a Ophelia Walker, la esperanza de avance parecía haber chirriado hasta llegar a un callejón sin salida.

Mientras comía, cogí el móvil, que tenía delante, en la mesa de la cocina. Me enfadé conmigo misma cuando me di cuenta de que estaba mirando los mensajes para ver si Xander había intentado llamarme.

Pero ¿por qué iba a hacerlo?

Hubo tres llamadas perdidas de Jake y luego un dramático mensaje suyo, lo que me exasperó aún más.

—¡Vamos, Soph! No quería hacerte daño. Pero tienes que admitir que Xander North parece que tenga un atizador en el culo. —Escuché, con la boca apretada—. Después de lo que pasó con Nadia y de las críticas de mierda que hizo de mi trabajo... —Hizo una pausa, antes de que su mensaje se volviera más petulante—. De todas formas, no sé por qué te has enfadado tanto con todo esto. A menos que te guste el viejo Helado

North... —Mis dedos se clavaron en mi teléfono, mientras su confusa divagación escocesa-transatlántica continuaba—. Bueno, solo una advertencia: si tienes alguna idea, deberías saber que él y esa mujer con la que estaba esta noche se han convertido en pareja. He oído que van en serio.

Se me revolvió el estómago. Las imágenes de Xander y Saffy juntos se me clavaron en los ojos. Ya había tenido suficiente. Ya había oído bastante. Borré el mensaje, pulsando los botones del teléfono con los dedos. ¿Por qué me importaba tanto lo que Xander pensara o lo que creyera haber visto?

¡Estaba con Saffy, por el amor de Dios!

Yo no participaría en sus disputas. No quería verme envuelto en sus líos.

Le di otro mordisco furioso a mi tostada, aunque ya no tenía hambre. Xander North. Helado North. Debía de haberse recuperado de lo de Nadia y ahora seguía adelante con Saffy, y ¿quién podía culparle? Era muy atractiva y también tenía talento.

Recibí un golpe emocional en el estómago. Dejé el tenedor en el plato y me quedé mirando a lo lejos. Con la pérdida de mi abuela, con mi dimisión del puesto que ocupaba en el Castillo Marrian y con el ajetreo de la repentina y emocionante adquisición de la tienda, habían pasado muchas cosas en mi vida. Fue un tsunami de acontecimientos que había intentado controlar, pero que me había dejado sin aliento en la playa.

Mis pensamientos insistían en evocar más imágenes de Xander, aunque eso era lo último que quería o necesitaba ahora mismo. Tal vez Helado North se había descongelado después de todo, y gracias a Saffy.

33

El lunes amaneció con un cielo sombrío.

Pero eso no disuadió a los turistas, que seguían apreciando y exclamando ante todos los hermosos jardines floridos que ofrecía Briar Glen.

Los escolares de la zona estaban disfrutando del último mes de vacaciones de verano, así que no faltaron las habituales peticiones de helado o de un viaje en autobús al centro del pueblo, mientras los agotados padres los hacían pasar por delante de la puerta de La Taza Que Alegra.

Cass estaba ocupada ensalzándoles las virtudes de un delicado juego de porcelana Apple Blossom de Theodore Haviland a dos ancianas que contaban que habían ido a visitar a su hermana mayor en la residencia.

—Teníamos que pasarnos. —Sonrió la que llevaba un chubasquero azul brillante—. Nos han hablado muy bien de este sitio.

Su hermana, que tenía el mismo perfil orgulloso, indicó una de nuestras teteras de estilo granja, una Lingard *vintage*, toda cerámica floral inglesa pintada y dorada.

—Yo soy un poco más tradicionalista —comentó.

—Bueno, esperemos que tengamos algo para todos los gustos. —Sonrió Cass—. El diseño Apple Blossom de Haviland dejó de fabricarse en 1989, así que creemos que se hicieron entre 1940 y 1989 en Nueva York. ¿O quizá les gustaría echar un vistazo a algo un poco más moderno? —Señaló un par de cajas abiertas llenas de poliestireno que habían llegado hacía solo diez minutos—. Como pueden ver, aún no las hemos desembalado.

Las dos hermanas admiraron la tetera Sadler de época, con tapa rosa y motivos de flores de cerezo, que Cass sacó de su caja.

Sonreí a Cass.

—Buen trabajo —le dije.

Y, mientras, las dos señoras siguieron debatiendo. ¡Alguien había hecho los deberes!

Mi atención se dirigió al cuadro de Jake Caldwell que había en la pared. Sentí que mi admiración y aprecio por Cass disminuían, y mis ojos se entrecerraban. Dudaba si quitarlo y guardarlo en el trastero. Me picaba la vergüenza y la rabia al pensar en la noche del sábado. Entonces me imaginé la expresión de Xander al vernos a Jake y a mí sentados juntos.

Eran tan malos el uno como el otro —concluí para mis adentros—, dándose cuerda mutuamente. Podía entender que Xander se sintiera traicionado por Nadia, pero crucificar la carrera artística de Jake de esa manera..., y luego el que Jake me utilizara para volver a meterle el dedo en la llaga a Xander. ¡Maldita sea! Era como presenciar a dos niños en guerra.

Un leve movimiento rápido me hizo girarme, y con ello dejé de pensar en la rivalidad que había entre Jake y Xander.

Mis ojos se abrieron de par en par.

Era Ophelia Walker.

Se quedó allí de pie, en la puerta de la tienda, con sombras de incertidumbre cruzándole el rostro, a pesar de la seguridad con que iba vestida, con un claro traje de lino color galleta y un vaporoso pañuelo estampado sobre los hombros.

Era como una escena tensa de un *spaghetti western* de Clint Eastwood. Solo faltaban las plantas rodadoras y que una de nosotras mordisqueara una cerilla.

Di pasos vacilantes por el suelo de madera, preocupada por si algún movimiento brusco o la palabra equivocada la hacían cambiar de opinión y desaparecer de nuevo.

—Hola, señora Walker —la saludé.

Ella hizo una breve inclinación de cabeza, con su cabello plateado.

—¿Tienes unos minutos para hablar? —dijo.

Cass estaba ocupada con las dos señoras, que ahora debatían sobre las sutilezas de la porcelana frente a la cerámica.

¿Había decidido hablar del juego de té? ¿Qué la había hecho cambiar de opinión? Intenté no hacerme demasiadas ilusiones. Aún no tenía ni idea de por qué había venido.

—Sí, claro. Podemos hablar en mi despacho.

Ophelia Walker se arrebujó en su larga chaqueta, a pesar del acogedor ambiente de la tienda y la bochornosa temperatura veraniega del exterior. Echó un vistazo a mi despacho cuando la invité a sentarse.

—¿Le apetece una taza de té o un café? —le propuse.

—Un té estaría muy bien, gracias.

Volví a salir del despacho y elegí dos de nuestras tazas y platitos de porcelana toscana verde pastel más bonitos de la cocinita, que habíamos instalado en un rincón del trastero. Bueno, ¡menuda sorpresa! Y, aunque acababa de prometerme a mí misma que no especularía sobre por qué Ophelia estaba aquí, no pude evitar hacerlo.

Mi emoción iba en aumento mientras veía hervir el agua y preparaba una taza de té en la tetera de porcelana toscana a juego con la mía y de Cass. Me sentí complacida y satisfecha de usar algo bonito y con un aire antiguo para nosotras. Mi abuela habría estado orgullosa de mí.

Cogí un plato a juego del armario que tenía encima y un paquete de galletas digestivas de chocolate. Lo coloqué todo en una bandeja y me dispuse a regresar al despacho. Oí a Cass y a las dos hermanas mayores riéndose a carcajadas sobre «fondos sólidos». Supuse que se referían a las bases interiores de las teteras.

La señora Walker estaba sentada en la misma postura pensativa cuando volví a entrar en el despacho. Puse la bandeja encima de mi escritorio y procedí a servir el té. La señora Walker aceptó la taza y el platito con un «Gracias» murmurado. Me lanzó una mirada reservada por encima del borde.

Hubo una pausa cargada, antes de que ella soltara:
—Lo siento. Debería haber hablado con usted cuando vino a verme. —Avergonzada, dio un sorbo a su té y volvió a dejar la taza y el plato sobre el escritorio. Se oyó un leve crujido contra la caoba.

Le brindé una sonrisa comprensiva e intenté aparentar calma.

—Entonces, ¿sabe algo del juego de té? —le pregunté.

Al ver la discreta y avergonzada sonrisa de la señora Walker y su asentimiento de cabeza, mi estómago realizó un excitado ¡Guau!

—Fue el descubrimiento del juego de té lo que me hizo decidirme a investigar mi árbol genealógico; bueno, eso y el hecho de que ahora estoy jubilada Y tengo mucho más tiempo libre. —Juntó los dedos en su nervioso regazo—. Estaba decidida a no hablar con usted, pero Hal, mi marido, me ha convencido de que venga. —Puso los ojos en blanco—. Cuando encontré el juego entre las pertenencias de mi difunta hermana, iba a quedármelo.

Me incliné en el asiento.

—¿Y fue entonces cuando descubrió la carta? —la interrumpí.

—No inmediatamente —confesó—. Fue al día siguiente, al revisar el estuche en el que estaba la vajilla, cuando encontré la carta en la bolsa.

La señora Walker cogió su taza de té y bebió otro sorbo. Volvió a colocarla en el platillo y dejó que su atención se desviara hacia el par de cuadros de teteras de tamaño DIN A5 que decoraban la pared de mi despacho.

—Estoy un poco obsesionada —comenté, siguiendo su mirada.

La señora Walker respondió con una sonrisa ausente, antes de continuar con su explicación:

—Después de su visita, Hal me recordó lo triste y desesperada que sonaba esa carta. Dijo que no era propio de mí dar la espalda a ayudar a alguien o intentar corregir un error. —Su boca seria se abrió en otra pequeña sonrisa—. Mi marido sabe lo entrometida que puedo llegar a ser. También sabe muy bien cómo jugar con mi conciencia.

—Bueno, le agradezco mucho que haya venido a hablar conmigo. —Mi cerebro bullía con tantas preguntas que quería hacerle—. Señora Walker, ¿puedo preguntarle qué sabe del juego de té o qué ha podido averiguar?

Levantó sus cejas depiladas casi hasta la cima de su plateada cabellera.

—Es verdad lo que dicen. A veces, la ignorancia es una bendición —respondió.

Parpadeé mirándola desde mi escritorio. Pese a que la puerta del despacho estaba cerrada, distinguía los murmullos alegres de Cass, las risas de las dos hermanas mayores y los pitidos felices de la caja registradora. La personalidad afable y cálida de Cass estaba asegurando otra venta. La voz de la señora Walker interrumpió mis pensamientos.

—En cuanto a lo de buscar en mi árbol genealógico, había estado procrastinando mucho al respecto y creo que estaba llevando al pobre Hal a la distracción. —Sus ojos se suavizaron—. A Annabel, mi hermana, le fascinaba la historia de Escocia y estaba especialmente interesada en leer sobre Briar Glen, con todas sus supuestas conexiones con la rosa azul, los preciosos jardines de los lugareños y, por supuesto, el Castillo Marrian.

Le pregunté a la señora Walker si su hermana había podido descubrir algo interesante sobre Briar Glen o alguno de sus anteriores habitantes.

Suspiró.

—Ojalá hubiera podido —respondió—. Murió repentinamente hace un año, poco después de empezar a investigar la zona.

—Lo siento mucho —le dije—. Perdí a mi abuela hace unos meses. Así es como llegué a abrir esta tienda.

La señora Walker valoró su bonita taza de té moteada de flores y los cuadros de teteras de las paredes de mi despacho.

—Bueno, estoy segura de que su abuela estaría muy orgullosa de usted.

Desvié suavemente la conversación hacia las investigaciones sobre el árbol genealógico que ella había mencionado.

—¿Puedo preguntarle qué ha averiguado, señora Walker? Me refiero a su árbol genealógico.

Dejó escapar una risa seca.

—No descubrí que estaba emparentada con un premio nobel de la paz o con un médico que salvara millones de vidas, si te refieres a eso. Ojalá fuera cierto.

Le brindé una suave sonrisa de ánimo, empujándola con ello a explicarse. El suspense era agotador.

Dejó escapar un suspiro resignado y, dando otro sorbo a su té, se dispuso a ahondar en el tema:

—Tiene más que ver con el traqueteo de los esqueletos. —Me hundí en mi sillón giratorio, evocando imágenes de la carta de Briar Forsyth y preguntándome quiénes o qué eran esos esqueletos—. Creo que lo que más me dolió fue descubrir que mi madre nos había ocultado algo a Annabel y a mí. —Ophelia Walker me miró—. Supongo que todas las familias tienen algún que otro secreto, pero descubrirlo así fue el mayor *shock* de mi vida.

Y, con eso, empezó a contarme.

34

—Resulta que mi difunta tía abuela Isadora estuvo casada dos veces. No sabíamos nada de eso.
—Bien. Ya veo —comenté.
Esperaba que mi expresión ansiosa convenciera a la señora Walker para continuar con su explicación.
Juntó y soltó las manos.
—Su primer matrimonio lo conocíamos, por supuesto. Fue con mi tío abuelo, Sydney Morrice.
—¿Y el segundo?
Me miró fijamente.
—Resulta que su segundo marido fue Jonathan Gray.
Parpadeé sorprendida.
—¿Se refiere al Jonathan Gray que se nombra en la carta del juego de té?
La boca rosada de Ophelia Walker se volvió sombría.
—El mismo.
Me incliné hacia delante.
—¿Y usted no lo sabía hasta entonces? —pregunté.
—Ni una palabra. Mi madre nunca dijo nada de que Isadora se hubiera casado dos veces, y mucho menos de quién era su segundo marido. Ni el resto de mi familia, por cierto. —Volvió a mirar los cuadros de mi despacho, antes de volver a centrar su atención en mí—. No puedo decir que me sorprenda que no quisieran hablar de ello. El nombre de Jonathan Gray era basura por aquí. Según mis investigaciones, podía ser encantador cuando quería, pero no tenía ningún tipo de escrúpulos.
—Señora Walker, ¿cuánto sabe de ese Jonathan Gray? —quise saber—. Hasta que leí esa carta, yo nunca había oído hablar de él.

—No era un pilar de la comunidad local. Estoy segura de que Isadora no debió de sentirse orgullosa de ese matrimonio. Ya era bastante malo que la consideraran un poco rebelde, así que no digamos que se casara con alguien como él.

Me eché hacia atrás, digiriendo todo aquello.

—¿Y era hijo de Leonora y Chadwick Gray, dueños del Castillo Marrian?

—Así es. El mismo. Un individuo mimado y audaz como no hubo otro. Dios sabe que debió de encantar a mi tía abuela para que ella llegara a casarse con él.

—Y ¿qué pasó con Isadora?

—Lo único que pude averiguar fue que, tras fracasar su matrimonio, se marchó a Londres en 1898 y nunca más se supo de ella.

Pensé en el juego de té del pavo real oculto en el fondo de mi armario y en la carta a Jonathan Gray de Briar Forsyth que anidaba a su lado.

—Trabajé como organizadora de bodas en el Castillo Marrian antes de abrir mi tienda de vajilla y nunca supe que su familia había sido propietaria.

La señora Walker enarcó una ceja mientras terminaba los restos de su té.

—Ah, ¿sí? —dijo—. Es un lugar impresionante. No puedo decir que me sorprenda que no estuviera al tanto de los vínculos de los Gray con él. Creo que la gente de por aquí los ha borrado de los libros de historia.

La miré fijamente.

—¿Por eso no quería usted quedarse con el juego de té? ¿Porque pertenecía a la familia de Jonathan Gray? —le pregunté.

Ophelia Walker asintió con la cabeza.

—No quería tener nada que ver con ese hombre, no después de lo que descubrí sobre él. —Esperaba que mi silencio la animara a explayarse y, tras unos instantes de debate interior, Ophelia Walker emitió un suspiro resignado—. Cuando descubrí que había estado casado con Isadora, investigué un poco más. Al parecer, nuestro señor Gray sentía cierta predilección por las jóvenes de Briar Glen y acabó engendrando varios hijos; bueno, cuando digo engendrando...

Parpadeé.

—¿Se refiere a que dejó embarazadas a estas jóvenes y luego las abandonó? —dije.

—Exacto. El bibliotecario local fue de gran ayuda. Me indicó la dirección correcta en la que buscar cuando se trata de registros de nacimiento.

Bien. Parecía que Isadora había tenido suerte al escapar de él al final.

—Aquella dama que firmó la carta del juego de té —empecé de nuevo—, Briar Forsyth, ¿por casualidad sabe algo de ella?

—Todavía no —admitió—, pero espero remediarlo.

—¿Quiere que la ayude? —le ofrecí—. Esa carta que le escribió a Jonathan Gray me conmovió y..., bueno..., parece como si ella pudiera muy bien ser otra víctima suya.

Los labios de la señora Walker se fruncieron.

—No lo dudo ni por un segundo —dijo. Inclinó su sedosa cabeza plateada y en su cara apareció un atisbo de sonrisa, lo que desterró su habitual semblante severo—. Debe de pensar que soy una vieja tonta, por abandonar ese juego de té de la forma en que lo hice y luego salir corriendo. Pero, después de perder a mi hermana tan de repente y descubrir el vínculo que ese juego de té tiene con gente como Jonathan Gray, bueno, creo que no pensaba con claridad. El dolor puede hacerte cosas muy extrañas.

Mis pensamientos se desviaron hacia mi abuela.

—No hace falta que me lo explique, señora Walker. Perder a alguien que amas, bueno, es como si una parte de ti muriera con ellos y toda la racionalidad se va por la ventana.

Esbozó una sonrisa acuosa.

—Siento mucho no haber hecho esto antes. Gracias por ser tan comprensiva. —Sus mejillas empolvadas palpitaban de gratitud—. Me encantaría que estuvieras dispuesta a ayudarme, Sophie. —Se puso de pie, cogió su bolso de cuero y se lo colocó bajo un brazo—. Y, por favor, llámame Ophelia.

35

Antes de irse, Ophelia sugirió que nos reuniéramos en su casa a finales de semana.

—Eso me dará un poco de tiempo para ordenar las notas de Annabel. Ojalá ella hubiera tenido la oportunidad de hacer más cosas que le gustaban antes de... —Su voz se apagó en un susurro.

Alargué la mano y le di una palmada en el brazo.

—¿Estás segura de que te sientes bien para esto? Lo último que quiero es disgustarte o angustiarte —le dije.

Ophelia sonrió y levantó la barbilla en un acto de desafío.

—En muchos sentidos, será reconfortante. Le daré a la investigación de mi hermana la atención que merece. Ella estaba tan entusiasmada con su historia... —Su rostro se fundió en una expresión melancólica. Quedamos en que me pasaría por allí después de cerrar La Taza Que Alegra el viernes—. Cenaremos —insistió, sin discutir—. Luego podemos seguir con una copa del vino casero de Hal.

Tras la mención de la deliciosa bebida de Hal, decidí que no conduciría hasta la casa de Ophelia el viernes después del trabajo, sino que tomaría un taxi de ida y vuelta.

Cuando Ophelia se marchó, las dos hermanas ancianas ya se habían marchado con sus compras en la mano.

—Incluso compraron dos tazas y platitos Polka Rose de Royal Albert —explicó Cass con satisfacción. Noté que miraba al suelo por un segundo—. Espero que esté bien lo que he hecho, porque me he dado cuenta de que una de las asas de las tazas tiene un pequeño desconchón, así que les he hecho un descuento del quince por ciento.

—Por supuesto que está bien —aseguré—. Eso es lo que quiero que sea La Taza Que Alegra: un excelente servicio al cliente. Lo has hecho genial.

La cara de elfo de Cass brillaba de satisfacción, pero nuestra conversación se vio interrumpida por el insistente timbre de mi móvil.

Fruncí el ceño y miré el teléfono.

—Oh. Es Xander —dije.

Cass se retiró hacia el mostrador.

Enderecé la espalda. Quería que mi voz sonara distendida. Me di cuenta enseguida de que él estaba raro y parecía distraído.

—Hola, Sophie —saludó—. Solo llamaba para ver cómo iban las cosas.

—¿Cómo me van las cosas a mí o cómo va lo del juego de té? —Cerré los ojos por un momento, al darme cuenta de que sonaba bastante malhumorada.

Sin embargo, no podía evitarlo. No tenía ni idea de lo que estaba pasando. Era la primera vez que hablábamos desde el fiasco con Jake en el restaurante dos noches atrás.

Sonreí a un par de mochileras que señalaban nuestro veraniego escaparate de vajilla amarilla y azul.

Siguió un molesto silencio hasta que volvió a hablar:

—¿Alguna novedad sobre el juego de té o la carta? —preguntó.

Así que no llamaba para preguntarme qué tal estaba, no iba a preguntarme si me había sentido incómoda o atrapada en su disputa con Jake, ni a decirme que quizá experimentó una punzada de celos al verme sentada allí con Jake Caldwell.

Helado North, en efecto.

Apreté los labios, ocultando un rayo de dolor. Me estaba confesando a mí misma que me había molestado verlo con Saffy, toda curvas y rizos, con su vestido rojo. Yo había luchado por ignorarlo, pero ahí estaba.

Me obligué a hablar de nuevo. Soné clara y directa.

—Las cosas van por buen camino. Es una historia un poco larga, pero he descubierto la identidad de la señora que dejó el juego de té aquí en la tienda. Resulta que su difunta hermana estaba muy interesada en la historia local y estuvo recopilando notas sobre Briar Glen hasta que falleció de repente.

Las dos mochileras rubias entraron en la tienda.

—Eso suena prometedor —dijo Xander—. ¿Me mantendrás informado de cómo van las cosas? Tengo un amigo de un amigo en Francia que es un ávido coleccionista de vajilla antigua. Está muy interesado...

La frustración se apoderó de mí. Verle con Saffy y su comportamiento erizado avivó mi fastidio, punzante como un palo afilado.

—Por supuesto —lo interrumpí—. Todo es por el dinero, ¿no?

—¿Perdón?

Cass se movió para dar la bienvenida a las mochileras mientras yo avanzaba hacia la parte trasera de la tienda. Carretes de sol de miel salpicaban el suelo de madera.

—Hay vidas enredadas en ese juego de té y en esa carta: historias, relaciones y familias. No se trata solo de beneficios, Xander.

Me sorprendió cuando me cortó. Su tono era tenso.

—¡Eh! Espera un momento. ¿Por quién me tomas? ¿Por una especie de idiota sin corazón?

Cerré la boca y miré a mi alrededor en la tienda.

—¿Lo pasaste bien el sábado por la noche? —preguntó.

Apreté el móvil, sorprendida por su repentina pregunta. Una llama de celos se encendió en mi interior al imaginarme a Xander y Saffy entrando juntos en el restaurante, como una de esas parejas glamurosas de los anuncios de perfumes navideños.

—Podría preguntarte lo mismo yo a ti.

—¿Perdón?

—Bueno, saliste a cenar con Saffy.

—Solo como amigos. —Me la imaginé con su vestido ceñido. Estaba seguro de que Saffy albergaba esperanzas de convertirse en mucho más que eso—. Eres una mujer adulta, por supuesto, y depende de ti lo que hagas y con quién, pero debo advertirte de que él es una mala influencia, Sophie.

Parpadeé ante el tono gruñón de Xander al otro lado de la línea.

—Oh, lo sé todo sobre la historia entre tú y Jake Caldwell.

Se hizo un silencio crepitante durante un momento.

—¿En serio?

—Sí. Él me lo contó todo.

Xander se quedó callado y luego dijo:

—¿Estás de broma? ¿De verdad te lo ha contado? ¿Y te parece bien?

En ese preciso momento, no sentía que yo le debiera una explicación a Xander. El hecho de que yo hubiera descubierto que Jake era un imbécil arrogante e infantil era asunto mío.

—Lo siento, pero tengo que colgar. Tenemos clientes. —Me llevé el móvil a la oreja—. Te mantendré al tanto de cómo van las cosas con las notas que recopiló la hermana de Ophelia Walker y si hay algo que sirva en ellas.

Xander estaba distraído.

—¿Quién?

—La señora que me dejó el juego de té —le expliqué.

A través de la línea podía sentir su confusión momentánea. ¿Qué le pasaba a Xander? No parecía él mismo. Normalmente era tan tranquilo. Fuera lo que fuese, estaba claro que no se esperaba que Jake me fuera a contar lo que había pasado entre ellos. Incluso a pesar de la distancia, se notaba que el tranquilo y frío Xander North se había quedado sin palabras.

Cortésmente terminé la llamada, pero durante el resto del día tuve una bola de frustración intranquila dándome vueltas dentro del estómago. En cierto modo, habría sido mucho mejor para mí que Xander hubiera seguido sin comunicarse conmigo.

Aquella conversación con Xander alteró el ritmo que yo esperaba recuperar en mi vida.

Sin embargo, quité el cuadro de Jake Caldwell con la ayuda de Cass, que frunció el ceño ante mi decisión de retirarlo, pero no hizo preguntas.

Lo guardé en el almacén, cubierto con una lona morada de repuesto.

Eso me hizo sentir un poco mejor.

36

Después de una magnífica cena a base de pollo asado con guarnición, seguido de un trozo de tarta de manzana caliente y un montón de cremosas natillas, Hal insistió en que probara un poco de su vino tinto casero.

—Sé que se supone que hay que tomar tinto con la carne roja, pero no creo que la policía de etiqueta venga a arrestarme por esto —dijo.

Me recosté en el sofá y bebí un sorbo de vino. Era rojo rubí, con un sabor fresco y ácido que me recordaba a los cálidos campos soleados. Estaba delicioso.

—Después de todo esto, no podré moverme —bromeé.

Ophelia se rio cuando volvió de la cocina y dejó una bandeja de té.

—No hace falta que te muevas —repuso—. Traeré las notas de Annabel en un santiamén.

Dejé mi copa de vino vacía y miré con aprecio el juego de té de Ophelia. Era de porcelana blanca y estaba decorado con amapolas rojas y mariposas.

Cuando se dio cuenta de que lo admiraba, me sonrojé.

—Lo siento. Nunca puedo desconectar. ¿Es victoriano, por casualidad? —pregunté.

—Así es —respondió Ophelia, impresionada—. ¿Cómo lo has sabido?

—Las tazas y los platitos tienen un particular borde ondulado, indicativo de muchas de las vajillas victorianas. Es precioso.

—Era de mi madre. Lo recibió como regalo de boda de sus padres y me lo pasó a mí.

Una vez que Hal se marchó al invernadero con una copa llena de su brebaje casero, Ophelia desapareció para recuperar la caja con las investigaciones de su difunta hermana sobre Briar Glen.

Regresó unos instantes después, cargada con una gran caja de cartón marrón que contenía lo que parecía ser una serie de libretas de ejercicios y cuadernos estampados.

Me levanté del sofá para ayudarla, le quité la caja y la dejé sobre la alfombra beis.

—No hay una gran cantidad aquí —dijo con un timbre de preocupación—. Por lo tanto, no sé si vamos a tener la suerte de averiguar algo más sobre Jonathan Gray, ni si vamos a encontrar alguna mención de Briar Forsyth.

—No te preocupes —le respondí—. De todas formas, merece la pena echarle un vistazo. Será muy interesante, estoy segura.

Ophelia se sentó a mi lado en su sofá de chenilla color visón y empezamos a examinar el material.

Me di cuenta de que se sobresaltaba al coger el primer cuaderno, que era una joya acolchada.

—Es la primera vez que me acerco a estas cosas desde que Annabel murió. Hasta ahora no me he atrevido. —La letra de Annabel llenaba las páginas rayadas. Era pequeña, pulcra y controlada, en una mezcla de tinta negra y azul—. Al menos, mi hermana usaba encabezamientos. Eso podría ayudarnos un poco más.

Sin duda, los epígrafes que separaban los apartados, como «Iglesias locales», «Historia del reloj del pueblo» o «La rosa azul de Briar Glen», proporcionaban una especie de guía aproximada.

Leí con interés las notas de Annabel sobre la rosa de Briar Glen:

Se dice que la rosa de Briar Glen, de color azul pastel, crecía en abundancia en la zona.

Aunque no existen pruebas reales de ello, la imagen de esta hermosa flor se asoció estrechamente con Briar Glen. También constituyó un atractivo emblema para los canteros locales cuando se construyeron las casas.

Casi todas las casas de campo de la zona llevan un grabado encima de su puerta que representa la misteriosa rosa azul de Briar Glen en plena floración.

Se decía que esta simbolizaba algo imposible de comprender o un sueño que tal vez nunca llegaría a cumplirse.

Se dice que las rosas de ese tono traen esperanza cuando el amor no es correspondido.

Las facciones serias y oscuras de Xander se materializaron en mi cabeza, pero lo aparté y hojeé unas cuantas páginas más. Eso era absurdo. ¿Podría haber elegido a un hombre más difícil del que enamorarme?

—¿Estás bien, Sophie?

Me giré sobresaltada para mirar a Ophelia, a mi lado.

—Ah, sí. Lo siento. Estoy bien.

Ophelia dejó en su regazo el cuaderno que había estado hojeando.

—Estás cansada. Llevas todo el día trabajando. He sido egoísta al sugerir que hiciéramos esto esta noche.

Agité enérgicamente mi coleta.

—Para nada. Venga. Terminemos esa tetera y sigamos un poco más.

El cielo nocturno de julio se había rendido a la oscuridad y las luces de la calle salpicaban la calle sin salida a la que daba la ventana del salón de Ophelia. Tembló un poco y encendió las lámparas de la mesa.

Entre las dos habíamos revisado ya varios cuadernos y los más inocentes cuadernos naranjas, pero no había nada reseñable, aparte de interesantes menciones entusiastas sobre una pareja de ministros de la iglesia local de hacía noventa años, que habían compartido una profunda atracción por una enigmática viuda.

Según las investigaciones de Annabel, también hubo rumores de la aparición de una rosa de brezo azul en 1925 en el jardín de una joven enamorada de su profesor de piano.

Le pasé esta sección a Ophelia para que la leyera. Parpadeó y su boca delineada se crispó de diversión.

—Vaya. No tenía ni idea de que nuestro pueblo fuera un hervidero de pasión y lujuria. —Noté que estiraba los brazos detrás de la cabeza—. Ya vale por hoy —sugirió—. Podemos hacer arreglos para reanudar esto otro día.

Aparté los pies de la pila de cuadernos que se deslizaban unos sobre otros junto a nuestras piernas.

—¿Estás segura?

—Por supuesto. ¿Quieres un café antes de irte?

—No, gracias. Voy a llamar un taxi para ir a casa ahora. Mañana trabajo. Gracias por una cena tan deliciosa.

Ophelia me sonrió.

—De nada. Siento mucho no poder llevarte a casa. Es el vino casero de mi marido.

Estaba a punto de levantarme del sofá para ayudar a Ophelia a llevar el juego de té a la cocina, cuando algo llamó mi atención, algo que había más abajo, en la caja de cartón.

Al principio, parecía un cuaderno más. Cuando me incliné para examinarlo con más detenimiento, vi algo garabateado en la tapa de terciopelo rojo.

«Castillo Marrian y los Gray».

Lo cogí y le di la vuelta al cuaderno. Mi corazón se llenó de esperanza.

—Ophelia. Mira esto —dije.

Sus ojos color avellana se abrieron de par en par. Se sentó a toda prisa en el sofá, a mi lado.

—Dios mío. ¡Bien visto! Echemos un vistazo.

Le pasé el cuaderno y ella lo abrió, de modo que quedó entre nuestros regazos. A diferencia de los otros cuadernos que habíamos mirado, este contenía grandes fotografías en blanco y negro del Castillo Marrian pegadas en sus páginas.

Intercambiamos miradas emocionadas.

Las primeras páginas consistían en viñetas: fechas de construcción del Castillo Marrian, quién cuidaba de sus extensos terrenos, cuántas habitaciones poseía. Resultaba extraño ver mi antiguo lugar de trabajo en ese momento. Seguía siendo impresionante, pero tenía un aspecto más formal que ahora.

Tal vez mis recuerdos de sus bodas modernas, fastuosas y llenas de confeti estaban tiñendo mi visión.

Ophelia estudió las fotos.

—¿Cuánto tiempo trabajaste allí? —me preguntó.

—Tres años. Me fui en abril. Por eso abrí la tienda de vajilla. —Cuando Ophelia levantó las cejas en actitud inquisitiva, sonreí—. Es una historia un poco larga. Recuérdame que te la cuente la próxima vez.

—Oh, no te preocupes. Lo haré.

Solo cuando Ophelia pasó algunas hojas más, nos detuvimos.

Nos quedamos mirando el encabezamiento en mayúsculas de Annabel antes de escudriñar los párrafos garabateados que seguían.

Intercambiamos miradas y seguimos leyendo.

37

Esa sección en particular se titulaba «LISTA DE PERSONAL EMPLEADO EN EL CASTILLO MARRIAN».

Señalé las entradas y tanto Ophelia como yo empezamos a leer el relato de su difunta hermana, con el cuaderno abierto entre las dos, bajo el acogedor parpadeo de las lámparas de su salón.

Por lo que he leído durante mi investigación inicial, la familia Gray parecía tener una política de puertas giratorias a la hora de contratar personal.

Estos son solo algunos de los nombres con los que me he encontrado al trabajar en la residencia de los Gray:

Oliver Barmwell - Mozo de cuadra - julio de 1899 - diciembre de 1899

Angus Cairns - Jardinero jefe - junio de 1899 - septiembre de 1899

Charlotte Evans - Camarera de cocina - junio de 1899 - febrero de 1900

Briar Forsyth - Camarera - julio de 1899 - marzo de 1900

Mi dedo empezó a tocar en esa entrada.
—¡Oh, Dios mío! ¡Ophelia! ¡Mira! —exclamé.
Ella alargó la mano hacia el estuche blanco de las gafas que tenía sobre la mesa.

—Espera un momento. La letra de Annabel está un poco garabateada aquí. Deja que me ponga las gafas de leer. —Se puso un par de atractivas gafas doradas y blancas y siguió mi dedo emocionada—. ¡Dios mío! Briar Forsyth. No debe de haber muchas señoras por aquí con ese nombre.

—Y mira en qué mes ha anotado Annabel que terminó de trabajar Briar Forsyth en el Castillo Marrian: marzo de 1900 —comenté.

Recordé que la fecha en que Briar había escrito aquella carta a Jonathan Gray era el 31 de marzo de 1900.

Ophelia se quitó las gafas de leer y las agitó.

—Eso si ese cretino de Jonathan Gray no tuvo algo que ver en acabar con su empleo. —Exhaló un largo y lento suspiro—. Por Dios, creo que por fin podemos llegar a algo con todo esto —dijo. Luego frunció el ceño ante los garabatos manuscritos de su difunta hermana—. Por lo que Annabel ha documentado aquí, Briar Forsyth solo estuvo empleada con ellos durante unos meses como sirvienta.

Como adelantándome a lo que iba a decir, asentí con la cabeza.

—Y el tono que utilizó Briar Forsyth era muy familiar y apasionado para escribir al hijo de sus patrones.

Ophelia dejó las gafas de lectura sobre la mesa y dio una palmada con decisión con sus manos pecosas y de largos dedos.

—Exacto —convino—. Así que ahora solo necesitamos saber cuál es la relación entre Jonathan Gray y Briar Forsyth y qué función desempeña el juego de té. —Puso cara de alivio—. Menos mal que mi tía abuela tuvo la sensatez de dejar a ese hombre. —Señaló los cuadernos que había en el fondo de la caja de cartón—. Mañana podré continuar... —Su expresivo rostro se desplomó cuando se le ocurrió una idea—. ¡Maldita sea! Iba a decir que podría leer algo más de todo esto, pero se me había olvidado que mi hijo, mi nuera y mis dos nietos pequeños vienen de los Lagos unos días.

Levanté una mano y para que no se apurase dije:

—No te preocupes por eso. ¿Tienes alguna objeción en que me lleve esto a casa? Puedo seguir mirándolo durante las próximas noches.

Ophelia brilló de agradecimiento.

—Oh, Sophie, ¿estás segura? Quiero a Jamie y Logan con locura, pero solo tienen seis y cuatro años y, por experiencias anteriores, tendré suerte si tengo tiempo de ir al baño, y no digamos ya de sentarme unos minutos a mirar algo de esto.

Me reí y desestimé sus disculpas:

—No hace falta que me lo expliques. Cuidaré bien de esto y, siempre que mañana no sea un sábado ajetreado en la tienda y tenga energía, seguiré mirando más de la investigación de Annabel mañana por la noche. —Me di una palmada en los veraniegos pantalones blancos—. Venga. Será mejor que llame a un taxi, o me quedaré dormida en tu sofá.

El sábado pasó de ser una mañana tranquila en La Taza Que Alegra a una tarde agitada. Después de comer, un par de familias de la zona trajeron a sus amigos a ver la tienda, lo que se tradujo en algunas ventas, seguidas de un autobús lleno de turistas italianos.

Deambulaban asombrados, avanzando por las estanterías y revoloteando de una tetera a otra, de un juego de té a otro, deliberando sobre lo que comprarían. Algunos salieron de la tienda para hacer fotos del escaparate.

Después de despedirlos a todos con un efusivo «*Grazie*» y «*Ciao*», Cass y yo nos desplomamos en nuestras sillas detrás del mostrador.

—Creo que necesito echarme en una habitación a oscuras durante la próxima media hora —bromeé, mirando por encima del hombro la brillante vajilla amarilla y azul que adornaba nuestro escaparate.

Cass se dio cuenta.

—¿Ya estás pensando en ideas para el otoño? —preguntó.

Puse cara de disculpa.

—¿Tanto se me nota?

En cuanto los niños volvieran al colegio, en un mes, tras las vacaciones de verano, el número de visitantes de Briar Glen empezaría a disminuir, y en pocas semanas los jardines y parques de los alrededores comenzarían a teñirse de colores rojizos y ámbar.

—Estaba pensando en ordenar algún juego de té rojo, ámbar y naranja —reflexioné—. También podríamos conseguir papel crepé cobrizo y algunas plantillas de hojas.

Cass sonrió con entusiasmo.

—Sería estupendo. Ya me lo estoy imaginando. Si quieres, puedo empezar a buscar en el almacén y señalar las piezas que me parezcan adecuadas.

—Eso sería de gran ayuda. Gracias, Cass. —Me levanté de mi asiento para ir a prepararnos una merecida taza de té—. Ah, y, ya que se acerca Halloween, he pensado que podríamos incluir en el escaparate unas cuantas calabazas y escobas de bruja, y mezclarlo todo un poco.

Cass estuvo de acuerdo en que era una gran idea.

—¡Bien! —exclamé, alejándome de ella con mis zapatos de tacón abiertos y enjoyados—. Voy a preparar una tetera para nosotras, antes de que nos desmayemos por deshidratación.

Pero el timbre de la tienda tenía otros planes. Ya estaba tintineando y traía consigo a una pareja de estadounidenses mayores con los ojos muy abiertos, que charlaban animadamente sobre nuestro escaparate.

Cass saltó de detrás del mostrador, envuelta en su sonrisa más acogedora.

—No hay descanso para los malvados —siseó con un lado de la boca—. Será mejor que me pongas dos de azúcar.

La americana, con sus pantalones beis de lino, zapatillas doradas y chaqueta con cinturón, admiró la tetera con estampado de tartán.

—¡Oh, Larry! No me decido entre esta y la de allí. No, la de los cardos no.

Oculté una sonrisa.

—Creo que yo también me voy a poner dos —le dije a Cass.

Algo me decía que íbamos a necesitar una infusión azucarada.

Llegué a casa aquel sábado por la noche con los pies cansados. Me apetecía una cena sencilla antes de desmayarme en el sofá frente a un televisor sin sentido, pero la caja de cuadernos de Annabel me lanzaba miradas significativas desde el pasillo. La dejé al borde del sofá y cogí un par de cuadernos más, incluido el que Ophelia y yo habíamos dejado a medias el viernes por la noche.

Me acurruqué contra mis cojines dispersos y me volví en primer lugar hacia el cuaderno que habíamos estado leyendo la otra noche, el que contenía detalles de los antiguos empleados del Castillo Marrian.

Resultó que la lista era interminable. La mayoría de los trabajadores eran como Briar Forsyth: su empleo con la familia Gray duró solo unos meses. Teniendo en cuenta que la familia Gray ocupó el Castillo Marrian durante menos de un año, algo me decía que estar a su servicio no debía de ser una experiencia agradable ni gratificante. A pesar de que en el fragmento del diario de Victor Prentice se afirmaba que los Gray eran amables y considerados con su personal, nada apuntaba a ello, a juzgar por la rapidez con que cambiaban de empleados.

Tras unas cuantas hojas más, la vertiginosa lista de empleados empezó a volverse borrosa.

Charles Hesketh - Mayordomo - Junio de 1899 - febrero de 1900

Annie Mason - Jefa de cocina - Julio de 1899 - enero de 1900

Murmuré para mis adentros:

—¡Caramba! Si esto hubiera sido una organización moderna con una puerta giratoria de personal, se habrían hecho preguntas.

Sentía cómo parpadeaba ante las páginas rayadas y las líneas de letra negra. La combinación de una sensación tan acogedora, con la lluvia de verano golpeando contra la ventana de mi salón y la música soñadora y lánguida al encender el reproductor de CD, empezó a incitarme a cerrar los ojos por unos instantes.

El sueño tiraba de mí y empecé a sucumbir contra los cojines, con el cuaderno abierto sobre el regazo.

Solo cuando cayó al suelo, el ruido de las páginas me sobresaltó. Me incorporé de golpe y me atusé la coleta.

Tal vez debería parar por hoy, pensé, agachándome para coger el cuaderno. Se había caído abierta sobre la alfombra, con el lomo hacia arriba como una minitienda de campaña.

Estaba a punto de cerrarlo y devolverlo a la parte superior de la pila de la caja cuando mi atención se fijó en las páginas en las que se había abierto. Miré la escritura de Annabel.

Fuera estaba oscuro y brumoso, así que cogí la lámpara de mesa de latón y la encendí.

La luz se derramó sobre el cuaderno abierto y las notas de Annabel cobraron aún más vida. Me quedé mirando sorprendida lo que estaba leyendo, antes de que un ruido áspero y emocionado se escapara de la base de mi garganta. Me enderecé y me restregué los ojos con el dorso de la mano antes de volver a leer las notas.

Me quedé mirando a lo lejos un momento, concentrándome en algún lugar entre mis cortinas de seda y mi jarrón estriado de rosas amarillas.

Mis emociones pasaron de la excitación a la indignación mientras procesaba lo que acababa de leer, antes de volver a leerlo una vez más, solo para asegurarme de que lo había entendido bien.

38

Era una copia de un artículo de periódico, fechado el 5 de febrero de 1900, del *Briar Glen Informer*.

No tenía un tono formal. Era más chismoso y pretencioso y, según parecía, se había publicado en la columna de actualidad social del periódico local.

Annabel lo había fotocopiado y pegado en la página de la derecha. Decía:

> *Se informa de que un miembro del personal de la espectacular mansión señorial que es el Castillo Marrian ha abandonado precipitadamente su empleo, tras el presunto robo de un valioso juego de té fabricado en exclusiva perteneciente a la señora Leonora Gray.*
>
> *Aunque se entiende que la familia Gray ha solicitado a la policía local que detenga sus investigaciones sobre la desafortunada situación, que tuvo lugar el 31 de enero, una empleada fue despedida poco después de que el robo se hiciera evidente.*
>
> *El confidente entiende que el miembro del personal despedido es una tal señora Briar Forsyth, de veinte años, que reside en Briar Glen.*

Dejé de leer, con la emoción a flor de piel en un carrusel de sorpresa e indignación por Briar. Así que, al final, a Briar la acusaron de robar el juego de té y la despidieron del Castillo Marrian. Pero ¿qué pasaba con eso de que se es inocente hasta que se demuestre lo contrario?

Cogí el teléfono y llamé a Ophelia. Recordaba que tenía a

sus dos nietos pequeños de visita, pero sabía que querría estar al corriente de este último descubrimiento.

Una vez que Ophelia consiguió sobornar a los niños con una galleta digestiva de chocolate para cada uno y la promesa de que Nana les leería un cuento más antes de dormir, consiguió unos minutos de paz para que yo le pudiera leer el artículo que Annabel había adjuntado en el interior de ese cuaderno.

—No tiene ningún sentido —comenté, una vez le hube explicado mi último descubrimiento. Miré el artículo que estaba bocarriba en el cuaderno—. ¿Por qué los Gray no querían que la policía siguiera investigando el robo, si creían que un miembro de su personal les había robado? —Ophelia emitió murmullos de acuerdo—. Y esa carta escondida dentro del estuche del juego de té: si fueras culpable de robar a la familia del hombre que amabas, seguramente lo último que harías sería escribirle una carta apasionada.

Imaginé lo que yo habría hecho si hubiera estado en la situación de Briar y hubiera sido culpable de lo que se me acusaba. La mayoría de la gente habría puesto toda la distancia posible con sus antiguos jefes, se habría ido a algún lugar lejano y habría vendido el juego de té, para guardarse las ganancias y desaparecer sin dejar rastro. Estaba segura de que no querría mantener ningún tipo de comunicación con él ni con su familia. Por no mencionar que, si Briar envió la carta a Jonathan Gray, no habría podido conservarla junto con el juego de té.

Ophelia chasqueó la lengua mientras pensaba en lo que yo decía.

—Así es. Si fueras culpable de algo así, especialmente en aquellos tiempos, también habrías desaparecido con tu botín.

Me mordí el labio.

—Algo no me cuadra en todo esto —observé.

—Estoy de acuerdo. Y, por lo poco que sé del exmarido de Isadora, creo que Jonathan Gray sería capaz de casi cualquier cosa. Si fue capaz de engendrar y luego abandonar a varios de sus propios hijos, estoy segura de que hacer que culparan a una empleada de robar no sería nada a sus ojos.

Me paseaba de un lado a otro del salón, mirando cómo la lluvia se deslizaba por la ventana.

—Tenemos que averiguar qué le pasó a Briar Forsyth —dije.

Si pudiéramos localizar un hilo que nos llevara de vuelta a Briar, entonces tal vez tendríamos más posibilidades de averiguar lo que pasó entre ella y Jonathan Gray.

Antes de que termináramos la llamada, Ophelia me contó que su hijo y su nuera tenían previsto llevar a los dos niños pequeños el lunes a pasar el día al zoo de Edimburgo.

—Así podré pasarme por la biblioteca el lunes a primera hora e investigar un poco sobre Briar Forsyth —propuso.

—¿Seguro? ¿No prefieres poner los pies en alto y descansar un poco?

Casi podía oír a Ophelia agitando aquella corona de pelo plateado.

—¡Tenemos que llegar al fondo de esto! —me aseguró—. Y, de todos modos, será gratificante continuar la investigación que Annabel nunca tuvo la oportunidad de terminar.

Aquella noche me fui a la cama vibrando de expectación.

El lunes por la mañana fui a La Taza Que Alegra con normalidad. No me quitaba de la cabeza la promesa de Ophelia de que se pasaría por allí en caso de que hubiese novedades y encontrase cualquier información.

La llovizna de julio trajo consigo un comienzo lento, así que decidí colocar mi portátil en el mostrador y actualizar las cuentas de las redes sociales de la tienda, mientras Cass estaba en el ordenador del despacho haciendo otro pedido de existencias.

Primero me dirigí al sitio web de La Taza Que Alegra para lanzar el concurso «¿Con quién te gustaría tomar el té de la tarde y por qué?». La mejor propuesta ganaría un cheque regalo de 25 libras para gastar en la tienda.

Después de escribir la reseña, incluí algunas fotos de caras famosas como las de Marilyn Monroe, Barack Obama y William Shakespeare, que podrían dar ideas a los participantes.

También publiqué una actualización y fotos que Cass había hecho de una selección de nuestras últimas vajillas, con el tentador título «¡Acaban de llegar! ¿Cómo puedes resistirte?», en las cuentas de Twitter, Facebook e Instagram.

Había escogido una mezcla ecléctica perfecta de juegos modernos y estudiantiles, con girasoles, triángulos multicolores y rayas arcoíris. También había incluido algo para los gustos más conservadores, desde teteras salpicadas de discretas margaritas hasta sencillos juegos de té en colores azul pato claro y vainilla.

El lunes por la mañana hubo unas cuantas ventas y una reunión breve pero productiva con un representante de ventas de una nueva empresa de vajillas, que estaba interesada en vender en la tienda sus cerámicas, con magníficas pinturas de la fauna escocesa, como el ganado de las Highlands y las aves rapaces. Estaba muy entusiasmada y segura de que atraerían a los turistas de Briar Glen.

El representante de ventas acababa de salir de la tienda y nos acercábamos a la hora de comer cuando una Ophelia de ojos brillantes irrumpió por la puerta, y provocó el frenesí de la campana de plata. Le costaba contenerse.

—¡Buenos días, Sophie! —exclamó, subiéndose aún más al hombro su bandolera blanca acolchada—. Vengo de la biblioteca.

Le hice señas para que se acercara. Una sonrisa lenta y esperanzada se me dibujó en el rostro.

—¿De qué se trata? ¿Qué has descubierto? —le pregunté.

Dejó su bolso encima del mostrador, junto a mi portátil abierto, y rebuscó en el interior en busca de su móvil.

—Bueno —empezó, buscando algo en su teléfono—, fui a

la biblioteca de Briar Glen a primera hora. No sabía qué esperaba encontrar, pero, en fin... —Su voz se desvaneció y me empujó la pantalla del teléfono. Me acerqué un paso—. Es un certificado de matrimonio —balbuceó— de Briar Forsyth.

Me incliné hacia delante, ansiosa por ver lo que aparecía en la pantalla, pero al hacerlo un pensamiento cruzó por mi cabeza. Mi expectación se transformó en una sensación de terror.

—¡Oh, Dios, no me digas que se casó con Jonathan Gray!

Ophelia puso los ojos en blanco, como si nunca se le hubiera ocurrido esa idea.

—Démosle algo de crédito a la chica. No, me alivia decir que no lo hizo.

Volví a examinar la pantalla extendida del teléfono de Ophelia, pero me costaba distinguir los detalles.

—Menos mal. Entonces, ¿con quién se casó? —Entonces me eché a reír—. Ophelia. No creo que sea eso lo que estabas buscando. Pero puede que sí. —Señalé con la cabeza su teléfono.

Había una foto de Hal en la pantalla; llevaba el torso desnudo, y estaba recostado en una tumbona y levantaba una pinta de cerveza fría junto a unas palmeras.

—¡Maldito teléfono! —murmuró Ophelia, clavándole una uña pintada con tinta de concha—. Eso fue en nuestras últimas vacaciones en Mallorca. —La impaciencia se apoderó de ella—. Da igual. Será más rápido si te lo cuento. —Me miró expectante—. ¿Qué dirías si te dijera que Briar se casó con Ernest Telfer?

Se me desencajó la mandíbula.

—¿Ernest Telfer? ¿Ernest Telfer, el que hizo el juego de té del pavo real? ¿El juego de té del que Briar fue acusada de robar?

Ophelia asintió con la cabeza, luchando por contenerse.

—El mismo —confirmó.

39

Pasé varios segundos abriendo y cerrando la boca.

¿Así que Briar se casó con el artista que creó el juego de té del pavo real para la madre de Jonathan Gray, Leonora? ¿El mismo juego de té que, al parecer, había sido robado a la familia por la propia Briar?

—¡Bueno! —exclamé—. Definitivamente, eso no lo veía venir.

Ophelia vibraba de expectación bajo su chaqueta náutica azul y amarilla como el sol. Las gotas de lluvia resbalaban por las mangas, pero ella no se daba cuenta.

—Y hay algo más —dijo en un susurro emocionado, a pesar de que no había nadie más en los alrededores—. Briar dio a luz a un niño, George, en noviembre de 1900, pero ella y Ernest no se casaron hasta junio.

Me froté la frente, uniendo mentalmente estos últimos acontecimientos como piezas de un rompecabezas. Las matemáticas nunca habían sido mi punto fuerte, pero incluso yo era capaz de calcular que aquello no cuadraba.

—¡Vaya! Entonces, ¿lo más probable es que George no fuera de Ernest?

—Eso es lo que estaba pensando —convino Ophelia—. Si estamos en lo cierto, Briar ya estaría embarazada cuando conoció a Ernest, y él se casó con ella cuando estaba de cuatro meses.

Eché un vistazo a los estantes cargados de la tienda, mi mente zumbando.

—Así que ¿este niño podría ser hijo de Jonathan Gray? —dije.

Ophelia frunció el ceño.

—Me lo estaba preguntando. —Pasó del certificado de matrimonio, que ahora había conseguido recuperar en su teléfono, al certificado de nacimiento de George, y dejó el móvil sobre el mostrador—. ¿Otro posible hijo de Jonathan Gray que añadir a la larga lista, tal vez? De hecho, no me sorprendería en absoluto. No figura como padre en la partida de nacimiento de George, pero era de esperar. Ernest Telfer sí.

Todos los cabos sueltos empezaban a entrelazarse.

¿Y si Jonathan Gray, heredero del Castillo Marrian, dejó embarazada a Briar, la criada de la familia, y luego la abandonó? ¿Y el juego de té? ¿Había amenazado Briar con contar su embarazo a la familia de Jonathan? ¿Quizá había dicho que, a menos que él la reconociera públicamente a ella y al bebé, o incluso que se casara con ella, se aseguraría de que no solo lo supieran sus padres, sino todo el pueblo?

Tal vez por eso Jonathan Gray acusó a Briar de robar el juego de té de su madre. ¿Había fingido que Briar lo había robado de la casa familiar, para ensuciar el nombre de Briar y así poner en duda sus afirmaciones acerca de que estaba embarazada de él?

Luego estaban aquellas escenas con un Jonathan Gray enfurecido y una joven angustiada en la nieve en Briar Glen en Nochebuena, escenas de las que el bisabuelo de Saffy había hecho un relato. ¿Era la joven que Victor Prentice vio la desesperada y alterada Briar Forsyth? ¿Quizá Briar quería que Jonathan Gray reconociera públicamente su relación y luego, cuando descubrió que ella esperaba un hijo suyo, se empeñó en desterrarla de su vida? ¿Planeó él el robo para que la culparan a ella?

Transmití todos mis pensamientos a Ophelia.

—Todo eso me parece perfectamente plausible —respondió ella.

La compasión por la situación de Briar y su hijo George crecía cada vez más en mi interior. Giré más el portátil para que Ophelia tuviera una visión clara de la pantalla.

—Dijiste que George nació en noviembre de 1900, ¿verdad? —le comenté.

Ophelia cogió su teléfono y comprobó el certificado de nacimiento del niño.

—Sí, nació el 8 de noviembre. ¿Por qué?

Mis dedos teclearon en el portátil y abrieron la página web del Castillo Marrian. Resultaba extraño encontrarme con mi antiguo lugar de trabajo, sobre todo ahora que los fantasmas que una vez lo habitaron parecían rondar mis pensamientos.

Pasé por alto las coloridas y brillantes fotografías de su página web, con sus torrecillas de nata montada como suntuosos merengues y las lámparas de araña goteando de sus ornamentados techos.

Localicé la sección que detallaba la historia del Castillo Marrian y señalé el segundo párrafo. Ophelia leyó las pocas líneas que le señalé:

> *El Castillo Marrian fue el preciado hogar de la familia Masters durante muchos años, hasta que* **lady Eliza Masters** *perdió a su amado esposo* **lord Alfred Masters** *en un trágico accidente de equitación en la primavera de 1899.*
>
> *Incapaz de afrontar la perspectiva de vivir en Castillo Marrian sin su querido Alf,* **lady Masters** *insistió en que la propiedad se pusiera a la venta.*
>
> *De junio de 1899 a abril de 1900, se rumoreó que otra familia ocupó brevemente esta espléndida finca, pero tal era su impopularidad, no solo entre los lugareños, sino también entre su personal, que no llegaron a establecerse en Briar Glen.*
>
> *El Castillo Marrian fue puesto en venta una vez más, pero finalmente fue adquirido por la respetada familia Dayell en enero de 1901.*

Ophelia se enderezó.

—Debe de referirse a los Gray. ¿Quién más podría ser? —Casi podía ver cómo la mente de Ophelia se aceleraba—. Así que los padres de Jonathan Gray ocuparon el Castillo Marrian hasta abril de 1900 y luego los tres se largaron.

Alcé una ceja.

—Mucha coincidencia, ¿no crees? ¿Venden la propiedad y se van justo cuando el embarazo de Briar Forsyth empezaría a notarse?

Digirió lo que yo le decía.

—Pero ¿se iban a ir así, por una criada a la que despidieron? —repuso—. La familia Gray me parece una gente bastante descarada. Me pregunto si ocurrió algo más que cimentó su decisión de abandonar la zona.

Ophelia salió de la tienda y prometió ir a casa, almorzar y ver si podía desenterrar algo más.

Le agradecí toda su ayuda y ella no le dio importancia.

—Me siento como si continuara el trabajo de Annabel. También lo estoy disfrutando mucho —dijo.

Le hice un gesto con la mano para que se fuera y empecé a apagar el portátil. Detrás de mí, el timbre de la tienda dejó escapar su tintineo chispeante. Me pregunté si sería Ophelia, que se hubiera olvidado algo, pero, cuando me volví, me encontré con una Saffy Clements de rostro pétreo. Sus felinos ojos verdes me miraban.

Antes de que pudiera recomponerme y saludarla, cruzó los brazos sobre su chaqueta de cuero negro.

—Creo que deberíamos charlar —empezó a decir.

40

Saffy recorrió las estanterías con la mirada, desde el techo blanco hasta las paredes lilas.

Sus dedos recorrieron el surtido de Royal Worcester y Spode, con su reconocible diseño de sauces azules y blancos. Los focos de La Taza Que Alegra daban a la tienda un aire más acogedor, mientras la lluvia seguía salpicando los escaparates. También resaltaban destellos de burdeos en la melena oscura y rizada de Saffy.

Giró sobre sus tacones de cuña, que había combinado con unos pantalones vaqueros recortados, una gabardina escarlata con cinturón y una camisa a rayas de color caramelo.

—Mira, voy a ir directa al grano, Sophie. ¿Qué demonios estás haciendo con Jake Caldwell?

No estaba segura de lo que esperaba que Saffy dijera. Estaba demasiado sorprendida por su repentina e inesperada llegada a la tienda como para haber pensado con tanta antelación.

Me recompuse.

—¿Por qué? Quiero decir, ¿por qué lo preguntas? No quiero parecer grosera, pero no creo que con quién salga sea asunto tuyo —repliqué.

Las imágenes del comportamiento de Jake y de mí saliendo del restaurante brillaron ante mis ojos. No tenía intención de tener nada más que ver con él, pero no entendía por qué tenía que darle explicaciones a Saffy.

Echó hacia atrás su halo de rizos.

—Bueno, es asunto mío cuando se trata de Xander. —Me miró—. Entonces, ¿vas a salir con Jake?

—No. Bueno, iba a hacerlo. Quiero decir, pensé que íbamos a salir a cenar. —Santo cielo. Estaba empezando a confundirme, así que Dios sabía lo que Saffy estaba pensando de mi explicación incoherente—. Mira, puedo entender por qué Xander querría pelearse con Jake después de lo que pasó con su novia, pero no estoy interesada en quedar atrapada en sus juegos. —Dejé que mis manos subieran y bajaran en un gesto de impotencia—. Sé que siempre hay dos versiones de una misma historia, Saffy, y me doy cuenta de que Xander debe de estar muy dolido por lo de Nadia, pero no creo que intentar arruinar la carrera de una persona sea forma de proceder.

Saffy se quedó mirándome un par de segundos y luego soltó una carcajada seca.

—¿De qué estás hablando? ¿Qué te ha dicho Jake exactamente?

Sin que nadie se lo pidiera, se sentó en uno de los dos taburetes que había detrás del mostrador y dejó caer su bolso al suelo. Parecía una malhumorada modelo francesa allí sentada, observándome.

Me quedé de pie. Su expresión cargada me estaba inquietando.

—Jake me dijo que Xander nunca ha superado que Nadia lo dejara por Jake y que desde entonces está obsesionado con él.

Saffy echó la cabeza hacia atrás y se echó a reír, mostrando sus pequeños dientes blancos.

—Madre mía. Habría pensado que a estas alturas a Caldwell se le habría ocurrido algo más original.

Mis mejillas se encendieron y la inquietud me mordisqueó.

—¿Qué quieres decir? ¿De qué estás hablando? —repuse.

Saffy me hizo un gesto para que me sentara, así que ocupé el taburete que había frente a ella.

Juntó los dedos anillados en su regazo.

—Hace dos años —empezó a explicar—, Xander estaba con Nadia Gates, una periodista de moda. —Al decirlo, sus bonitas facciones pecosas se nublaron—. Estaba loco por ella. Por aquel entonces, también se encontraba inmerso en la investigación de una serie de fraudes pictóricos para el periódico en el que escribe su columna de crítica de arte. —Me clavó sus ojos intensos, y sus pestañas proyectaron pequeñas sombras en la parte superior de sus mejillas—. Resultó que Jake Caldwell estaba copiando el trabajo de otro artista, un artista desaparecido hace mucho tiempo, y estaba haciendo pasar estos supuestos «originales» como suyos propios y cobraba a los inocentes clientes cantidades exorbitantes.

Me puse rígida mientras procesaba lo que Saffy estaba diciendo. Sentí que se me secaba la garganta de vergüenza.

—¿En serio? ¿Jake copió obras de otra persona?

Saffy enarcó una ceja.

—Solo que él no iba con su nombre real en ese momento —contestó—. Firmaba como James Deighton.

—¿Qué ocurrió? ¿Jake rindió cuentas por ello?

La sonrisa irónica de Saffy me dio la respuesta.

—No nuestro Jake. Demasiado escurridizo para eso. Se aseguraba de que sus copias fueran legales. Incorporaba retoques aquí y allá para no meterse en líos. El otro problema era que el artista al que estafaba había sido un pobre luchador de los años treinta del siglo XX del que nadie había oído hablar. —Los rojos labios de Saffy se curvaron en las comisuras—. Apuesto a que, si hubiera estado estafando a un artista de alto nivel, habría sido una historia diferente.

—Entonces, ¿qué pasó?

Saffy jugueteó con uno de sus adornados anillos mientras hablaba.

—Bueno, pronto corrió el rumor en el mundo del arte de lo que Jake, alias James Deighton, había estado haciendo. El mundo del arte puede ser bastante incestuoso; todo el mundo se conoce. —Hizo una pausa antes de continuar—: Y, aunque no se pudo demostrar nada, la marca Deighton quedó manchada. Nadie quería tener nada que ver con él. También afectó a sus ventas.

Me vino a la mente la imagen de Jake sentado frente a mí

en mi apartamento, todo encanto zalamero, contándome veneno sobre Xander. Se me revolvió el estómago al recordarlo.

—De todos modos —continuó Saffy—, pronto llegó a oídos de Jake la implicación de Xander en la investigación de lo que había estado tramando. El hecho de que Xander fuera también un respetado crítico de arte hizo que Jake se enfureciera y perdiera todo sentido de la perspectiva.

Empezaba a darme cuenta de adónde llevaba esto. Mis mejillas ardían de vergüenza. Me había creído toda la mierda de Jake. Había pensado mal de Xander y todo el tiempo... Había sido muy crédula.

Dejé escapar un largo suspiro.

—¿Y después? —pregunté.

—Entonces Jake decidió vengarse de Xander. Descubrió qué era lo que le importaba más que nada.

Experimenté un inquietante escalofrío al anticipar la respuesta:

—¿Te refieres a Nadia?

Saffy paseó la mirada por la tienda antes de mirar a su izquierda, al escaparate mojado por la lluvia.

—Sí. —Su boca se torció en una línea firme—. Había oído historias de que era materialista y de que le gustaban los chicos malos, pero Xander la adoraba, así que no me sorprendió que Jake la atrajera con bolsos de diseño y lujosos fines de semana fuera. —Saffy negó brevemente con la cabeza, como si aún no acabara de creerse lo que Nadia le había hecho a Xander—. Creo que le gustaba colgarse del brazo del chico más malo del arte, si sabes a lo que me refiero.

Mi corazón cayó al suelo por Xander. ¿Cómo demonios pudo hacerle ella eso? Me froté la cara. Peor que eso, me había creído toda la mierda que Jake me había contado. Había sido el pobre Xander el que había estado sufriendo todo ese tiempo. Él fue el que hizo lo correcto. Él fue quien impidió que Jake estafara a compradores de arte desprevenidos y, en un acto de retorcida venganza, Jake le quitó la novia a Xander.

Apreté la mandíbula. Me sentía tan crédula. Tan estúpida. Me arrastré las manos por la cara.

—¡Qué cabrón! ¿Estuvieron saliendo? ¿Nadia y Jake, quiero decir?

Saffy curvó la boca.

—No. Solo duró unos meses y, cuando se le pasó la novedad de darle cuerda a Xander, Jake la dejó. —Soltó un bufido—. ¿Sabes que esa mujer tuvo la desfachatez de intentar reconciliarse con Xander? Ni que decir tiene que él le dijo que se olvidara de él. Xander es un hombre muy orgulloso.

La suavidad de su boca cuando hablaba de Xander, el brillo de sus ojos al pronunciar su nombre, la forma inflexible en que me había mirado la primera vez que nos vimos en su estudio... Examiné su rostro de color canela. Ahora lo tenía más claro que antes. Saffy estaba enamorada de Xander. Una miríada de emociones se apoderó de mí. Abrí la boca para decir algo, pero no salió nada. Si Saffy se dio cuenta, no hizo ningún comentario. Se limitó a seguir con su explicación, disimulando cualquier dolor que pudiera albergar, para que yo pudiera entenderlo.

—Xander estaba tan destrozado por lo de Nadia que me pregunté varias veces si volvería a abrirle su corazón a alguien.

—Pero no es (no era) lo que tú o Xander pensáis —dije—. Jake me mintió desde el principio. Me dijo que la novia de Xander se había enamorado de él y que, cuando Xander se enteró, fue cuando empezó una venganza contra él y su obra de arte. Era tan plausible... —Ahora le tocaba a mi voz desvanecerse—. Ni siquiera sé por qué salí a cenar con Jake. Me sentí halagada, supongo, pero eso fue todo.

Recordé a Jake robándome aquel beso y su sonrisa de triunfo ante Xander. Se me revolvió el estómago de vergüenza y rabia. Era importante para mí recalcarle a Saffy lo que realmente había pasado. Ella había decidido venir a la tienda a hablar conmigo, y yo sentía que le debía una explicación;

había venido a defender a Xander, a asegurarse de que yo supiera la verdad. Era importante para ella. Lo comprendía.

—Lo que viste y lo que vio Xander... No le devolví el beso. Se acercó a la mesa para besarme cuando os vio a ti y a Xander entrar en el restaurante. Todo fue obra suya.

Sentí un movimiento a mi izquierda. Una pareja de ancianos se había detenido frente al escaparate, cobijándose bajo su gigantesco paraguas. Volví a mi explicación de lo sucedido:

—Me levanté y abandoné a Jake momentos después de que tú y Xander os fuerais, pero no sin antes insultarle y gritarle. —Una sonrisa de satisfacción jugueteó con la boca de Saffy—. Por eso Jake estaba tan preocupado en la mesa. Estaba demasiado pendiente de comprobar el aparcamiento cada cinco minutos para ver si tú y Xander habíais llegado. —Dejé escapar un suspiro de exasperación—. También llegó tarde a recogerme. Me mintió sobre una llamada urgente, pero debía de estar tratando de engatusar a alguien para que le ayudara a averiguar los movimientos de Xander esa noche.

—Sin duda, a la asistente personal de Xander —proporcionó Saffy con una mirada cómplice—. Lorna es una chica adorable, pero no es capaz de guardar un secreto, y mucho menos maneja el diario de Xander con discreción. —Saffy absorbió mi expresión—. Te creo —dijo tras una pausa—. Te creo.

La imagen de Jake, rubio y engreído, sentado frente a mí, soltando mentiras, volvió a tambalearse ante mis ojos.

—Pero su carrera artística —pregunté—. ¿Cómo se las ha arreglado para relanzarla?

—No la ha relanzado —me confió Saffy—. Sé que en su página web parece que es para él como coser y cantar, pero es todo fachada y nada de sustancia. En cuanto se dio cuenta de que Xander iba tras él, Jake abandonó su personaje de James Deighton y huyó a los Estados Unidos, donde vivió varios meses. Se escondió allí hasta que la prensa se olvidó de él. He oído que ahora da alguna que otra conferencia.

Asentí con la cabeza.

—El hijo de uno de los profesionales que conozco es estudiante de arte. Él fue quien me lo recomendó —le aclaré.

Saffy puso los ojos en blanco.

—Salió bien parado, a fin de cuentas. Como no se pudo demostrar definitivamente su plagio, ahora que ha vuelto de los Estados Unidos se las apaña para mantener su cabeza de tramposo a flote. —Me miró—. ¿No me digas que no has notado que tiene un sutil pero evidente acento americano?

Se agachó para coger el asa de su bolso, que había dejado junto a los pies, luego se levantó sobre sus sandalias de cuña y se dirigió hacia la puerta de la tienda, justo cuando la pareja de ancianos que llevaba aquel gran paraguas estaba a punto de entrar.

Acompañé a Saffy hasta la puerta. Mi cabeza trataba de reconciliarse con todo lo que ella acababa de contarme.

—Gracias por venir a verme y por explicármelo todo —dije—. No tenías por qué hacerlo.

Saffy metió las manos en los bolsillos de su moderna chaqueta escarlata.

—Sí, tenía que hacerlo. ¿Cómo no iba a hacerlo? Xander es una persona muy especial para mí. ¿Qué clase de amiga sería si no cuidara de él? —Vi cómo los rizos en espiral de Saffy salían por la puerta. Se detuvo y giró en redondo—. Creo que deberías hablar con él. —Saludó a la pareja cuando esta pasó por delante de ella, agitando el paraguas mojado y quejándose de la lluvia. Saffy se ajustó el asa del bolso—. En fin, solo quería contarte la verdad. No te creas ni una palabra de lo que te haya dicho la serpiente de Caldwell. —Me miró fijamente—. Xander es un millón de veces mejor que él. Xander no tiene la culpa de lo que pasó.

Luego se fue.

41

Tenía la cabeza hecha un lío tras la marcha de Saffy, pero conseguí mantener una conducta profesional el tiempo necesario para vender a la entrañable pareja de ancianos una tetera nueva que sustituyera la que se les había roto.

—Hace años que tenemos nuestra Sheridan Staffordshire —susurró la mujer, con sus brillantes ojos que parecían botones plateados—, pero empezaba a gotear por todas partes.

—Así que es hora de comprar una nueva —añadió su marido.

Tan pronto como les di las gracias, Cass reapareció. Entonces, había terminado de hacer nuestro último pedido de existencias; mi despacho volvía a estar vacío.

Me excusé unos minutos con el móvil y me encerré en el despacho. Me volvieron a venir a la mente instantáneas de la mirada de sorpresa de Xander, cabizbajo, cuando me vio con Jake.

El impulso de hablar con Xander, de explicarle las cosas, me consumía por dentro. Las palabras de Saffy me resonaban en la cabeza cuando busqué el número de Xander. Debió de costarle mucho venir a la tienda a hablar conmigo. La forma en que habló de Xander y la suavidad de su voz no hicieron otra cosa que confirmarme la profundidad de sus sentimientos por él. Ya incluso la primera vez que la vi en su estudio me di cuenta de que pensaba mucho más en él de lo que se atrevía a admitir.

Deliberé un momento sobre qué hacer. No quería poner a Saffy en un aprieto, pero tampoco soportaba la idea de que Xander pensara que yo estaba con Jake. Quería que supiera la verdad.

Localicé su número y marqué. El teléfono emitió una serie de timbres urgentes y enérgicos que parecieron durar siglos.

No tenía ni idea de lo que iba a decirle. Lo único que sabía era que tenía que hacerle saber que yo no era como Nadia; que había albergado sentimientos crecientes hacia él, pero que, después del dolor de lo ocurrido con Callum, yo también tenía reticencia a abrirme y a volver a confiar en otra persona.

Quería decirle lo despreciable que me parecía Jake Caldwell y lo estúpida e ingenua que me sentía después de que me manipulase. En primer lugar, nunca debí escuchar las mentiras de Jake, y, en segundo lugar, no debí creerlo.

El teléfono de Xander sonó un par de veces más y luego se oyó el clic cuando él contestó la llamada.

—Xander —dije a toda prisa, con la respiración entrecortada en la base de la garganta.

El corazón me daba saltos en el pecho.

—¿Hola? —respondió una voz.

Se me congeló la columna vertebral. Era una voz femenina.

—Mmm... —Me levanté disparada de la silla de mi despacho—. Hola. Perdone. Estaba buscando a Xander.

Sus palabras tenían un tono interrogativo.

—Soy Nadia Gates, la novia de Xander. Ahora mismo está en una llamada de Zoom, pero no tardará. ¿Puedo dejarle un mensaje?

Se me agarrotaron las piernas bajo los pantalones de raya diplomática. ¡¿Nadia?! Mi mente se centró en la descripción que hizo de sí misma como su «novia». ¿Significaba eso que Xander la había perdonado? ¿Había decidido retomar su relación con ella?

La boca se me volvió de ceniza. Si Nadia hubiera aparecido de nuevo, suplicando perdón y convenciendo a Xander de que podían empezar de nuevo... Mis pensamientos se agolpaban unos sobre otros.

Busqué en los cuadros de teteras de la pared de mi despacho. Luchaba por hablar.

—No es nada —respondí con gran esfuerzo, conteniendo el dolor—. Perdone. Siento haberla molestado.
Luego colgué.

42

Conseguí forzar la conversación y las sonrisas a la gente en la tienda durante el resto de la mañana del lunes.

Cass sabía que había algo con lo que estaba luchando. De vez en cuando la sorprendía mirándome con preocupación. Me preguntó un par de veces si me encontraba bien, y yo fingí que si estaba más callada de lo normal era solo por una noche de sueño intranquilo.

No quería hablar de ello. Me sentía tonta y frustrada conmigo misma.

Mientras envolvía en una hoja de papel de seda morado la compra de una sencilla pero bonita taza de té y un platito de porcelana blanca que tenía un cardo dibujado, tomé una resolución. Tendría que aceptar la desastrosa situación tal y como era y seguir adelante.

A pesar de las protestas de Saffy, Xander debió de decidir que, después de todo, podía perdonar a Nadia y que la quería de vuelta en su vida. Tal vez yo le gusté en su momento, pero eso era todo. Tal vez yo había sido una especie de distracción temporal, y él había estado esperando y deseando que Nadia se diera cuenta de lo tonta que había sido.

—¿Sophie? ¿Sophie?

Dejé de doblar el papel de seda una y otra vez y me volví para mirar a Cass. Me observaba con el ceño fruncido. Le echó un vistazo a la clienta, una joven treintañera bien vestida que llevaba de la mano a su hija pequeña. Cass esbozó una sonrisa agradable.

—Sophie, creo que ya has envuelto eso lo suficiente. Como le pongas más capas, ni Houdini podría escapar de ahí.

Me miré las manos y las hojas de papel de seda arrugadas.

—Lo siento. Estaba a kilómetros de distancia.

Cass esperó a que la desconcertada clienta y su hija salieran por la puerta, la niña, con la brillante bolsa de regalo con lazo de La Taza Que Alegra en la mano y el peso de la responsabilidad brillando en sus ojos azul aciano como platos.

—Por favor, no creas que me entrometo, Sophie —empezó a decir Cass, volviendo toda su preocupación hacia mí—, pero no has sido tú misma en las últimas horas.

—Estoy bien, gracias —insistí—. Solo me siento un poco agotada.

—Entonces, ¿por qué no te vas a casa? Puedo arreglármelas aquí, y, si la cosa se complica, puedo llamarte. ¿O tal vez tu madre podría venir y echarme una mano?

La perspectiva de dar vueltas por el apartamento yo sola, pensando en Xander, era una opción aún peor que quedarme a trabajar en la tienda. Al menos aquí llegaba el ruido y bullicio de fuera, ahora que había dejado de llover.

Le di unas palmaditas en el brazo de su camisa blanca de encaje.

—Gracias. Eres muy amable, Cass. Pero estoy bien.

Cass abrió la boca para discutir, pero la interrumpió la puerta de la tienda, que se abrió de golpe, trayendo consigo a una burbujeante y efusiva Ophelia. Agitaba una hoja de papel en la mano.

—Traigo buenas noticias —anunció. Nos sonrió a Cass y a mí, como si estuviera haciendo una prueba para un anuncio de dentífrico—. Estaba rebuscando en el árbol genealógico de los Gray cuando me he encontrado con esto.

Me acercó el papel.

Escudriñé lo que Ophelia había escrito con su elegante letra, grande y llena de bucles.

—¿«Señor Carson Gray»? —La miré fijamente—. ¿El mismo Carson Gray que es el dueño de la librería local Cubierta a cubierta?

Ophelia asintió.

—Es descendiente de la familia Gray, como habrás adivinado —explicó—. También te habrás fijado en la dirección de su casa y en que vive en la localidad, pasando la iglesia de San Bernabé.

Volví a mirar los datos de Carson Gray y luego volví a mirarla a ella.

—No quiero parecer pesimista, pero puede que no sepa nada de su familia ni de Jonathan Gray —repuse.

Ophelia se cruzó de brazos.

—Bueno, eso se me pasó por la cabeza al principio, hasta que investigué un poco sobre Carson Gray.

No pude evitar sonreír, a pesar de mis magulladuras emocionales.

—¡Serías un buen contrincante de Colombo!

Ophelia se río.

—Creo que mi hermana estaría impresionada, eso seguro —dijo. Señaló la hoja de papel que aún tenía en la mano—. Resulta que Carson Gray es un genealogista aficionado. Trabajó durante años como profesor de historia en un colegio privado de Glasgow. —Arqueó las cejas, expectante—. Puedes apostar a que habrá indagado en su propio pasado. De lo contrario, sería como si una manicurista no se cuidara sus propias uñas.

Cass se río.

—Es una gran analogía, y muy cierta —observó.

Ophelia sonrió a Cass, agradecida por su apoyo.

—Así que espero que no te importe, pero me he tomado la libertad de llamar a Carson Gray cuando venía de camino desde la biblioteca y me ha dicho que estaría encantado de hablar con nosotras esta tarde —informó Ophelia. Puso cara de disculpa—. ¿Te parece bien, Sophie? Si ya tenías otros planes, dímelo por favor.

Imaginarme a mí misma vagando por mi apartamento, intentando encontrar cosas que hacer para no pensar en la oportunidad que había perdido con Xander no era nada atractivo. Lo mejor que podía hacer ahora era mantenerme ocupada.

Negué con la cabeza y agité la hoja de papel con los detalles de Carson Gray que tenía en la mano.

—No. —Sonreí—. No tengo nada que hacer esta tarde.

43

Carson Gray se esforzaba por contener su entusiasmo cuando nos recibió a Ophelia y a mí en la puerta de su casa, puerta inspirada en el estilo de Charles Rennie Mackintosh. Era un hombre alto y enjuto, con abundante pelo entrecano y rostro alargado y amable.

Nos hizo pasar a una sala de estar desordenada, pero acogedora, abarrotada de muebles de madera pesados y ornamentados. Me fijé en una estantería que había al fondo de la sala, repleta de un revoltijo de libros.

Carson Gray nos indicó con un gesto que nos sentáramos en cada uno de los dos sillones de color clarete, mientras él se instalaba en el sofá de enfrente una vez que nos hubo preparado un té.

—Mi esposa está en su club de lectura esta tarde, así que no sientan que me quitan demasiado tiempo. —Su boca ligeramente ladeada se transformó en una sonrisa entrañable.

—Gracias, señor Gray —dije, sonriendo con agradecimiento.

—Llamadme Carson, por favor. —Se inclinó hacia adelante en el sofá—. Así que les interesan Briar Glen y la familia Gray. —Levantó sus cejas erizadas por la expectativa.

Ophelia empezó explicando toda la historia, incluida la conmoción que le causó enterarse de que su tía abuela Isadora había estado casada brevemente con Jonathan Gray.

En ese momento tomé el relevo.

—Ophelia y yo quisimos averiguar algo sobre Briar Forsyth, una vez que descubrimos la carta de ella a Jonathan Gray escondida junto al juego de té —comenté.

Cuando nos detuvimos delante de la casa de Carson Gray, decidimos que no mencionaríamos que Ophelia quiso deshacerse del juego de té y que, por lo tanto, me lo dejó. No estábamos seguras de cómo se lo tomaría, y no queríamos parecer maleducadas.

Las expresiones faciales de Carson mientras Ophelia y yo nos turnábamos para describir lo que habíamos descubierto hasta entonces, gracias al duro trabajo de Annabel, eran un poema. Era como si Carson no acabara de decidir cuál de las dos le parecía más fascinante.

Una vez que Ophelia hubo explicado el supuesto robo del juego de té, me agaché y saqué el estuche de cuero. Con un rápido chasquido, se abrió y el diseño del pavo real y los ricos colores saludaron a Carson Gray.

—¡Maldita sea! —exclamó—. ¿Es ese? ¿Es el verdadero juego de té que se llevaron?

Dejó escapar otro sonido de agradecimiento cuando metí la mano en la bolsa cosida a la tapa abierta y saqué la carta amarillenta de Briar Forsyth a Jonathan Gray. Soltó un suave susurro y olía a vainilla caliente. Se la entregué.

Los ojos grises y ahumados de Carson Gray casi se le salen de las órbitas.

—¡Dios mío! —Lo leyó un par de veces—. Esta es... Esta es la pieza final del rompecabezas.

Ophelia dejó escapar una risa ronca.

—Ojalá fuera cierto —dijo ella.

Carson parpadeó.

—¿Qué quieres decir?

Ophelia explicó lo de Briar Forsyth y cómo había sido acusada injustamente de robar el juego de té. Carson nos evaluó a las dos. Había una mirada de anticipación en sus ojos.

—Bueno, me alegro de que hayáis venido a hablar conmigo en tal caso.

Le dediqué una sonrisa esperanzada.

—Oh, ¿y eso por qué? —pregunté.

Juntó sus grandes manos nervudas.

—Porque tienes razón. Briar Forsyth no robó ese juego de té. —Su mirada absorta parpadeó mirando el estuche abierto y el juego de té que descansaba a mis pies.

Ophelia se golpeó las manos contra el regazo en señal de triunfo.

—¡Lo sabía! Entonces, ¿qué pasó entre ellos? ¿Jonathan Gray dejó embarazada a Briar y fingió que ella había robado el juego de té para manchar su nombre? —preguntó.

Carson estiró sus largas piernas de limpiador de tuberías delante de sí.

—En parte tienes razón —contestó.

Me llamó la atención su vacilación.

—Lo siento, pero no te sigo —comenté.

Las mejillas angulosas de Carson adquirieron vetas de color.

—Esto no es algo que suela contar sobre mis queridos antepasados en las cenas. —Mientras el reloj dorado hacía tic-tac encima de la chimenea de piedra gris, Carson nos miró pensativo a Ophelia y a mí—. Sí, en cierto sentido tenéis razón. Jonathan robó el juego de té e intentó inculpar a Briar por ello. —Su voz retumbante siguió llamando nuestra atención—. De eso se trata esta carta. —Señaló el viejo documento que yacía desplegado sobre la mesita.

—Pero ¿por qué has dicho que teníamos parte de razón? —le pregunté.

La siguiente frase de Carson me hizo sentarme más erguida en su sofá.

—Tenéis razón en que Briar Forsyth se quedó embarazada, pero te equivocas sobre quién era el padre del bebé.

44

Ophelia se quedó boquiabierta.

Rebuscó en su bolso de color oro rosa y sacó el teléfono. Localizó la copia del certificado de nacimiento de George y le pasó a Carson el teléfono con la imagen de dicho certificado.

—El padre que figura en este certificado es Ernest Telfer, pero Jonathan Gray era el padre biológico del niño. Debía de serlo. ¿Por qué si no se iba a tomar la molestia de intentar inculpar a la chica del robo? —preguntó Ophelia.

Recordé lo que se decía en el diario del bisabuelo de Saffy sobre aquella gélida Nochebuena en la que Jonathan Gray maltrató verbalmente a una joven angustiada, y se lo conté a Carson.

Carson levantó las manos en señal de rendición.

—Es cierto. Ella tuvo un hijo llamado George y Ernest Telfer lo reconoció como hijo suyo en la partida de nacimiento. Tampoco me cabe duda de que Jonathan Gray era más que capaz de humillar a una mujer en medio de temperaturas tan gélidas. —Dijo que no con la cabeza—. Está muy claro que ese joven no tenía brújula moral.

Podía sentir cómo se me arrugaba la frente.

—Entonces, si Jonathan Gray no era el padre biológico de George, ¿por qué intentó culpar a Briar de robar e intentó deshacerse de ella? ¿Por qué la acusó de llevarse esto? —insistí y señalé hacia el juego de té que descansaba sobre la alfombra de Paisley chillona de Carson.

—¿Y por qué intentar sobornarla con él? —intervino Ophelia—. Al menos, eso es lo que suponíamos que estaba haciendo, por la referencia de Briar en su carta a algo hermoso y a un tesoro.

Otro pensamiento se cruzó por mi mente, un pensamiento que hizo que la posibilidad de que aquella pobre joven fuera manipulada y tratada como un gran inconveniente me erizara la piel.

Carson nos miró a las dos. Señaló el juego de té que asomaba del interior de terciopelo oscuro del estuche.

—Jonathan se indignó cuando se enteró de que Briar Forsyth estaba embarazada y quiso proteger sus propios intereses, así que pensó que hacer que la culparan de un robo y la despidieran del Castillo Marrian resolvería todos sus problemas.

Ophelia arrugó su larga nariz regia en señal de concentración.

—Entonces, ¿qué nos quieres decir? —preguntó.

El corazón me palpitaba en el pecho. Creí adivinarlo y la siguiente frase de Carson me dio la razón.

—Jonathan Gray no era el padre del hijo de Briar Forsyth, sino que el padre era Chadwick Gray —respondió.

Ophelia hizo un ruido áspero y sorprendido.

—¡¿Qué?! —exclamó.

—He localizado los documentos de acusación archivados de la policía local de la época. Chadwick Gray fue acusado de violar a Briar Forsyth una noche en vísperas de Navidad, cuando su esposa e hijo asistían a una función local. El viejo Gray tenía problemas con la bebida, problemas que la familia estaba desesperada por mantener en secreto.

El asco y el veneno que sentía por Jonathan Gray y su padre se intensificaron.

—La pobre joven. —Tragué saliva—. ¿Qué pasó entonces?

—Jonathan Gray se enteró de lo que su padre había hecho cuando Briar descubrió que estaba embarazada. Entró en pánico. Imaginó que podría perder su herencia y el Castillo Marrian si tenía un medio hermano o hermana.

Ophelia jugueteó con uno de sus pendientes, mientras procesaba la revelación. Abrió y cerró la boca varias veces.

—Así que ¿culpó a Briar de robar el juego de té para proteger a su padre? —dedujo.

—Ese era el plan —dijo Carson—, pero al final resultó que Briar Forsyth no trabajó en realidad la mañana del 31 de enero, el día en que desapareció el juego de té. Ella tenía coartada y la historia de Jonathan Gray se vino abajo.

Me invadieron olas de alegría en nombre de Briar.

—Por lo que averigüé entonces —prosiguió Carson—, Jonathan Gray sabía que tenía que hacer algo. Tengo la impresión de que Briar era una joven valiente y no estaba dispuesta a dejarse intimidar. —Hizo una pausa antes de retomar el relato—. Briar no quería seguir trabajando en el Castillo Marrian, no después de lo que había pasado con Chadwick Gray y con su retorcido hijo acechando en cada esquina. Y ¿quién podía culparla? Pero tampoco estaba dispuesta a que la echaran del pueblo, sobre todo porque ella era la víctima.

—¿Se negó a dejar Briar Glen? —pregunté, con mi admiración y simpatía por ella volviéndose cada vez más profundas.

—Así es —respondió Carson—. Lo único que Briar quería era que se hiciese justicia, y la familia Gray no tenía intención de permitirlo. Así que a Jonathan Gray se le ocurrió entonces la idea de intentar sobornarla con el juego de té, del que él la había acusado de robar en primer lugar. Fue encargado especialmente por Chadwick Gray para el cumpleaños de su esposa Leonora.

—Y lo hizo Ernest Telfer —añadí, echando otro vistazo al juego de té.

Ophelia frunció el ceño.

—Pero Leonora ¿no preguntó dónde había ido a parar? —se extrañó.

La larga boca de Carson se tensó.

—Leyendo entre líneas, creo que tanto Chadwick como Leonora estaban enterados. Querían que Briar desapareciera de sus vidas, junto con el bebé —contestó.

—Santo cielo —murmuré.

Leonora sabía lo que había hecho su marido. Sabía que había atacado a una joven que formaba parte de su servicio y la había dejado embarazada y, sin embargo, había seguido el tortuoso plan de su hijo de acusar a Briar de algo de lo que era inocente, solo para proteger a su familia.

—Pero, aun así, Briar se mantuvo firme —murmuró Ophelia, la admiración por Briar Forsyth brillando en sus ojos color avellana—. Bien por ella.

Carson señaló la carta.

—Le dice a Jonathan Gray dónde puede meterse su juego de té —dijo.

Mis pensamientos volvieron a Briar y Ernest Telfer.

—Y, cuando los Gray se negaron a aceptar la devolución del juego de té, por miedo a que se descubriera la verdad, Briar se lo llevó a Ernest Telfer, que era quien lo había fabricado —deduje.

—¡Exacto! —proclamó Carson con fruición—. Ernest no tardó en enamorarse de Briar. Se casaron y él crio a George como si fuera suyo, y vivieron el resto de sus días en Briar Glen.

Eso nos reconfortó a Ophelia y a mí, saber que aquella valiente joven y su hijito al menos habían encontrado la felicidad y la satisfacción con un hombre decente y cariñoso como Ernest Telfer.

—Y ¿qué hay de los Gray? —preguntó Ophelia, cautivada—. Por lo que Sophie y yo desenterramos, partieron del Castillo Marrian y se alejaron de Briar Glen en la primavera de 1900.

Carson asintió con la cabeza, confirmando que era cierto.

—Según lo que he visto en los registros, se mudaron a una vieja finca en ruinas que había en el Distrito de los Lagos, que se tragó la mayor parte de su dinero en efectivo, y acabaron viviendo del aire. Corrían rumores sobre la afición de Chadwick Gray por la bebida y de su atracción por las mujeres jóvenes. De tal astilla, tal palo, en este caso. Las historias sobre el viejo Gray afectaron a su negocio de los establos. Los clientes dejaron de tratar con él. —Carson hizo una mueca—. Los nobles terratenientes no quisieron que se los asociara con personas que no tenían ni donde caerse muertos.

—¿Los rechazaron? —pregunté, conmocionada, sorprendida y cautivada por toda la historia tanto como lo estaba Ophelia.

—Leonora y Chadwick Gray fallecieron con pocos meses de diferencia, en 1904; ella de tuberculosis, y él de, un ataque al corazón —continuó Carson.

—¿Y Jonathan? —preguntó Ophelia—. ¿Qué pasó con él?

—Si te sirve de consuelo, creo que tu tía abuela tuvo suerte de escapar de él.

Carson se levantó de la silla y se dirigió hacia su amasijo de libros. Rebuscó en una cómoda y sacó una carpeta perforada de aspecto anodino. La abrió y hojeó las páginas. Su rostro serio se transformó en una sonrisa triunfal cuando encontró lo que buscaba.

—Ah. Aquí está.

Se acercó a nosotras y nos tendió la carpeta abierta. Era una copia del certificado de defunción de Jonathan Gray, que decía que había muerto el Día de San Esteban de 1910, en la prisión de Stirling, a la edad de treinta y dos años, de neumonía.

Levanté la cabeza.

—¿En la prisión? —dije.

Carson siguió allí de pie y se metió las manos en los bolsillos del pantalón.

—Localicé unos párrafos que se escribieron sobre su caso judicial en el periódico local. Parece que volvió a las andadas —nos contó.

—¿Por robar? —preguntó Ophelia, con sus ojos oscuros rebotando entre la página abierta y Carson.

—Entró en una iglesia cercana y robó algunos adornos de oro y la colecta del cepillo. —Carson negó con la cabeza, consternado—. Lo atrapó uno de los ancianos de la iglesia paseando a sus perros de caza. —Se acercó a la ventana del salón, donde un despliegue de lirios y rosas de color crema brotaba de un jarrón alargado—. Así que, como veis, no tengo una ascendencia impresionante de la que presumir.

Ophelia y yo dejamos la carpeta abierta en la mesita que teníamos delante. Le ofrecí una sonrisa comprensiva.

—Bueno, tal y como yo lo veo, has rescatado la reputación de una joven desesperada y de su hijo —dije.

Ophelia, a mi lado, estuvo de acuerdo conmigo.

—Si eso no es algo de lo que presumir, no sé qué lo será.

Las mejillas de Carson se arrugaron de agradecimiento.

—Gracias —dijo.

Sonreímos, llenas de alegría y alivio por haber podido por fin descubrir la verdad.

Entonces Carson guiñó un ojo.

—Dirijo un curso de genealogía en la escuela nocturna. ¿Alguna de ustedes está interesada en asistir? —nos preguntó.

45

Sospechaba que Ophelia se sentía tan aturdida como yo, con tantas revelaciones sorprendentes por comprender.

Jonathan no protegió al monstruo de su padre, sino sus propios intereses económicos. Eso no fue una gran sorpresa por lo que habíamos llegado a saber de él. Alguien capaz de inculpar deliberadamente a una joven embarazada, atacada por su aberrante padre, era capaz de cualquier cosa.

—¿Sabes qué pasó con esto? —pregunté, señalando el juego de té—. ¿Se lo quedaron Briar y Ernest?

Carson respondió que lo vendieron.

—Bueno, lo subastaron, para ser más precisos —matizó.

Volvió a coger la inocente carpeta de la mesa y hojeó unas cuantas páginas más.

Había un artículo de un periódico local fechado el 13 de septiembre de 1902.

Carson nos enseñó su copia del artículo. El titular decía «El juego de té recauda fondos benéficos».

Leyó el texto en voz alta:

> *Se ha vendido en subasta un impresionante juego de té fabricado por el renombrado artista local Ernest Telfer.*
> *El juego de té alcanzó la asombrosa cifra de cien libras cuando lo han vendido Briar y Ernest Telfer en un acto organizado especialmente por la señora Telfer y celebrado en la iglesia Glen Valley de Briar Glen ayer por la mañana.*
> *Se ha anunciado que la mitad de la cantidad recaudada se va a donar a la asociación local para viudas y huérfanos del Ejército de Salvación, y el resto se guardará en*

fideicomiso para el hijo del señor y la señora Telfer, George, hasta que cumpla veintiún años.

Tanto el señor como la señora Telfer se mostraron encantados por el entusiasmo con que se acogió la subasta y por las generosas pujas que realizaron tanto miembros de la comunidad local como personas venidas de fuera.

Se entiende que el adjudicatario del juego de té reside en Londres y desea permanecer en el anonimato.

Se me hizo un nudo de emoción en la garganta y no se deshacía.

—Qué cosa más bonita —advertí.

Carson coincidió conmigo.

—En efecto. Puede que no tuvieran la educación y los privilegios de la familia Gray, pero podrían haberle enseñado a esta un par de cosas sobre humildad y clase.

Ophelia se apartó un mechón de pelo plateado detrás de la oreja.

—Me pregunto quién será la persona de Londres que compró el juego de té por esa cantidad de dinero —observó—. Era una suma considerable en aquellos tiempos.

Carson dirigió su brillante mirada a Ophelia.

—Bueno —respondió—, me tomé la libertad de buscar viejos registros de subastas después de leer ese artículo. Yo también tenía ganas de averiguarlo.

—¿Hubo suerte? —preguntó Ophelia, intrigada.

La atención de Carson se desvió hacia mí y a continuación volvió a centrarse en ella.

—El comprador deseaba permanecer en el anonimato, como se menciona en el artículo del periódico, pero descubrí en los archivos unas iniciales. —Se cruzó de brazos y se recostó en el sofá—. Las iniciales del comprador anónimo eran «I. G.».

Hubo una breve pausa antes de que Ophelia se llevara la mano a la boca y exclamara:

—¡No! ¡Dios mío! ¿Estás seguro? ¿«I. G.»?

Carson sonrió.

—Estoy seguro. Si quieres puedo enseñarte la copia de la factura de venta. Está en uno de esos archivos...

—No, no te preocupes —tartamudeó Ophelia. Giró la cabeza hacia mí para aclararme—. «I. G.»: Isadora Graves. Mi tía abuela.

Mi cerebro tardó unos segundos en darse cuenta. Mis labios se entreabrieron de asombro.

—¡Vaya! Así que lo compró Isadora —dije. Una sonrisa de sorpresa envolvió mi rostro—. Me pregunto si Jonathan Gray se enteraría alguna vez de que lo compró su exesposa.

Ophelia parpadeó varias veces.

—Me gustaría pensar que sí. Hablando de cerrar el círculo. —Asintió con la cabeza para sí misma. Su voz sonaba decidida y llena de determinación—. Eso es lo que voy a hacer ahora. Voy a ver si puedo averiguar qué le pasó a Isadora.

Bajé la cabeza hacia el juego de té.

—Y ¿has pensado en lo que podrías hacer con esto? —pregunté.

Ophelia me miró fijamente.

—Pero yo te lo di. Yo no lo quería.

Agité la mano.

—Es tuyo. Isadora quería que se hiciera algo bueno con él. Ahora te toca a ti.

Carson levantó una de sus pobladas cejas.

Ophelia miró al pavo real y dijo:

—Creo que voy a pedirle ayuda a ese chico tuyo, Xander.

La mención de su nombre me provocó un sobresalto involuntario que no sé si conseguí disimular, eso esperaba. Me había venido fenomenal estar tan ocupada con todo aquello. Había evitado que mis pensamientos evocaran imágenes de él y Nadia. Me aclaré la garganta.

—Ah, ¿sí? ¿Por qué? —pregunté.

Ophelia apartó los ojos del juego de té y nos miró a Carson y a mí.

—Acabo de tener una idea. He decidido subastarlo también y utilizar el dinero que recaude para crear la Beca Annabel Crichton, en honor a mi difunta hermana. Puede apoyar a jóvenes desfavorecidos que tengan cualidades artísticas.

—Suena maravilloso —anunció Carson con entusiasmo—. Un juego como este, con su diseño único y su parte de notoriedad, se vendería por un buen dineral, estoy seguro.

Me incliné y le apreté el brazo a Ophelia.

—Algo me dice que tanto Briar como Isadora lo aprobarían —comenté.

46

Cuando Ophelia y yo le dábamos las gracias efusivamente a Carson, sonrojado pero encantado, volvió su mujer del club de lectura.

Se metió un par de libros bajo el brazo, salió de su Corsa blanco y cerró la puerta.

—¡Caramba! Mi marido no les habrá retenido todo este tiempo, ¿verdad? Les pido disculpas —dijo.

Marion Gray era una mujer menuda y alegre, con una melena de pelo rubio ondulado.

—En absoluto —le aseguré—. Ha sido maravilloso y de gran ayuda para nosotras.

Las cejas depiladas de la señora Gray se movieron con buen humor.

—Carson puede hablar por los codos cuando se arranca, sobre todo, si tiene algo que ver con la ascendencia o los árboles genealógicos.

Ophelia, de pie a mi lado en el sendero bordeado de flores, se rio.

—Bueno, gracias a la diligencia y el talento que posee para la ciencia de la genealogía, su marido ha conseguido respondernos a muchas preguntas.

Ante este elogio entusiasta, Carson hinchó el pecho y sonrió.

—Ahora no volverá a caber por esa puerta —bromeó su mujer.

Nos dio las buenas noches y entró en casa.

Carson nos saludó contento con la mano, antes de meterse en casa, con su pantalón de pana marrón oscuro y su camisa de cuadros.

Con la cabeza tambaleante por el alivio y la sorpresa, volví a subir al coche y esperé a que Ophelia se abrochara el cinturón. Estaba a punto de arrancar cuando volvió a mencionar a Xander.

—¿Crees que podrías darme los datos de contacto de tu chico, por favor, Sophie?

Forcé una sonrisa.

—Oh, no es mi chico. —Mientras Ophelia miraba fijamente mi extraña expresión, acomodé los hombros. Ojalá pareciera indiferente—. Por supuesto. No hay problema.

Metí la mano en el asiento trasero, donde estaban mi bolso y el estuche del juego de té. Cogí el móvil y busqué en la agenda de contactos. Encontré el número de móvil y la dirección de correo electrónico de Xander y se los envié a Ophelia. Luego volví a meter el teléfono en el bolso.

Ophelia siguió estudiando mi perfil.

—Gracias. ¿Estás bien, cariño? —se interesó.

Me alejé de la acera, señalicé a la derecha y salí a la carretera principal. El cielo era una mezcolanza de tonos anaranjados y rosados de mediados de julio que se filtraba por los tejados y las copas de los árboles de Briar Glen.

—Sí —respondí con excesiva fuerza—. Estoy bien, gracias. ¿Por qué lo preguntas?

Las manos de Ophelia descansaban juntas sobre su regazo. Inclinó la cabeza hacia un lado.

—Puedes decirme que me meta en mis asuntos si quieres... —dijo.

Dirigí la mirada hacia delante, mientras la perezosa luz del atardecer se reflejaba en el parabrisas.

—Pero, cuando mencioné el nombre de ese chico, se te puso una cara...

Sentí que mi espalda se ponía rígida.

—¿Qué tipo de cara?

Ahora le tocaba a Ophelia mirar al frente. Me dirigió una pequeña mirada con el rabillo del ojo.

—Una que tuve en más de una ocasión cuando era joven. Una cara de problemas sentimentales.

Estaba decidida a seguir conduciendo y dejar a Ophelia en casa, pero ella mantenía su aire de preocupación. Al final, me encontré girando hacia la entrada del parque de Briar Glen, con sus bancos de madera para pícnics.

Ophelia se desabrochó el cinturón de seguridad y se volvió hacia mí. Apagué el motor y observé cómo la luz tenue del atardecer se colaba por el entramado de ramas de los árboles como si fueran dedos dorados.

No quería hablar de Xander. No quería pensar en sus ojos color mar, ni en su sonrisa ladeada, ni en cómo centelleaba su expresión cuando hablaba de sus cuadros favoritos; pero había algo hipnótico en la forma en que Ophelia estaba allí esperando a que yo hablara, algo que me arrancó las palabras antes de que yo pudiera refrenarlas.

Y así, mientras el ruido de las risas de los niños y el chisporroteo del canto de los pájaros sonaban alrededor, fuera del coche, se lo solté todo a Ophelia: cómo se habían apoderado de mí mis sentimientos por Xander; su rivalidad con Jake Caldwell por Nadia; su reacción al verme salir a cenar con Jake y que este me arrebató un beso y su comportamiento mezquino.

Entonces le conté que Saffy Clements había venido a verme a La Taza Que Alegra.

—Es obvio que Saffy adora a Xander —continué, con una sensación de alivio en el pecho por poder abrirme—, pero me dijo que quería que yo supiera la verdad sobre él, sobre lo decente y buen hombre que es.

Ophelia se movió un poco en el asiento del copiloto.

—¿Y? —dijo.

Mis dedos repiqueteaban en el volante, mientras una joven pareja pasaba empujando el cochecito de su bebé, que iba dormido dentro, y compartía un momento íntimo.

—Llamé a Xander después de que Saffy viniera a verme. Quería decirle cómo me sentía. También quería disculparme por haberme creído la versión distorsionada de Jake, pero no me cogió el teléfono él, sino Nadia, su exnovia.

Me pasé una mano por lo alto del pelo con frustración, y luego la deslicé más abajo para juguetear con mi coleta.

—Estás haciendo suposiciones —respondió Ophelia.

—Puede que sí —admití—, pero él estaba loco por ella. Cuando ella se fue con Jake, Saffy dijo que él no estuvo bien durante mucho tiempo.

—Eso no significa que la haya perdonado —señaló Ophelia.

Sentí que el desánimo se apoderaba de mí.

—Siento discrepar. Anoche se presentó como su novia por teléfono. —Me acerqué a las llaves del coche que colgaban del contacto. Mi llavero, un brillante corazón rosa que me regaló mamá, oscilaba de lado a lado—. Es demasiado complicado —protesté, a pesar de que mi corazón me gritaba lo contrario—. De ninguna manera estoy dispuesta a convertirme en la sustituta de Nadia. —Encendí el motor. Una extraña mezcla de alivio y melancolía se posó sobre mis hombros—. Entonces —exclamé con falsa viveza—, te llevo a casa; si no, Hal va a pensar que nos hemos ido de fiesta.

Ophelia se rio.

—Sería una buena ocasión para hacerlo —dijo. Pero siguió mirándome mientras volvíamos.

47

La mañana del martes fue extraña, como un gran anticlímax.

Después de la serie de sorprendentes revelaciones de la noche anterior sobre Jonathan Gray y sus monstruosos padres, fue como si todos los cabos sueltos se hubieran juntado por fin y organizado en un enorme y bonito lazo.

Sin embargo, seguía sintiéndome como cuando llegaba el 27 de diciembre, esto es, desinflada.

Habíamos descubierto que Briar había pasado el resto de su vida felizmente con Ernest Telfer y George, y que Isadora había comprado el juego de té en una subasta, muy probablemente como un acto de desafío y un todopoderoso «¡Vete a hacer puñetas!» a su exmarido.

Cuando dejé a Ophelia en casa la noche anterior, se llevó el juego de té. Iba a ponerse en contacto con Xander para contarle lo que había pasado, y Carson Gray podía responder a todas nuestras preguntas.

El juego de té le pertenecía a Ophelia, pero ella quería hacer algo positivo con él y subastarlo, lo que me pareció una idea maravillosa. Crear una organización en nombre de su difunta hermana para animar y apoyar a los estudiantes de arte de entornos desfavorecidos sería un homenaje muy apropiado. Y, si alguien podía asegurarse de que el juego de té del pavo real causara revuelo y se vendiera por una buena suma, ese era Xander.

Lo aparté de mi mente. No podía hacer nada, si Xander era incapaz de luchar contra sus sentimientos por Nadia y si era capaz de perdonarle lo que le hizo con Jake. En todo caso, eso avivaba aún más mis sentimientos por él. Si él era capaz de dejar atrás el pasado y tener un futuro juntos, eso decía mucho de su personalidad.

Cass no era tonta. Se había dado cuenta de que yo no era la misma de siempre y, cuando creía que no la miraba, me observaba de reojo largo rato. No mencionó a Xander por su nombre, pero insistió en que, si había algo de lo que yo quisiera hablar, allí la tenía a ella.

Mantenerme ocupada era la solución, así que me sentí aliviada cuando a media mañana llegó una oleada de clientes, seguida de una entrega de productos artesanales que había pedido por internet para nuestro escaparate de otoño.

Había de todo, desde bonitas plantillas de hojas hasta rollos de papel crepé en colores cobre quemado y rojizo, además de los artículos de Halloween que había encargado. Se trataba de pequeñas calabazas brillantes, escobas de bruja, murciélagos voladores, papel crepé negro y naranja y telarañas de algodón brillantes.

—¡Qué organizada eres! —exclamó Cass y sonrió, cogió una de las calabazas y la contempló.

—A quien madruga Dios le ayuda. —Sonreí—. Además, había un descuento del diez por ciento en este lote si lo pedías ahora. —Guardé las hojas otoñales y los colores complementarios del papel crepé en una caja, y la parafernalia de Halloween en otra—. Pensé que podríamos empezar a pensar en ideas para el escaparate de otoño de la semana que viene —dije por encima del hombro mientras cargaba las dos cajas y las llevaba al almacén.

Cass estuvo de acuerdo en que era una buena idea.

Oí el timbre de la tienda y me limpié las manos antes de volver a salir.

Era Ophelia.

—Buenos días —le dije, sonriéndole, antes de darle un cariñoso abrazo. Olía a champú de limón—. ¿Cómo estás hoy?

Me devolvió el abrazo.

—Estoy bien. Muy bien. ¿Y tú?
La examiné. La expresión de su cara era tensa.
—¿Estás segura?
—Por supuesto —gritó entre risas tensas—. ¿Por qué no iba a estarlo?
Miré a Cass, que enarcó las cejas unos centímetros.
—Entonces, ¿qué puedo hacer por ti? —le pregunté.
Miró su reloj de pulsera antes de juguetear con su pañuelo de gasa.
—Pensé que podría pasarme a saludar, aunque estoy ocupada. Bueno, muy ocupada en realidad. Ya sabes: cuando te jubilas, te das cuenta de que no tienes tiempo. Bueno, en realidad no lo sabes, ¿verdad?, ya que aún eres muy joven... ¡Ja!
Parpadeé.
—Ah, vale. —Vi que arrastraba los pies. Le preocupaba algo. Estaba divagando e inquieta—. Ophelia, ¿estás segura de que te encuentras bien?
Examinaba un juego de taza y plato de porcelana dorada y blanca de Sara Miller de Portmeirion que tenía un dibujo de dos pájaros enamorados. Apartó la mirada.
—Ah, sí. Totalmente. Por supuesto. Solo pasaba para decirte que hablé con Xander anoche y que estaba más que encantado de organizar la subasta del juego de té en nuestro nombre.
Forcé una sonrisa.
—Bien. Estupendo. Estupendo —dije.
Ahora que el juego de té volvía a estar en posesión de Ophelia, consideraba poco probable que yo fuera a tener mucho contacto con él. Esperaba que no. Cuanta más distancia pusiera entre él y yo, mejor sería, y así yo podría seguir concentrándome en La Taza Que Alegra.
Ophelia siguió hablando, y yo me obligué a concentrarme en lo que decía.
—Xander está seguro de que, con su accidentada historia, el juego de té se venderá por una cantidad de dinero importante.

—Bueno, eso también está genial —respondí. Y lo dije en serio—. Te ayudará a que la beca de Annabel esté bien consolidada.

Ophelia siguió revoloteando.

La miré con renovada desconfianza. No dejaba de mirar por el escaparate, con una expresión de dolor cruzando sus facciones.

—¿Esperas a alguien? —le pregunté.

Giró la cabeza hacia mí. Lucía una sonrisa diabólica.

—¿Que si espero a alguien? ¿A quién? ¿Por qué iba a estar esperando a alguien? —dijo.

Ladeé la cabeza hacia ella.

—Bueno —contesté—, si no estás esperando a alguien, es que pasa algo. No es propio de ti.

Ophelia se desentendió de mi preocupación.

—¿Que no es propio de mí? No me pasa nada. Nada de nada. Todo va bien. Genial. —Dirigió su atención a Cass, que estaba perpleja—. Tenía unos minutos libres, así que pensé en venir a echar un vistazo.

—Claro. Por supuesto. No te molestaremos —le dije.

Me encogí de hombros ante Cass en un gesto de impotencia mientras Ophelia se alejaba.

Sonó el teléfono del despacho, así que me excusé para ir a contestarlo, pero resultó ser una llamada comercial para un doble acristalamiento.

—Es la tercera vez en los últimos días que me llaman —me quejé, y volví a salir a la tienda al oír el timbre.

Oh, bien. Otro cliente.

Me incorporé. Me dio un vuelco el corazón.

No era otro cliente.

Era Xander.

48

Cass y Ophelia se quedaron detrás de Xander.
Ophelia tenía la culpa dibujada en la cara.
Xander permaneció junto al mostrador, mirándome con sus ojos hipnóticos.
—Hola —saludó.
Me di cuenta de que me había quedado con la boca abierta. Debía de parecer atractiva. Volví a cerrarla.
—Hola.
¿Qué demonios estaba pasando? ¿Por qué estaba Xander aquí? Y ¿por qué Ophelia parecía una niña a la que han pillado robando galletas de un tarro? Iba arrastrando los pies hacia la puerta con sus elegantes deportivas.
—Será mejor que me vaya —soltó, con la mano extendida hacia el picaporte—. Tengo cosas que hacer, gente que ver. ¿Sabes?, crees que te tomarás las cosas con más calma cuando te jubiles...
Su extraño comportamiento y su constante vigilancia junto a la ventana empezaban a tener sentido. Me crucé de brazos.
—Espera un momento, Ophelia. ¿Qué has hecho?
Pero agitó los dedos en un gesto de despedida y salió corriendo hacia el pueblo.
Cass tosió, un poco cohibida.
—Estaré en el almacén —dijo.
Y se escabulló pasando por delante de mí.
Xander se miró las botas y luego volvió a mirarme. Un mechón de pelo negro le cayó sobre la frente y se lo echó hacia atrás.
—Bueno, me alegro de que esto no sea incómodo —comentó.

Yo, por mi parte, hacía todo lo posible por controlar las sensaciones que se arremolinaban en mi estómago.

—¿En qué puedo ayudarte? —pregunté con una voz ahogada que no parecía la mía. Me estremecí. ¡Santo cielo! Parecía una dependienta de los años cincuenta. Me rodeé con los brazos—. Mira, Xander, no sé qué te ha contado Ophelia.

Miré por encima de su hombro, preguntándome si Nadia estaría detrás de él.

—Ella me ha contado mucho en realidad —confesó, y dio un paso hacia mí—. Es una mujer muy sabia.

Me encontré enlazando y desenlazando los dedos delante de mí. Cuando lo hice por vigésima vez, me llevé las manos a la espalda como si fuera el príncipe Carlos.

—¿Qué? —Señalé la vajilla expuesta en los estantes—. ¿Para qué has venido, Xander? ¿Vienes a comprarle un regalo a Nadia? Porque acabamos de recibir una entrega de preciosa porcelana de Portmeirion...

Xander se acercó aún más. Sus tupidas cejas oscuras se fruncieron en señal de confusión.

—¿Nadia? ¿Por qué iba a comprar algo para ella? —Antes de que yo pudiera responder, la expresión de Xander se aclaró—. Ah, claro. Es porque me cogió el teléfono cuando llamaste la otra noche. Ophelia lo mencionó.

Una pequeña sonrisa vacilante se dibujó en las comisuras de su generosa boca.

¿Ophelia lo había mencionado?

Volví a rodearme con los brazos para hacer algo. Me quemaban las mejillas por lo que parecía una quemadura solar de cuarenta grados.

—Mira, no tengo ni idea de qué te habrá contado Ophelia. Probablemente tenía buenas intenciones, pero no debería haber dicho nada.

Xander se alzó sobre mí en mi pequeña tienda.

—Oh, Ophelia me ha contado bastante.

Esperé a que diera más detalles, pero no lo hizo.

Me preparé, me abracé más fuerte, preocupada por si en un momento dado podría llegar a detener mi propia respiración. Xander no me lo estaba poniendo fácil. Esperaba que mi expresión no revelara el tumulto de mi interior. Me sentía como si estuviera montada en la montaña rusa más emocionante del mundo.

—Y ¿qué dijo exactamente Ophelia?

Xander me lanzó una mirada desde debajo de sus pestañas negras como arándanos.

—Que pensabas, porque Nadia contestó a mi móvil, que habíamos vuelto.

«¡Oh, Ophelia! ¿Qué creías que estabas haciendo?».

—No es asunto mío —repliqué, con la cara encendida.

—¿No? —preguntó él acercándose.

—Claro que no —respondí tajante—. Lo que hagas y con quién estés no tiene nada que ver conmigo.

Sus ojos se agitaron como el mar.

—No creo que lo digas en serio. —Tragué saliva y jugueteé con los puños de la camisa—. Nadia vino a verme y, sí, quería volver a intentarlo, pero le dejé bien claro que no me interesaba.

Sentía que el corazón me daba un salto en el pecho. Me aclaré la garganta.

—Vale. Ya veo.

—Ella es igual que Jake, siempre jugando juegos mentales y pensando que tiene la sartén por el mango. —Xander se quedó allí, estudiándome. Esperó unos instantes—. ¿No vas a preguntarme por qué?

No podía apartar los ojos de él. Una cesta de mariposas explotó en mi estómago.

—¿Por qué qué? —me las arreglé a decir.

—¿Por qué le dije a Nadia que no estaba interesado en intentarlo de nuevo?

En dos largas zancadas, Xander estaba frente a mí, mirando hacia abajo y leyendo mi expresión. Sentí que un suspiro de aliento se me atascaba en la garganta, mientras le veía levantar la mano y apartarme un mechón de pelo suelto de la mejilla.

—Porque, Sophie, Helado North por fin se ha derretido.

Mi pecho subía y bajaba. Volví a mirarle. Tenía que oírlo de sus propios labios. Lo necesitaba. Cuando no comenté nada, Xander levantó las manos y las colocó suavemente en la parte superior de mis brazos. La sensación de sus dedos me abrasó las mangas de la camisa.

—¿Tengo que deletrearlo? —Me di cuenta de que nunca le había visto así. Había vulnerabilidad en su tono voz—. Lo siento, Sophie. Lo siento mucho. Saqué conclusiones equivocadas. Cuando te vi con Jake, me recordó todo lo que pasó entre él y Nadia. —Los ojos de Xander se clavaron en los míos—. Cuando te llamé esa noche al móvil y Jake contestó, supuse que también te perdía con él.

Le miré fijamente.

—¿Qué noche? —Entonces caí en la cuenta—. Espera. Debió de ser la noche en que trajo comida para llevar. Me pareció oír sonar mi teléfono en el salón, pero, cuando fui a contestar, me aseguró que era el suyo y no el mío. —Mi resentimiento se encendió—. Me dijo que debíamos de tener el mismo tono de llamada. —Negué con la cabeza con furia creciente—. ¡Cretino mentiroso! Así que fuiste tú quien me llamó, y él contestó de forma deliberada.

Xander asintió.

—Le encantó que yo me enterase de que él estaba contigo.

Podía sentir mis ojos buscando en su cara.

—Pero no es lo que piensas, Xander. Sí, admito que me sentí halagada de que me invitara a salir, pero aquel beso... Lo preparó para su beneficio. De hecho, cuando se enteró de que te conocía, diseñó todo. Eso es tan obvio ahora.

La expresión de Xander pasó de la ternura a la ira creciente, antes de suavizarse de nuevo. Me miró.

—Eso también me contó Saffy —observó Xander—. Me dijo que vino a hablar contigo.

Dejé que mis dedos recorrieran de arriba abajo las mangas de su chaqueta negra.

—Jake me mintió desde el principio. Me explicó que Nadia no era feliz contigo y que por eso ella empezó a salir con él, y que te pusiste tan celoso que llevaste a cabo una *vendetta* contra su obra de arte, y su carrera se resintió. —Levanté una mano y le acaricié la mejilla sin afeitar—. Nunca fue sincero, Xander. Nunca. —Me aclaré la garganta, esperando encontrar las palabras adecuadas—. Fue Saffy quien me contó la verdad. Me explicó lo que había pasado realmente con Nadia y Jake y lo de que él le había robado el trabajo a otro artista, cuando se hacía llamar James Deighton. —Mis ojos se fundieron con los suyos—. Saffy se preocupa mucho por ti, Xander.

—Sé que lo hace. Es una buena amiga y siempre lo ha sido, pero solo somos amigos, nada más.

Digerí lo que acababa de decir.

—Siento mucho lo que pasó entre Nadia y tú. Debió de dolerte mucho.

—Sí —admitió tras pensárselo unos instantes—. Supongo que mi orgullo también sufrió un duro golpe. Pero entonces te conocí y... —Buscó qué decir a continuación—. Lo que intento decir —logró expresar con una media carcajada— es que lo que tuve con Nadia fue una ilusión ideal. Me imaginaba lo bien que iban las cosas entre nosotros. Lo que tenía con Nadia no era real, no como esto. —Me pasó un dedo por la nariz, lo cual me hizo sonreír—. En su momento, pensaba que sí, pero, cuando te conocí y empecé a enamorarme de ti..., bueno, me di cuenta de que lo que tuve con Nadia fue una pálida imitación. —Sus pómulos se colorearon—. Luego, cuando os vi a Caldwell y a ti juntos, pensé que era el día de la marmota, y no podía enfrentarme a la perspectiva de perderte, y mucho menos por alguien como él otra vez.

El corazón me latía en la caja torácica.

—Bueno, puedo asegurarte que no fue así. Cuando Jake me invitó a salir, no me importó mucho ir. Todavía no estoy segura de por qué dije que sí. —Le sonreí un poco—. Para serte sincera, creo que solo acepté salir con él porque pensaba que yo no tenía nada que hacer contigo.

Las palabras de Xander de hacía unos instantes revoloteaban en mi cabeza como pájaros.

No pude ocultar un grito ahogado cuando los dedos de Xander bajaron y me acariciaron la coleta.

—Entonces, señorita Harkness, ¿qué sugiere que hagamos ahora? Hemos perdido mucho tiempo jugando al ratón y al gato.

Mi pecho parecía a punto de estallar.

—Bueno, iba a decir que tal vez podríamos organizar nuestra primera cita.

Volvió a dedicarme esa sonrisa que hacía que se me doblaran las rodillas en los pantalones acampanados.

—Suena bien —convino—. De hecho, suena maravilloso. Pero estaba pensando en otra cosa.

—¿En qué?

Xander se acercó un paso, de modo que la curva de sus labios quedó a tan solo unos pocos centímetros de los míos.

—En esto.

Tomó mis labios con los suyos y me apreté contra él. Nos abrazamos, nuestras bocas se movían lentamente al principio, antes de volverse más urgentes y codiciosas.

Mi estómago se lanzó en picado y se zambulló. Xander dejó escapar un pequeño gemido desde la base de la garganta, que hizo que mi corazón diera un vuelco. Lo abracé con más fuerza, sintiendo su ancha y rotunda solidez contra mí. Su olor a gel de baño de cedro y la sensación de su oscura barba incipiente contra mi piel hicieron que mis pensamientos entraran en una espiral de alegría y emoción que luché por controlar.

Mientras mis terminaciones nerviosas chisporroteaban y Xander me acariciaba el pelo, aseguraría que oí una risita triunfal y un siseo de Cass diciendo «¡Sí!» en el almacén.

49

13 de octubre, Sala de Subastas de la Galería de Arte de Glasgow

Solo faltaban dos semanas para Halloween.

Las hojas cobrizas se desprendían de los árboles y caían a las aceras; los escaparates estaban repletos de calabazas y el aire se impregnaba de humo de leña.

La Taza Que Alegra siguió atrayendo a un flujo creciente de clientes.

La casa de la abuela terminó de venderse y una joven pareja con su bebé se había mudado el mes anterior. Cada vez que pasábamos por delante, recordábamos los burlones ojos azules y la risa ronca y traviesa de mi difunta abuela. Eso nunca cambiaría.

Para la subasta de hoy del juego de té del pavo real, me había comprado un vestido nuevo en el pueblo. Era de lunares azules brillantes con cuello blanco, y lo combiné con mis botas altas de ante azul marino.

El día de hoy parecía la culminación de meses de especulación, investigación y deliberación, por lo que en mi mente era un hito importante.

Los escalones de granito de la Galería de Arte de Glasgow estaban húmedos por un aguacero reciente.

Xander aparcó el coche junto a los árboles de la parcela y me cogió de la mano. Me quedé junto a la puerta del copiloto, acurrucada en mi abrigo.

—Espero que, después de todo esto, el juego de té se venda por lo que vale. Si no, me llevaré una gran decepción por Ophelia —dije. Exhalé una nube de aire anticipatorio—. Sería un buen comienzo para la fundación de Annabel.

Sentí que los cálidos dedos de Xander se cerraban con más fuerza alrededor de los míos. Aparté los ojos de la impresionante arquitectura georgiana, con sus ventanas arqueadas y sus afiladas agujas.

—Deja de preocuparte. Tú misma has visto el gran interés que despierta el juego de té. Mira.

Xander movió la cabeza hacia la derecha. A varios metros de distancia, un grupo de periodistas y fotógrafos tomaban café para llevar y se movían de un lado a otro mientras la brisa soplaba entre ellos. Xander esbozó una sonrisa alentadora.

—Vamos. No queremos llegar tarde.

Un guardia de seguridad comprobó nuestras identificaciones antes de dirigirnos, a través de un arco que había a la derecha, a una enorme sala de subastas, con un suelo de madera increíblemente brillante e hileras de sillas doradas y de terciopelo de respaldo alto.

Unos retratos serios de personas importantes nos examinaban cuando otro funcionario de la galería de arte nos guio hasta nuestros asientos, subiendo un corto tramo de escaleras por el que llegamos a una zona abalconada desde la que se dominaba todo el evento.

Ophelia y Hal ya estaban sentados, al igual que mis padres, Cass, Ivy, Carson Gray y su mujer. Intercambiamos sonrisas nerviosas y excitadas y nos saludamos.

Las sillas de abajo se llenaron de compradores. Un mar de gente entraba a raudales, ataviada con todo tipo de prendas, desde pajaritas y sombreros de fieltro hasta joyas caras y abrigos *vintage*.

Xander parecía saber quién era cada uno, o, al menos, a quién venían a representar.

—La señora de las botas de cuero rosa y el tocado es Melody Vincent. Es una especie de pujadora independiente para algunas de las familias más ricas de Escocia. Y, si miras a su izquierda, hay un tipo con gafas rojas. Es Albie Cyrus-Hughes.

Aquel nombre me resultaba familiar.

—¿Está relacionado con la familia Cyrus-Hughes que posee ese parque natural de vida salvaje? —pregunté.

Xander asintió.

—Es su hijo mayor. Aparentemente, Albie es un embaucador.

En la pulida plataforma de madera oscura, un hombre serio con un llamativo traje a cuadros salió de detrás de una ondulante cortina negra. La luz otoñal entraba a raudales por las ventanas del suelo al techo y brillaba en su calva, que me recordó a un huevo. En una mesa cercana estaba el juego de té, tapado con un paño rojo. Mi estómago dio una impresionante vuelta hacia delante y tragué saliva.

Para mi sorpresa, la expresión severa del subastador se transformó en una amplia sonrisa. Golpeó el mazo contra la plataforma de madera.

—Buenos días, señoras y señores. Espero que se encuentren todos bien en este día de octubre tan desapacible. Bienvenidos a esta subasta tan especial del juego de té del pavo real de Ernest Telfer —anunció.

Lanzó una mirada cargada a Xander, sentado a mi lado con su elegante traje oscuro de tres piezas. Su camisa color acero y su corbata de seda gris fantasma resaltaban los tonos mediterráneos de sus ojos.

—Deja de preocuparte —me instó con fingida exasperación y me apretó los dedos.

El subastador, que se presentó como Raymond Curtis, debió de hacer un comentario ingenioso, porque se oyeron risas y un par de aplausos.

—Raymond Curtis es el mejor subastador de Escocia —murmuró Xander en mi oído—. ¿Recuerdas el alboroto que se formó hace dieciocho meses, cuando apareció en una playa noruega un broche perteneciente a una reina escandinava? —Asentí con la cabeza y recordé la noticia que se cubrió aquí. Xander señaló a Raymond Curtis—. Las autoridades noruegas le pidieron a Raymond que dirigiera la subasta allí. Es una leyenda en el mundo del arte. —Giró sobre sí mismo en su silla y le dedicó una sonrisa de tranquilidad a Ophelia, que estaba sentada, pensativa, más allá en la fila de asientos—. Tu juego de té no podría estar en mejores manos.

Se hizo el silencio en el patio de butacas. Desde donde estábamos, lo que se veía era como si un niño hubiera volcado su caja de disfraces, con aquellos extravagantes sombreros, aquellas salpicaduras de pintura de las chaquetas y aquellos zapatos chillones.

Xander se sentó más erguido.

—Oh, vamos allá —dijo.

Raymond Curtis dio otro golpe con el mazo.

—Bien, damas y caballeros, que empiece el espectáculo.

Hizo un gesto con la cabeza a un joven que había a su derecha, que se adelantó y retiró el paño rojo. El juego de té resplandecía en su estuche abierto, con todo su arcoíris de verdes y dorados.

Me eché hacia delante en el borde de la silla. Aunque había mirado el juego de té infinidad de veces, ahora me parecía más majestuoso, más misterioso, allí colocado, presentado en toda su gloria de porcelana.

No pude evitar preguntarme qué habrían pensado Briar y Ernest de todo aquello. La aglomeración de periodistas y fotógrafos que esperaban fuera, las fuertes medidas de seguridad para acceder a la galería, el murmullo de los posibles compradores: para mí ya era bastante surrealista, así que Dios sabe qué habrían pensado ellos.

Mamá, papá, Cass y Ophelia sonrieron a Carson mientras Raymond Curtis sonreía.

—Empecemos con una puja de 5000 libras. Vamos, señoras y señores. No sean tímidos. Ah, gracias, señor.

Me asomé por el borde del balcón y vi a un hombre alto y delgado con gafas redondas que presentaba la primera oferta con un movimiento de cabeza.

Y así continuó. Asentimientos con la cabeza, parpadeos, movimientos de manos. Me quedé rígida, agarrada a la mano de Xander, mientras las pujas se hacían cada vez más grandes y ambiciosas.

Cuando la cantidad ascendió a 25 000 libras, no pude evitar soltar un jadeo audible. Un par de cabezas de los asientos de la subasta miraron hacia arriba con el ceño fruncido. Xander ahogó una carcajada.

—Ten cuidado —me advirtió—; de lo contrario, te encontrarás pujando.

Agaché el cuello para echar un vistazo a la audaz postora. Era una mujer mayor, de cara dura, con los labios pintados de rojo vivo y un severo pelo negro que le rozaba los hombros.

—¿Quién es? —le pregunté a Xander en voz baja.

Frunció el ceño y entrecerró los ojos.

—No tengo ni idea. Nunca la había visto.

—¿Una nueva rica? —siseó mi padre en nuestra fila.

Mamá puso los ojos en blanco a su lado.

—Has estado viendo demasiadas repeticiones de *Arriba y abajo* —le reprendió.

Xander sonrió e inclinó más el cuerpo hacia el borde del balcón para ver mejor a la misteriosa pujadora.

—Está hablando con alguien por el móvil. Debe de estar representando a alguien y pujando en su nombre.

Se produjo una oleada de sorpresa cuando la mujer hizo una nueva puja de 30 000 libras.

Xander siguió estudiando a la mujer en silencio, antes de lanzarme una mirada ilegible. Saltó de su asiento cuando empezaron a oírse murmullos de la subasta abajo.

—Vuelvo en cinco minutos —me anunció.

—¿Adónde vas?

Me acercó la cara a la suya y me besó, pero no contestó.

Cuando Xander se marchó, los demás seguimos observando fascinados cómo la desconocida de los labios rojos y brillantes rechazaba las contraofertas por el juego de té, como si fueran molestas moscas interrumpiendo su pícnic.

Las cabezas se giraron para mirar, se levantaron jadeos y se sucedieron los susurros.

—Parece muy decidida a comprar el juego de té —susurré,

desde el asiento que había dejado libre Xander, a mamá, papá, Cass, Ophelia, Hal e Ivy.

Detrás de mí, Carson y su mujer dejaron escapar murmullos de acuerdo. La puja había alcanzado la vertiginosa cifra de 45 000 libras.

—Sea quien sea, debe de estar forrada —observó papá, alisándose la corbata a rayas.

—O su cliente lo está. Debe de estar recibiendo instrucciones de alguien. —Mamá se encogió de hombros con indiferencia—. He visto tantos episodios de *Bargain Hunt* que llegas a saber de estas cosas.

Cass y yo intercambiamos sonrisas.

Hubo un repentino roce en mi hombro. Era Xander que regresaba.

—La puja ha ascendido a 45 000 libras —le dije, incapaz de ocultar mi emoción—. ¿No es genial?

Volví a mirar a la mujer, que tenía el cuello del abrigo levantado y el móvil pegado a la oreja. Desvié la atención de las emocionantes escenas que se desarrollaban en el patio de butacas.

La expresión de Xander era atronadora.

—¿Xander? ¿Qué te pasa? ¿Dónde has estado? —le pregunté. No contestó. Se quedó sentado, con el rostro adusto, en el borde de la silla—. ¿Xander? ¿Estás bien? —Su atención estaba fija en la mujer del pelo negro. Seguí su mirada—. Xander. ¿Qué pasa?

La voz de Raymond Curtis sonó como la campana oxidada de una iglesia.

—Por lo tanto, ahora tenemos una oferta de 45 000 libras. ¿Escucho 50 000 libras?

Había un creciente murmullo entre los pujadores. Se oía el roce intermitente de las sillas, mientras los demás asistentes se giraban para examinar quién controlaba la guerra de pujas con tanta facilidad.

—Vamos, damas y caballeros. Vuelvan a echar un vistazo a

este juego de té tan bellamente elaborado. Posee una historia que ningún autor podría haber soñado en su imaginación. Un original de Ernest Telfer de la más fina porcelana. Ahora, ¿escucho 50 000 libras?

Observé con los ojos muy abiertos cómo la mujer de los labios escarlata murmuraba con el móvil en alto. Asintió con la cabeza. Raymond Curtis no pudo disimular la emoción en su voz cuando la misteriosa mujer aumentó su propia oferta anterior.

—Gracias, señora. Es una puja de 50 000 libras. ¿Escucho alguna más?

El silencio palpitaba. Contuve la respiración. Mamá y papá se abrazaban, mientras Cass, Ophelia, Hal e Ivy parecían haberse enfrentado a un hombre lobo hambriento. Carson, sentado detrás de mí, agarraba la mano de su mujer.

—Entonces, ¿no hay más ofertas de 50 000 libras?

El silencio saludó al subastador.

—A la una..., a las dos...

La mujer morena se mantuvo firme, con un leve gesto de triunfo en la comisura de los labios.

—¡55 000 libras! —rugió una voz grave que yo conocía muy bien.

Parpadeé mirando al público, antes de darme cuenta de que el estallido vocal había surgido de la silla que estaba justo a mi lado. Cass soltó un grito ahogado, mamá y papá se miraron fijamente, Ophelia se echó hacia atrás en su silla, y Hal e Ivy se limitaron a abrir y cerrar la boca.

—¿Qué haces, jovencito? —siseó Carson.

—55 000 libras —repitió Xander imponiéndose a mi lado.

Todas las cabezas giraron para mirar hacia donde estábamos sentados. Xander desafió la gélida mirada de la mujer de pelo oscuro con la suya propia.

—Ofrezco 55 000 libras.

50

Salí disparada de la silla y me agarré a la manga del traje de Xander.

—¡Xander! ¿Qué demonios estás haciendo? —dije.

Xander contorsionó la boca y siseó por la comisura.

—No te preocupes, Soph. Sé lo que hago.

—Pero... Pero ¡no puede ser que lo sepas! Estás pujando una cantidad enorme de dinero.

Xander estaba demasiado preocupado por la mujer de la galería de abajo. Esta, por su parte, se había girado en la silla y le dirigía toda su ira.

Me volví, impotente, hacia mis padres. Sabía que Xander poseía una impresionante colección privada de arte. Seguro que no pensaba vender uno de sus preciados cuadros para comprar el juego de té.

Mi corazón se estremeció de amor y gratitud por su amable y bienintencionada acción, pero de ninguna manera estaba dispuesta a dejarle hacer eso. Volví a cogerle de la mano.

Raymond Curtis no podía contener su alegría ante los emocionantes acontecimientos que se desarrollaban ante él. La sala de subastas había estallado. Parecía un niño de seis años en la mañana de Navidad.

—Por favor, damas y caballeros —volvió a hablar—. Debemos reanudar la subasta. Ahora, 55 000 libras pujadas por el caballero del balcón. ¿Escucho algún aumento? Señora, ¿podría tentarle?

Se volvió de nuevo hacia la misteriosa morena. El carmín rojo de sus labios permanecía congelado.

—Xander —dije en el tono más comedido que pude—. Sé

lo que intentas hacer y te quiero por ello, pero, por favor..., no te gastes tanto dinero.

—Estoy de acuerdo —imploró Ophelia desde su asiento—. Es maravilloso que consideres hacer esto, Xander, pero...

Xander negó con la cabeza.

—No lo estáis entendiendo —repuso.

Un silencio expectante se apoderó de los asistentes a la subasta. Los ojos de la mujer morena parecían trozos de hielo. Desde nuestra posición en los cielos, pude ver cómo gruñía al móvil. Quienquiera que fuese su interlocutor, parecía estar manteniendo algún tipo de acalorada conversación con ella.

Corrí el riesgo de que se me desprendiera mi rollo francés del peinado al mover la cabeza para mirar de la mujer a Xander y al escandalizado séquito sentado con nosotros.

Un sonido como de viento que corre entre ramas otoñales se escapó de todos cuando la mujer finalmente hizo un breve movimiento con la cabeza, para denotar que no estaba dispuesta a aumentar su oferta.

—¡Vendido! —exclamó Raymond Curtis, con el golpe más efectista de su martillo—. Por 55 000 libras al caballero elegantemente vestido del balcón.

A Xander se le escapó un silbido de alivio, antes de que una lenta sonrisa se dibujara en sus labios.

Antes de que pudiera articular palabra, me estrechó entre sus brazos y me arrebató la boca con la suya en un beso ardiente.

No me quejé, pero seguía confusa.

—¿Podrías decirme qué demonios está pasando aquí? —le pregunté.

Ophelia parecía aturdida, mientras que mamá, papá, Cass y el resto del grupo parecían recién salidos de la hibernación.

Xander me pasó un brazo por la cintura.

—Esa mujer —empezó a explicar, mientras las sillas rozaban el suelo de madera y los asistentes a la subasta se dirigían al salón de actos para el almuerzo— se llama Cameron Lomax. Es americana.

—Vale —respondí, preguntándome adónde quería llegar—. ¿La reconociste al final?

—Al principio no. Luego empezó a parecerme vagamente familiar. —Xander dirigió su atención a todos los demás también—. Probablemente habréis adivinado, por la forma en que ha estado pegada al móvil durante todo ese tiempo, que está aquí, en la subasta, en representación de otra persona que quería comprar el juego de té.

—¿Un oligarca ruso? —dijo papá—. ¿O un jefe de la mafia italiana?

Mamá le clavó el codo a papá, y él puso cara de dolor.

—¡Kenny, por el amor de Dios! Deja hablar al joven —le reprendió.

La boca de Xander se crispó de diversión.

—Casi tan excitante como si lo fuera, pero no tanto. —Sus cálidos ojos aguamarina recorrieron el mar de rostros embelesados, incluido el mío, a su lado—. Desaparecí para preguntar por ahí a ver si alguien sabía algo de ella. Un amigo mío que dirige el equipo de seguridad que trabaja hoy aquí me debía un favor.

—Continúa —insistí, con la cabeza llena de preguntas.

—Tony me dijo que esta Cameron Lomax espera hacerse un nombre como polémica crítica de arte en los Estados Unidos. Estuvo casada con un rico industrial, pero se divorciaron el año pasado.

Cass estaba cautivada.

—Esto suena como una trama de Jackie Collins —observó.

Xander señaló el lugar donde Cameron Lomax había estado sentada momentos antes. Su silla estaba vacía, al igual que la mayoría de las demás ahora.

—Al principio, Tony se mostró reacio a decirme quién era, pero dijo que, si por casualidad yo lo leía en la pantalla de su ordenador en un momento oportuno, él no me lo iba a impedir. —Esbozó una sonrisa irónica—. Tony y su equipo se encargaron de realizar controles de seguridad para todos los asistentes a la subasta de esta mañana, al ser un evento de tan alto nivel. Durante sus investigaciones, descubrieron que la señora Lomax tiene un hombre nuevo y más joven que la acompaña por el pueblo. Él era el que estaba tan interesado en adquirir el juego de té.

—¡Qué suerte tiene! —bromeó mamá.

Ophelia soltó una risita, mientras mi padre y Hal fruncían el ceño con desaprobación.

—Entonces, ¿sabes quién es ese tipo? —le pregunté—. Y ¿por qué estaba tan interesado en tener el juego de té? ¿Por qué un joven donjuán se empeñaría tanto en comprar un juego de té antiguo?

Xander se volvió hacia mí.

—La razón por la que lo quería se hará demasiado evidente cuando te diga quién es el nuevo novio de la señorita Lomax —anunció. Dejó escapar una carcajada casi de incredulidad. Desde la dirección del salón de actos se oían gritos de risa y tintineo de tazas de té—. Ella tiene una relación con Jake Caldwell. Él es el que estaba al otro lado del teléfono, hablando con ella.

51

—¿Estás bromeando? —dijo papá—. ¿No te referirás a esa mierdecilla saltarina con la que nuestra Sophie tuvo aquel desastre de cita para cenar?

—Gracias, papá —murmuré, sonrojándome.

La mano de Xander sujetó mi cintura con un poco más de firmeza.

—La misma —confirmó.

Cass cruzó los brazos sobre la parte delantera de su vestido de lana beis.

—Pero yo creía que Jake Caldwell había perdido muchas ventas y mucha credibilidad cuando usted reveló que había estado estafando obras de artistas fallecidos —se extrañó Cass.

—Así es —coincidió Xander—. Tengo fuertes sospechas de que todo ese dinero con el que pujaba no era suyo, sino de ella.

—Y no quiso venir en persona porque sabía que estaríamos aquí —me di cuenta, con una mezcla de resentimiento y alivio.

—Pero ¿por qué se ha empeñado tanto en hacerse con ese juego de té? —preguntó papá, lanzándonos miradas inquisitivas a Xander y a mí.

—¿Porque es un pieza mezquino y detestable? —sugirió Cass.

Xander estuvo de acuerdo. Se metió la mano en el traje de seda y sacó el móvil. Pulsó unas teclas y apareció una serie de imágenes en la pantalla. Dijo:

—Después de que Tony me diera esa información, busqué a Cameron Lomax en Google. Aquí está.

Le cogí el teléfono y leí el artículo de la columna de la sección de corazón de un periódico que me alumbraba desde la pantalla iluminada.

—Cameron Lomax recibió un generoso acuerdo de divorcio de su exmarido —explicó Xander—, pero parece que Jake tiene planes sobre cómo tiene que gastarlo.

—Santo cielo —murmuré y leí los escabrosos detalles del caso de divorcio, antes de devolverle el teléfono. Xander volvió a dar golpecitos en la pantalla del móvil y sacó otro artículo.

—Ahora lee esto —dijo.

Estaba en la última columna de sociedad de una revista del corazón de los Estados Unidos:

EL NUEVO AMOR DE LOMAX, UN ARTISTA, TIENE PLANES PARA SU PROPIO MUSEO.

Jake Caldwell, el apuesto artista británico que ahora sale con Cameron Lomax por el pueblo, ha dejado claro que quiere poner en marcha su propio museo.

Caldwell (de 36 años), cuya reputación como artista creativo que solía utilizar el pseudónimo de James Deighton se vio empañada cuando el respetado crítico de arte Xander North denunció una serie de faltas de plagio, está intentando retomar su carrera en el mundo del arte, al contar con sus propios museos tanto en el Reino Unido como en los Estados Unidos.

Caldwell, nacido y criado en Edimburgo, ha admitido que, tras caer en desgracia, está deseando inaugurar al menos dos museos que alberguen una variedad de arte y cerámica británicos únicos, lo que haría las delicias de turistas de todo el mundo...

La furia y la incredulidad se apoderaron de mí. Si Jake quería el juego de té, no era por ninguna razón legítima o pasión, sino solo para fastidiarnos a Xander y a mí. Por supuesto, si lo hubiera conseguido, habría intentado negarlo —al menos durante un tiempo— y luego la tentación de regodearse habría sido demasiado grande para él.

Leí el artículo en voz alta a mamá, papá y el resto del grupo. Emitieron una serie de bufidos desdeñosos y palabras malsonantes.

Así que Cameron Lomax había estado pujando su propio dinero, manipulada por Jake.

Xander señaló su teléfono, aún en mi mano y dijo:

—Supongo que fue ella quien decidió no pujar más con su dinero. Puedes apostar tu vida a que Jake la estaba gritando, intentando persuadirla de que aumentara la puja a Dios sabe cuánto. —Dejó que su sexi boca se abriera en una mueca—. Imagino que Jake debió de ponerse furioso cuando ella se negó a superar mi oferta.

Dejé que todos estos pensamientos y revelaciones se asentaran en mi mente. Me volví hacia Xander y lo miré fijamente.

—Y por eso has intervenido —contesté.

—No me cabe duda de que, si se hubiera salido con la suya, el juego de té de Ophelia estaría en estos momentos volando a Nueva York, y Caldwell lo estaría promocionando como una novedad de mala calidad —dijo Xander—. Él no quería adquirirlo por una buena razón.

Ophelia negó con la cabeza. Se adelantó y miró a Xander.

—Pero la cantidad de dinero que has pagado por el juego de té... —empezó a decir.

Xander hizo caso omiso de sus preocupaciones.

—Por favor, no te preocupes por eso —la interrumpió—. Estoy a punto de cerrar un trato para un Banksy.

A Ophelia casi se le saltan los ojos, igual que a mí. Se levantó y le plantó un beso de agradecimiento en la mejilla a Xander.

—Gracias. No sé qué decir. Es muy generoso de tu parte. Esa cantidad de dinero será de tanta ayuda para poner en marcha el proyecto de la beca de Annabel...

—Entonces, por favor, no digas nada. —Xander sonrió y se ruborizó—. Estoy planeando donar el juego de té al Museo de Glasgow. Se quedará en Escocia y cerca de Briar Glen, lugar al que pertenece.

Mientras bajábamos por la corta escalera que nos llevaría al salón de actos para el almuerzo, retuve a Xander por un momento. Bebí con avidez su nariz aguileña y sus cejas arqueadas y oscuras.

—Nunca deja de sorprenderme, señor North —le declaré.

Me bañó con esa sonrisa que desataba fuegos artificiales en mi pecho.

—Y pretendo que siga siendo así, señorita Harkness.

Nos dimos otro beso prolongado, sonriendo el uno contra la boca del otro.

—¡Maldita sea! —dije, molesta conmigo misma—. Acabo de recordar que me he dejado el móvil en la tienda. Estaba tan preocupada esta mañana por la subasta...

—No te preocupes —me tranquilizó Xander—. Vamos a comer algo abajo y luego volvemos a buscarlo. Te conozco. Empezarás a sufrir síndrome de abstinencia si no lo llevas contigo.

Puse cara sarcástica.

—Gracias. Creo.

Disfrutamos de un delicioso bufet de canapés de marisco antes de excusarnos y volver en el coche de Xander a La Taza Que Alegra para recoger mi móvil.

Habíamos decidido cerrar por el resto del día, para que todos pudiéramos celebrar de verdad el acontecimiento de la subasta.

Abrí la puerta de la tienda y Xander se quedó en el umbral. Fingió que se estremecía por un escalofrío de forma teatral.

—No tardes mucho, ¿quieres, Sophie? —me pidió—. Aquí fuera no hace un tiempo precisamente tropical.

Soplaba ese día un fuerte viento de octubre que hacía saltar las hojas como gimnastas olímpicas por la calle.

Puse los ojos en blanco.

—No te preocupes. Recuerdo dónde lo dejé: en el almacén.

Atravesé la tienda a toda prisa y abrí la puerta del almacén. Miré a mi alrededor y vi mi teléfono encima de una de las cajas cerradas de las existencias que acababan de llegar.

Lo cogí y, cuando estaba cerrando la puerta del almacén, un repentino remolino de viento entró en la tienda. Conseguí sujetar con la otra mano las hojas de papel de seda apiladas en la mesa de formica que tenía al lado. Habría sido un desastre si hubieran salido disparadas por todas partes.

Cuando iba a salir, algo brillante, tirado en el suelo, atrajo mi atención.

Me agaché y lo cogí. ¿Qué era? Parecía que había salido volando de debajo de una de las estanterías.

Dejé el teléfono a mis pies. Parecía una vieja tarjeta de Navidad con forma de copo de nieve. Había perdido la mayor parte de su brillo plateado, pero aún quedaba un par de pequeños grumos colgando con determinación. Le di la vuelta y solté un grito de asombro. Reconocí enseguida la letra de mi abuela, con sus graciosos bucles.

Decía:

Para Chris:

¡Espero que esta no la pierdas!
Siempre te querré, Helena XX

Me quedé mirando la postal navideña que tenía en las manos, absorta en la letra de mi abuela. ¿Quién era Chris? No recordaba que ella me hubiera hablado nunca de nadie que se llamara así.

¿Y qué quería decir con eso de «espero que esta no la pierdas»?

Pasé un dedo por encima de la escritura, como si conectara

de nuevo con ella. El corazón me dio una sacudida en el pecho.

—¿Sophie? —llamó Xander desde la puerta—. ¿Has encontrado ya tu teléfono? Por favor, dime que sí. Se me están entumeciendo las piernas.

Se me dibujó una sonrisa en la cara mientras guardaba el teléfono y el *christmas* en el bolso.

—Ya voy —respondí, y cerré la puerta del almacén tras de mí.

Epílogo

Seis meses después

Muchas cosas cambiaron tras la sorprendente adquisición del juego de té por parte de Xander.

Tal y como esperábamos, lo colocaron en una exposición especialmente dedicada al mismo en el Museo de Glasgow, junto a un llamativo tablón electrónico de información, en el que se detallaba su trepidante trayectoria, desde que se lo regalaran a Leonora Gray en su cumpleaños, a principios del siglo XX, hasta su emocionante aparición en la subasta.

En el tablón de información había fotos del Castillo Marrian y de Briar Glen tal y como eran antes, con calles empedradas y farolas de aceite por todas partes.

Desgraciadamente, no pudimos encontrar ninguna fotografía de Briar Forsyth, pero el artista local que hizo el juego de té de Briar Glen utilizó su imaginación y realizó unos preciosos dibujos a lápiz del aspecto que él pensaba que debió de tener.

Xander comentó que le parecía que el dibujo tenía un parecido lejano conmigo, de lo cual yo estaba encantada para mis adentros. Que me compararan, aunque fuera mínimamente, con una joven tan fuerte, valiente y decidida era ya de por sí un cumplido.

Como cabe imaginar, la historia del juego de té del pavo real provocó un aumento del turismo en Briar Glen.

Poco después de que Xander lo comprara, nos enteramos por las columnas de la sección del corazón de la prensa de que Cameron Lomax había dejado a Jake. Cuando los periódicos estadounidenses se enteraron de que era el antiguo artista caído en desgracia James Deighton, la cosa empezó a complicársele a Jake.

Además, dos contactos artísticos de Xander nos contaron que Jake volvió a Escocia cuando Cameron se cansó de que él la exprimiera e insistiera tanto en que podría ser el próximo John Paul Getty si tan solo ella apoyaba sus planes de crear una cadena de Museos Caldwell que dominara el mundo.

Lo último que supo Xander fue que Jake había vuelto a Edimburgo y se ganaba la vida a duras penas como modelo de desnudos para clases nocturnas de naturaleza muerta.

La Taza Que Alegra siguió floreciendo y en el aniversario del cumpleaños de Briar Forsyth, el 31 de mayo, adorné el escaparate con rosas azules artificiales, una de las ilustraciones de ella y dos de los juegos de té de Briar Glen, que fueron muy populares.

En cuanto a Xander y a mí... Me miré el dedo anular. Mi anillo de compromiso, de oro color vainilla y zafiros azules, brillaba sobre mi piel. Xander se había asegurado de que las piedras tuvieran la forma de la mística rosa de brezo azul.

Si no fuera porque Ophelia me entregó el juego de té y salió corriendo como lo hizo el año pasado, nunca habría llegado a conocer a Xander, ni la verdad sobre una joven resistente que, a pesar de todo, se aseguró de labrarse una vida decente para ella y su pequeño.

La campana de la tienda tocó su conocido vals alegre, que trajo consigo un par de clientes más, cuyos rostros se iluminaron de admiración ante la selección de teteras y juegos de té de cerámica y porcelana, a la espera de ser admirados y llevados a un nuevo hogar.

«Gracias, abuela, por creer en mí.
Espero haber hecho justicia a tu sueño».

La Granja, 12, Briar Glen. Un año después.

Con una paleta de jardín, iba removiendo los generosos bancales de tierra color chocolate del jardín trasero.

El cielo se desplazaba en lo alto, un manto de nubes suaves y sol de abril. Me acurruqué un poco más en mi calentito forro polar rosa y me ajusté el brillante gorro de ganchillo en la cabeza.

Terminé de quitar un par de hierbajos más y los eché a un pequeño cubo que tenía junto a mis pies. Fue una suerte que los antiguos propietarios, Keith y Andrew, fueran tan aficionados a lo verde.

Me levanté y me enderecé, y apoyé las manos enguantadas en la base de la espalda. Desde más allá de nuestro jardín trasero, las colinas de Briar Glen se abalanzaban y se zambullían, cubiertas de brezo silvestre, y los ladrillos mantecosos de nuestra nueva casa brillaban bajo el sol soñoliento.

Al girarme hacia la puerta trasera, noté que algo revoloteaba un poco en uno de los lechos que pegaban a la valla de madera.

Pasé por encima de la paleta y del cubo naranja para ir a ver. ¿Era una flor nueva? Aún no habían aparecido muchas, aparte de algún valiente narciso.

Caminé sobre el cuidado cuadrado de césped verde ácido e incliné la cabeza mientras me acercaba. Parpadeé, intentando asimilar lo que veía. Era una rosa, enroscada a la valla con su orgulloso tallo.

Pero no era una rosa cualquiera.

Me llevé una mano a la boca y aprecié los pétalos festoneados de color azul pastel que se agitaban con la brisa. Mi respiración se aceleró.

—¡No me lo puedo creer! —exclamé. Di unos pasos hacia atrás, procurando no darle la espalda por si me lo estaba imaginando—. ¡Xander! ¡Xander! —grité hacia las puertas abiertas del patio.

Él estaba en el comedor, montando unos focos cromados que acabábamos de comprar. Giró la cabeza.

—¿Qué pasa, señora North? —Su boca se abrió en una sonrisa perezosa.

—¡Ven a ver esto! —exclamé y miré frenéticamente por encima del hombro por miedo a que la flor no siguiera allí cuando volviera a mirar—. ¿Recuerdas que dijiste que la rosa azul de Briar Glen no existe...?

Agradecimientos

Muchas gracias a mis maravillosos editores Jennie Rothwell, Nicola Doherty, Dushi Horti y Tony Russell de HarperCollins por su entusiasmo, creatividad y perspicaces sugerencias de edición, así como al resto del equipo que hace que no solo el proceso de publicación, sino también la lectura en general sea una experiencia tan mágica. No podría estar más agradecida.

Muchas gracias también a mi increíble agente Selwa Anthony y a Linda Anthony. Es un honor conoceros a las dos.

Como siempre, todo mi cariño para Lawrence, Daniel, Ethan y Cooper.

Y, por último, a mi difunta madre, Ellenor Trevallion, que me enseñó que los sueños pueden hacerse realidad y que nunca hay que rendirse.

Te quiero y te echo de menos siempre.

www.ingramcontent.com/pod-product-compliance
Lightning Source LLC
LaVergne TN
LVHW040133080526
838202LV00042B/2893